U0936871

归藏图

II 天相师

郭敖 著

天津出版传媒集团
天津人民出版社

图书在版编目(CIP)数据

归藏图. Ⅱ，天相师 / 郭敖著. -- 天津 : 天津人民出版社，2018.8

ISBN 978-7-201-13847-3

Ⅰ.①归… Ⅱ.①郭… Ⅲ.①科学幻想小说－中国－当代 Ⅳ.① I247.5

中国版本图书馆CIP数据核字(2018)第159563号

归藏图. Ⅱ，天相师

GUI CANG TU. Ⅱ，TIAN XIANG SHI

郭 敖 著

出　　版　天津人民出版社
出 版 人　黄 沛
出　　址　天津市和平区西康路35号康岳大厦
邮政编码　300051
邮购电话　(022) 23332469
网　　址　http://www.tjrmcbs.com
电子邮箱　tjrmcbs@126.com

责任编辑　刘子伯
策划编辑　李 艳
特约编辑　王三石
装帧设计　仙 境

印　　刷　北京竹曦印务有限公司
经　　销　新华书店
开　　本　700×990毫米　1/16
印　　张　20
字　　数　300千字
版次印次　2018年8月第1版　2018年8月第1次印刷
定　　价　42.00 元

死亡到来的时刻并不可怕，可怕的是死亡来临前的黑夜，你不知道它什么时候来，或者在什么地方等待着你。

目录

序章　天相师

过去，现在，所有的事情都改变了，未来依然会继续改变，有一些事情却始终没有变化，藏匿在这个世界最黑暗的角落里。

我们生活在一个色彩纷缤的视觉世界，多彩的颜色充斥在我们的生活中。在这五彩斑斓、琳琅满目的表相中，暗藏着简单的符文和万物的运行规律。这个世界剥去光怪陆离的表象，总有一些秘密藏匿在嘈杂的人群中。

万物皆有术数，术法即术数。在混乱无章中暗藏着规律，暗合着万物的基因密码。

珠算子谈经说道，唾沫星子从他枯黄稀疏的齿缝中飞出来溅了胖三一脸，他口若悬河地侃侃而谈："这术藏可了不得，万物皆有相，任何的物质、结构和生物都有它的相，万物的轮廓、容貌这些都是可以被我们所认知的，可是真正的力量是眼睛看不见的。"

胖三一把抹去了脸上的口水，胖三真实的姓名叫李斯文，这次"斯文"扫地了，他握紧了拳头，铿锵有力地反驳说："你个老骗子，那是因为你瞎。"

珠算子瞥了一脸不耐烦的胖子一眼，对于他的出言不逊一再隐忍，掐指一算，循循善诱地说："毛主席说得好，要学会透过现象看本质……”

我纠正他说：“这话是马克思说的。”

珠算子停顿了一下，有些意外，喃喃自语地说：“老马也说过？”

我说：“这话确实是老马说的。”

珠算子突然忘记了自己要说什么，欲言又止，辩驳道：“毛主席所说的‘要学会’，这三个字才是最重要的。至于透过现象看到本质的人，实属凤毛麟角的少数派，想看得懂现象就要学会这种术法。”

“你个老骗子，现象我们已经看到了，我就想知道本质在哪儿？”胖三追问道。

“这重要吗？本质即便在你眼皮子底下，你也看不到。”珠算子终于忍不住反驳说。老骗子长老骗子短的，胖三叫得他心里没底，他真怕这名字传出去弄巧成拙，说了千遍就成了事实。我讳莫如深地看着他们。

珠算子继续说：“亘古以来，天相，地相，人相各有术法，由河图洛书为基础，传承了三卷天书，一卷《归藏》一卷《连山》一卷《周易》，因触犯禁忌，后又悉数禁藏，我们所熟知的以观察地脉、山形、水流等辨识气数的术法，就是堪舆术、风水术、青乌、青囊等，此乃相地术；用之骨体，人命禀于天，则有表候于体，盖性命之著乎形骨，吉凶之表乎气貌，此乃相人之术。这两种术法在历史的传承中多半已经禁失，精华早已荡然无存，所剩无几的只言片语近些年来多被用于江湖骗子的谋财之道，被打上了封建迷信的标签，而唯独这被称为神之禁忌的相天之术，万物莫不归而藏于中，算尽天机，被从历史中抹去，禁藏于深海之中。”

胖三眨了眨眼睛，说：“这牛吹的，我算你及格，有一点我举双手赞成，这些都是江湖骗子的谋财伎俩，要不是你提醒我，差点儿我都忘了你是个老骗子。”

“有意思吗？”珠算子束手无策，觉得眼前的这个胖子简直不可理喻，不想再跟他争论，想一走了之。

我赶紧劝说：“不要再叫人家老骗子，人家没那么老。”

珠算子委屈地震怒道：“想当年老夫跟北大的韩欲教授谈古论今，他也要赞上老夫一句天相之师，想当年老夫踔厉风发……我们天相一派岂能让你如此侮辱。”

胖三不屑一顾地说：“我没侮辱天相派，我只是在侮辱你。”

我知道胖三看珠算子囿于成见，从川滇地下古城回来以后，他对珠算子与福冈亚美一伙儿耿耿于怀，两个人无休止地争吵着。我突然听到韩欲这个名字，心中一震，立即追问道：“韩欲？等等，你说的可是20世纪20年代北平大学历史系的韩欲教授？”

“终于遇到了明白人。”珠算子喜笑颜开地指着我，突然脸色一沉，问，“不应该啊？看你年纪不过30来岁，你怎么会知道这个人？”

我搪塞说：“当年的著名学者，多多少少听说过。”

珠算子勉强点了点头。珠算子侃侃而谈，回忆说：“那是我最敬重的一个先秦历史学家，他对龙古时期的文化痴迷，上个世纪初川滇一带突然塌陷出一处天坑，出土了不少青铜器和甲骨，伴随着出土的文物一种全新的文明出现在人们眼前，一些被封藏的秘密初露端倪。他耗时十几年收集相关的资料，老夫虽然没有读过几天私塾，祖辈世世代代传下来一部归藏残卷，无独有偶，经文上的符文和出土的文明多有重合。那时虽然我还年少无知，多少对相天术略有些了解，那卷归藏自幼陪伴我多年，只怪我天生愚钝始终无法参悟，韩欲教授知晓后多次前来拜访，竟然在这些符文中找到了蛛丝马迹。”

“韩欲教授参悟了归藏天书？”我追问道。

“没有。”珠算子望而生叹地摇了摇头，说，“因为资料残缺得严重，归藏天书里的内容根本无法逐字逐句地整理呈现，韩欲教授带着归藏的复刻版本回到了北平大学，三年后我接到韩欲教授的来信，这些符文的研究终于有所进展，他初识的一位忘年之交小友一语点破了玄机，但就在符文的研究刚刚开始有所进展之时，也惹来了杀身之祸。我被一个不良团伙监视，在一次前往北平大学的途中，我发现这其中各种势力暗流涌动，参与这项研究的所有人员，莫名其妙地意外死去或者离奇失踪。我当时根本无法见到韩欲教授，那时候他已经精神恍惚，生活极其狼狈。如若不是我伪装成暖气维修工人，偷偷地递了一张字条给他，后果不堪设想，恐怕你们早已看不到老夫了。后来相关方面也采取了相应的行动，有一天韩欲教授见到我，惶恐不安地跟我说，我们触碰了神的禁忌，谁都逃不掉。之后便凭空消失了，从此杳无音信。我在北平等了他一段时日，正逢奉军全线溃败，离京返奉，我也趁机一路靠算命为生，在混乱中逃离了北平。”

“牛吹到这个份儿上，还真是国家的栋梁！”胖三竖起大拇指心服口服地称赞，他顿时恍然大悟地说，“我明白了，闹了半天，您不只是老骗子，还是一个老不死的老骗子！”

珠算子对胖三的冷嘲热讽置若罔闻，继续说道：“我最后一次得知他的消失是在一张废旧的《申报》上，知晓了北平大学韩欲教授的研究所被一场大火烧得干干净净。”

“韩欲教授最后疯了？”我不解地问。

珠算子感慨地说：“在他失踪前最后的一段时间里，他每天都觉得有无数双眼睛在看着自己，我们所研究的事物是极度危险的，我怀疑他已经患上了严重的被迫害妄想症。”

“有人想毁灭研究成果，掩盖这一切，你怀疑那场大火是人为的？有人故意纵火？”我问道。

珠算子摇了摇头，眼睛里透露着一股寒意，是对于未知根深蒂固的恐惧，他说：“这些文明是被诅咒的禁忌，触碰到这些文明的人都要受到惩罚。”

胖三搓手顿脚，不耐烦地盯着他，对他所讲述的一切充耳不闻。他打了个响指，制止珠算子再说下去，他把眼睛瞪得浑圆，目不转睛地盯着对方问：“你看着我，看着我的眼睛，你看到了什么？”

珠算子停了下来，全神贯注地去看他的眼睛，说：“眼屎。”

胖三擦了擦眼角，抠出眼屎，说：“再看，仔细看。”

珠算子一头雾水，疑惑不解地摇了摇头，实在没有看出来什么。

胖三循循善诱地提示说：“你从这双深邃而睿智的眼睛里难道就没有看到智慧？”

珠算子歪着头又仔细看了一遍，找了一圈，连脸上的痦子都找遍了，一脸难为情地问：“有吗？”

此时，胖三的肚子已经饿得咕咕叫，他觉得驴唇不对马嘴，想结束这些无意义的谈话，换一种方法跟他沟通。胖三掏出来一张身份证，问：“认数吗？大家都不是 3 岁小孩了，哪怕你当我们是 3 岁小孩我也忍了，你还当我们是 3 岁的弱智，这些玩意儿糊弄鬼呢？听你在这儿吹牛都吹了半天了，大家都这么忙，我们的诚意你已经看到了，你是不是也有必要稍微拿出点诚意来？”

胖三掂量着手中的九罹天珠，看得珠算子惊得一脑门子汗，生怕他不小心摔到地上，提心吊胆地在一旁手足无措地帮衬着。珠算子忧心忡忡地说：“据史书不完整记载，这颗九罹天珠在历史上一共出现过三次，每次出现都招惹来无尽的灾难和战火。第一次在春秋时期，在唐初年代有过一次短暂的出现，最后一次的踪迹便是19世纪初第二次世界大战前夕，德国人从西藏一位喇嘛那里夺得，让它重见天日，20世纪40年代的时候又再次在战火中消失。”

我看着珠算子滔滔不绝地说个不停，他的眼睛从一开始就没有离开过胖三手中的珠子。这老小子虽然说了很多跟这颗珠子有关的事情，却闪烁其词，用那些不着边际的传说故事在扯开话题，显然刻意隐瞒着什么，而最重要的事情却闭口不谈，那就是这颗珠子真正隐藏的秘密。

“这玩意儿被你说得这么玄乎，那我就为民除害毁了这惹事的玩意儿。”胖三佯装要摔毁九罹天珠，珠算子惊出一身冷汗，扑倒在地上去接天珠，突然发现被胖三戏耍了，站起身重新拾起来大师的仪态，用两声干瘪的咳嗽来化解尴尬。胖三笑吟吟地说：“我就想知道这玩意儿究竟是用来干什么的，还有，这张破旧的羊皮地图究竟是不是真皮的？”

我们惊愕地看着胖三，果然每个人的想法都不一样，连关注点都让人意想不到。珠算子被问蒙了，我崇敬不已地看着胖三，说：“这对你来说很重要吗？”

“当然重要！”胖三理直气壮地说，“这张图是一个秘密，它的材质决定了秘密的质量，你说重不重要？”

“有道理。”我和珠算子不约而同地说，钦佩地看着胖三点了点头，表示完全可以理解他的思维逻辑。

“这枚九罹天珠相传是打开禁忌大门的钥匙，韩欲教授在一份史书典籍中找到了它的描述，却从来没有机会见到它的样子。直到我看到天眼的排列循序和羊皮卷上的一模一样，严丝合缝，我才断定这就是早已经失落的九罹天珠。”珠算子无奈地叹了口气，回忆说，“当年在川滇的一个小镇上突然塌陷一处天坑，小镇上的村民一夜之间像蒸发了一样，从这个世界上消失了。从此以后小到各国的考古队，大到几千人的军队，都有瞬间消失的事件发生。当年出土的甲骨、青铜器皿、壁画、符文拓片以及相关的文物流散到各地。韩欲用了大半辈子前往海内外收集这些相关的符文，虽然发现了一些符文的序列和归藏相似，却苦苦猜想多日未果。直到他遇见了一位少年，据说是当年在塌陷天坑的小镇上活下来的唯一幸存者，在参详对比龙骨碎片和归藏残卷时，竟然被少年一语中的。韩欲听者有心，在数千个符文中找到蛛丝马迹藏于这些残卷的字里行间中，他绘制出一幅潦草的地图，然而研究刚有进展，韩欲教授便惹来杀身之祸。”

我说：“世人只知归藏，却不知有归藏图。”

听我说出这句话，珠算子惊耳骇目地看着我，说：“你怎么会知道？当时那个少年就是说出了这一句话，才一语道破符文的秘密。”

我说：“当年塌陷处天坑的小镇叫巫镇，那个少年叫陈尘。”

珠算子像见鬼了一样看着我，不敢相信自己的眼睛。

听到我们的对话，胖三抽了自己两个耳光，确保自己是清醒的，目瞪口呆地看着我们，说：“是你们疯了，还是我不正常？”

“据我所知韩欲教授好像并没有死在那场大火里，研究所燃起大火之前他去了德国，你看到他死在大火中了吗？”我试探地问。

“是吗？”珠算子的眼神游移，喜出望外，却泛出一丝诡异，推诿说，“我也是道听途说，这些年来我一直都追逐着韩欲教授的足迹，探索他遗留下来的研究成果，尽一些微薄之力，完成他的遗愿。”

胖三用一种异样的眼光看着我，好像被吓到了。胖三立即站到了珠算子的一边，摸了摸他的脑门，确认他没有发烧不是在说胡话，才在他耳边低声细语地问：“这你都信？”

珠算子点头回应说：“不要低估我的见识，什么样的荒唐事我都见过。”

“那我说我是你的祖宗，你也信？”胖三追问道。

珠算子说：“信，我当然信，我祖宗没一个是活着的。”

胖三被说得脊背发凉，感慨自己交友不慎，这都是一帮什么人，还是选择一个人孑然一身地站在了一边。

我想试着追问珠算子归藏残卷的古本是否还在，还没开口，珠算子已经娓娓道来，他手中的那卷归藏多年来研究无果，后来在那个动荡的特殊时期被烧毁。

“想必这唯一的归藏珍本，就在你的脑子里了？”我问。

珠算子故弄玄虚地说：“老了，不中用了，这肚子一饿脑子就不好使，最近老忘事儿，记起来的事情越来越少了。”

胖三看他卖关子，把拳头握得咯咯作响，说：“我这里只有拳头，你吃不吃？”

“太硬！我怕消化不了。”珠算子瞥了他一眼，婉言相拒。

珠算子捂着头说："最近长途跋涉，偶感风寒，身体疲劳，手脚发冷，关节也痛，胃口不好，嘴里没有味道，不适宜多说话。"

"东四胡同有家火锅比较正宗，羊都是现杀的。"我顺着他的意思，揣测地说。这老小子果然眉开眼笑，乐得合不拢嘴，饕口馋舌地说："那家我常去，那会儿飘着那个大雪，大冬天儿围着火炉子往那一坐，吃上一口涮羊肉，抿上一口二锅头，啧啧……"

"胖爷，您都捡了一处三居室了，不表示表示，庆祝庆祝？"我掂量着手中的九罹天珠说道。胖三本来听到要吃火锅，哈喇子都流出来了，一听说要请客气儿不打一处来，他假装没听懂，疑惑地问："我是在跟一堆古董聊天吗？"

"这羊皮卷是真皮的。"我说。

胖三掂量着手中的珠子，又仔细瞧了瞧手中的羊皮卷地图，实在看不懂。最终还是逃不了美食的诱惑，连压箱底儿的钱都拿了出来。

走过闹市区，珠算子一路指引我们。拐入一个胡同，人群渐渐稀疏，四周青砖灰瓦，玉阶丹楹，一条曲径通幽的巷子里深入到昏暗的灯光中，向南走了100多米，看到一洞门脸，面积不大，挂了两盏灯笼，灯笼上写着一个篆体的"赵"字，散发出来幽暗的红光。整家店铺藏于巷子深处，门口挂了一块古色古香的红木匾额，木质的彩色呈现出紫红色，在风雨中已经有些年头，匾额上写着"古董羹"三个字，看上去时常有人清理打扫，依然难掩岁月在它身上留下来的痕迹。

胖三摩拳擦掌地想推门进去，看到匾额上的字，疑惑地问："剩饭残羹已经够恶心了，这古董羹还不馊到姥姥家了？"

珠算子故弄玄虚地抿嘴一笑，绘声绘色地说："你有所不知，中国最早的火锅就叫古董羹，这可以追溯到战国时期，因为食材下锅的时候可以听到'咕咚、咕咚'的声音，便取名叫古董羹。火锅是近些年对它的简称，今儿让你们见识见识什么才叫真正的火锅。"

朱漆的门上嵌着两尊凸起的铺首，似虎非虎，似龙非龙，形若螺蚌，两尊兽首衔环的椒图与我们对视。珠算子轻轻地扣动了三下门钹，门缝洞开，一股典雅的清香扑鼻而来，一个粗犷的脑袋探出来，理直气壮地说："这里是私人会所，不对外营业。"

胖三闻到香味，肚子咕咕作响，按捺不住性子，撸起衣袖说："给你脸了是不是，自古以来敞开门才能做生意，哪有把上帝拒之门外的道理，难道怕我们吃不起？"

"你们是谁啊？"

那人竟然把门敞开了。只见他一身西装，领带笔直，袖钉金光熠熠，袖口中藏着一块金表，价值不菲，完全不像是一家餐馆的服务员。其人身后站着五六个西装革履的大汉，一行人装扮无异，傲然挺立，各个神情严肃，面无表情，一家火锅店竟然透着几分官威，给人一种要过堂的感觉，让人心中不由得泛起一丝不祥的预感。我们差点以为自己走错地方了，珠算子唯唯诺诺地让胖三少说两句，从袖口摸出一张金色镀边的帖子递了过去，这帖子精巧别致，材质犹如蚕丝，珠算子毕恭毕敬地说："我们是赵家七爷的朋友，这里的规矩我们懂。"

领头的大汉看完帖子，露出了标志性迎客的笑容，身后那些人脸上立现同样的笑容，表情无二，整整齐齐地列成两排，领班带我们入内。

一个巷子里毫不起眼的简朴门脸内别有洞天，绕过影壁，走进去大相径庭，完全是换了一番天地。古典韵味十足，园中有园，松柏婆娑，阁楼点缀其中，所有的雕梁画栋多有讲究，庭院内人造的山水环抱，景物尽藏。珠算子眼睛的余光中勘探着四周，低语说：“这庭院考究得很，赵家人的一贯作风，万物不藏则不深，不深则不奥，不奥则不幽，这真乃是一处藏于闹市中通幽的仙境。”

胖三傲睨地看着珠算子，看不惯他一脸阿谀奉承的嘴脸，啐了一口唾沫。

领班的人厌恶地看了一眼胖三。

胖三辩驳说：“看什么看，以我的经验，我还真就告诉你了，狗越凶越不会咬人，你咬我？”

我环顾四周，发现园林的设计果然精妙，感慨地说：“可惜都是人造的，人就是人，除了神都是凡人，逃不脱吃喝拉撒，生老病死。”

我们一行人走过游廊时和几个人擦肩而过，有男有女，几个人有说有笑。其中一个身材矮小，精神抖擞，一身中山装，在他身边一个身形婀娜的中年美女，举手投足之间傲世妄荣。

胖三觉得几位路人的身影眼熟，想了一会儿恍然大悟，惊愕地说：“这不是大富豪马老板，大明星赵……”

“嘘！”珠算子提示他不要再说下去，在我们耳边低语说，“在这里你什么都没看到，什么也没听到，这就是规矩。”

我们被领班带入到会馆里的一间厢房里，推开房门，几个及笄年华的女子身姿曼妙，全部衣着七色旗袍，绰约多姿地立在门口一字排开。在灯光的照耀下房间内灯火辉煌，家具摆设精致，美轮美奂。刚踏足房门，一缕清新的天藏香扑鼻而来，让人气定神闲，一张刺绣的屏风后，墙上摆放着文玩字画，里屋一张精雕细琢的硕大八仙桌，我们刚入座，屁股还没暖热，胖三坐在那里时不时地去摸口袋里的钱包，看着环境，忐忑难安。

眼前这张金灿灿的桌子上，纹如鬼面，呈现出黄褐色，亦类狸斑，泛出一股淡雅的檀香。珠算子也同时注意到了眼前这张桌子，珠算子感慨地说："这硕大的桌子竟然是海南黄花梨的原木所制，雕龙纹凤，惟妙惟肖，这海黄一木难求，价可夺金，相传当年乾隆不惜背负盗墓的骂名，巧借名目拆前朝朱棣长陵，才凑得出一副棺材，而这赵家却用它来招待散客，究竟是什么来头？"

我刚想到此处，几个陪侍的少女抬上来一尊笨重的青铜方鼎，煮沸的火锅汤底依然沸腾。我们端详着这眼前的铜鼎，不敢相信这就是火锅，这鼎的特征口大底小，四壁略外斜，像极了西周的青铜鼎，立耳、柱足都有蟠龙环绕，底平，四角方正，从铸造、纹饰和造型上堪称惊绝，又方便于烹煮，这竟然是西周夔龙纹青铜方鼎的仿制品，炭火夹层铜锈斑驳，厚重端庄，果然是重器。

胖三还在怀疑这玩意儿煮出来的东西能不能吃，几个少女已经把盛放食材用青花瓷碟端了上来，一张八仙桌瞬间被摆满了美食，特级霜降雪花牛肉粒、神户雪花牛肉、羊肉、象拔蚌、龙虾以及从法国当天空运来的 Gillardeau 顶级生蚝……看得胖三口水流了一地。我夹了几片牛肉放进锅里，捞出来蘸上几滴酱油，吃到嘴里果然爽脆鲜甜，口感丰腴、滑嫩。

胖三的吃相几次惹得陪侍的少女忍俊不禁，咯咯作笑。我和胖三张罗着让几个少女坐下来一起进餐，几个少女脸色一沉，惶恐失色，恭恭敬敬地站到了一旁，不敢再笑。我和胖三同时意识到这饭吃得有问题，吃顿饭也太庄重了，珠算子这老小子果然还是有事儿瞒着我们，他看我们察觉到了什么，搪塞说 :“这里的规矩森严，不要坏了主家的规矩。”

酒过三巡，胖三拿起一只龙虾，用金灿灿的小锤砸了两下，突然打翻了身边的酱油碟，他身后的青衣少女眼疾手快地接住了碟子，有惊无险，兢兢业业地又摆放在他面前。胖三无意间看到了“江西徐生记出品”的落款，珠算子也心中一骇，暗示我们这些碟碗都不简单，依照这些篆书落款判断，这是景德镇的产物，虽然算不得什么古董，但存世已经极其罕见，属于稀缺的好东西，没有想到连个碟子都是个物件，手里的龙虾他突然不知道该怎么吃了，噎在喉咙里，如鲠在喉，难以下咽。这顿饭吃得我们心中七上八下，胖三心里已经完全没底了。

胖三叫来了身后的少女，弱弱地低声问道 :“这顿饭得多少钱?”

青衣少女温文尔雅，巧舌如簧地说 :“几位贵宾是七爷的客人，照顾不周让您见笑了，七爷自有安排，等几位贵宾用餐后，七爷在书房会见几位贵宾。”

“这顿饭不要钱?”胖三瞪大了眼睛，如释重负地问。

青衣少女捂着嘴咯咯作笑，珠算子揽着胖三的肩膀让他放心，胖三看着这一桌子免费的晚餐，没忘记多拿几只龙虾，自饮自酌地倒了杯酒。只听珠算子说 :“这风花雪月，雍容典雅之地，此情，此景，怎么能用钱来侮辱呢?”

胖三还是底气不足，总不能白吃白喝，天上可以掉馅饼，可是这馅饼太大也容易把人砸蒙，胖三疑惑地问 :“不要钱，要什么?”

我一脸忧虑地说 :“要命。”

珠算子好言相劝，说："陈老弟，你多虑了。"

吃完饭后，青衣少女一路带着我们走入后院，在一个书房里等候。书房古色古香，角落里一尊青铜炉里燃着天藏香，和刚才吃饭的厢房香味如出一辙，这书房内多出几分秀气和精致。书架上陈列着古籍善本，此处陈列的善本皆是足本，无阙卷，未删减，众多遗失的孤本在这里集中的出现，怕是国家图书馆的孤本藏书都相形见绌。

墙的另一侧是以瓷器为主，以汝、官、哥、定、钧来划分，逐一陈设。珠算子的目光被一件天青釉所吸引，他的眼睛像被钉子钉住了一样，在柜子前徘徊，难以置信地说："不可能，这独一无二的弦纹三足樽，唯一的孤品在故宫里陈列着，怎么可能在这里？"

胖三走过去，伸手取了下来，惊得珠算子一身冷汗，卑躬屈膝地捧着双手想接过来，胖三说："普普通通嘛，潘家园里一沓一沓的。"

珠算子小心翼翼地接过来，捧在手中，仔细地端详了一番。灯光下它散发出华贵的峥，清幽淡远，含蓄蕴藉，幽玄而静穆，底部刻着"奉华"二字，一支足底有一"蔡"字。胖三弹了一下，差点脱手而出摔落在地上，叩声如磬，珠算子眉头紧锁地说："汝窑以玛瑙入釉，釉色呈现出青如天、面如玉、蝉翼纹，细看这件瓷器，釉面滋润柔和，纯净如玉，釉稍透亮，多呈乳浊或结晶状。而这樽虽形如天青釉弦纹樽，釉下寥若晨星，而纹理宛若盘龙，若隐若现，釉面摸上去温润古朴，釉如堆脂，堆脂犹如滴泪，和故宫里的弦纹樽又略有不同，工艺上不知道要高明多少。"

"因为它不是弦纹樽，而是龙纹樽。世人只知有独一无二的弦纹樽，世人能知道，能看到的又有多少？世间万物本没有独一，又哪里来的无二？任何事情都是相对的。”一个甜美的声音从我们背后传来，一个女人不知道什么时候已经站在了书房中，少女扎着马尾，一身休闲时装，干练、豪爽之余难掩姿色。

胖三打趣地调侃说：“呦！小妞，你们家赵七爷是不是掉茅坑里了，这架子又大又臭的，我们等到黄花菜都凉好几回了。”

“招待不周，小七给各位赔罪了。”少女走到书桌前坐下来，胖三目瞪口呆地看着她，问：“赵七爷是个丫头片子？”

“你是赵家七爷？”珠算子也不约而同地问。

随即我和胖子看向了珠算子，感情这老小子压根就不认识赵七爷。

“不知道赵家的粗茶淡饭，几位远道而来的贵宾吃得可还可口？”少女面带笑容地问。

我依然全神贯注地在看乾隆十九年的一本手抄卷的《石头记：大观琐录》，翻看了几页，忍不住感慨地说：“这饭可不是白吃的，没有硬货怕走不出这门。如果东西不够硬，那最好祈祷命够硬。”

“这位先生真会说笑，赵家的规矩想必你们都懂。”小七轻描淡写地说。

我和胖三无辜地对视，究竟是什么规矩我们完全不懂，只有珠算子唯唯诺诺地说：“懂，我们当然懂规矩。”

“那把东西拿出来开个价吧，或者你们填个数。”小七端详了帖子，确认无误，又把帖子摆放在桌子上，开门见山地拿出支票本，签了字说，她不想浪费一分一秒。这赵家七姑娘的举动吓到了我们，胖三看得瞠目结舌，侧着脑袋去看那支票上究竟能写几个零，银行的位次虽说是固定的，最大金额位次到亿元，在国内最大金额的票据能够填写到

999999999.99元，碰到一个不把自己当外人的，稍微不客气点儿，这也就意味着这张支票价值近10亿，还不把这家业瞬间都给败光了，单不说这赵家的家底儿有多少，这支票账户里的余额有多少难免让人怀疑。

珠算子神情自若，完全没有被诱惑到，故布疑阵地说："这事儿怕您做不了主。"

"哦？"赵七的好奇心被勾起来，饶有兴趣地说，"我做不做得了主，那要看货够不够硬。"

珠算子眯着眼睛，故弄玄虚地说："就怕货太硬，伤了你们眼睛，我们要见赵老太爷。"

"你们确定没有来错地方？"这个赵家七爷脸上虽然一直挂着笑容，但在那一刻依然流露出一丝鄙夷的神情，珠算子从容不迫地看着她，脸上那份自信的笑容已经回答了她，两个人在短短一瞬已经做出了一番压迫性的博弈。我们完全蒙在鼓里，她抬起头嗤之以鼻地说："想见老爷子？怕没那么容易！"

珠算子看她开口说话，证明她已经妥协了，老谋深算地笑着说："这东西老爷子找了七十年。"

赵七好奇心使然，不敢相信自己的耳朵，视如敝屣地看着珠算子，这口气也太大了，别说赵家老爷子，即便这赵家七姑娘的闺房都已经奇珍异宝无数，还有什么东西赵家老爷要找上七十年？

我们跟在他身后提心吊胆，珠算子这个满嘴毛的家伙，说起话来也满嘴跑火车，我们全身的家当加上一套三居室，都未必能够抵得了今天晚上的饭钱。胖三都情不自禁地靠近到门口的位置，想随时伺机开溜，我们同时跟珠算子划清了界线，关键时刻可以随时翻脸，胖三低声细语地感慨说道："这话确实说得有点大了。"

珠算子不知道哪里偷来的自信，踌躇满志地看着我们，那种眼神有点暧昧。到了这个时刻，唯一的可能就是，这个珠算子和赵家老爷子都身怀绝技，是失散多年曾经一起策马奔腾、共享人世繁华的好友，看年龄上估计找个六七十年也算正常。

珠算子走到赵七跟前，窃窃私语地说了一句，赵七神情剧变，脸上的笑容也僵住了，辞色俱厉地说："有劳几位稍等片刻。"

赵七说完立即雷厉风行地走出门去，我们翘首跂踵地望着赵七姑娘的背影，珠算子额头上也冒出了冷汗，他刚才果然在装腔作势，胖三回过神来问："瞧，这小蛮腰，这豪爽的性格，你跟她说了什么？莫非你跟这赵家老爷子是失散多年的好友？"

珠算子目瞪口呆地看着我们，摇头说："我从来没见过赵家老太爷。"

"不认识人家，你跟人家套哪门子近乎？"胖三也是一愣，气不打一处来，一把揪过来他的衣领，准备严刑拷打，说，"你个老骗子，你跟人见都没见过，是男是女你都不知道，人都不知道你是谁，你都敢登门拜访，声称是人家朋友？"

胖三攥起拳头说："你个老骗子，假模假式地带我们来吃什么古董羹，一定有事儿瞒着我们。"

珠算子看辩驳不过，如释重负的坦言这事儿要从三年前说起。三年前他给一位落魄的富商医治痼疾，港商患上了一种怪病，全身不能动弹，无意中撞见了珠算子，那会儿珠算子名声在外，富商以为撞到了救星。当时珠算子只是想糊弄点钱花，骗点小财养家糊口，装腔作势地掐指一算，说了几句安慰的话，烧了几张鬼画符，最后没想到那个富商的病自己好了。当年富商是做古董生意的，为了治病四处打点关系，希望能够找到一条活路，不到两年身家财产挥霍一空。作为酬谢，富商赠予珠算子一张帖子，当年抵作100万港币，说到这里珠算子痛心疾首地说：“天下没有免费的午餐，你以为今儿晚上还真是白吃白喝？今天晚上整整吃掉了我100万呢。”

胖三揉着吃得浑圆的肚子，这100万吃进肚子里，果然跟往常不一样。胖三恍然大悟，转念问：“那这帖子有什么神奇的地方？”

珠算子故作神秘，循循善诱地说：“你们有所不知，这帖子叫‘簋帖’，也有人叫‘诡帖’，后来叫的人多了也就成了一种传说，更多的人只闻其名，根本没有见过这帖子长什么样，以讹传讹，就被叫成了‘鬼帖’。‘簋’最早是人类文明中吃饭进食的器皿，也是礼器，圆口，双耳，最早出现于夏商，盛行于商，直至东周作为青铜重器之一，便成了一种仪式和盛典。

“延承至今，就如同一个符号，一种身份的识别，进一家门，吃一家饭，便默认为是自己人。我们手上的这簋帖，是由赵家老太爷签署的，赵家出于嬴姓，始于西周，在历史上的地位是不可撼动的，伯益为颛顼帝裔孙，又被称作龙族后裔，历经了多少年的时代变迁，作为百家姓氏里的老大，相信实力不言而喻。这簋帖便是赵家传承下来的一种特有的方式，由1至7的不同编号。我们手上的帖子，火漆封印着一个篆字的7，珠算子便猜测应该是赵家七爷，还真让他给蒙对了，唯一的小插曲就是没搞明白这赵家七爷的性别。这簋帖数量极其有限，由赵家七兄妹的分门别类掌管，也是上流社会的入场券。

“据说这簋帖当年一共发出去了7张。”珠算子侃侃而谈，“这帖子厉害了，有钱都买不来，除了经济实力，还要有关系、运气、机缘种种巧合，据说这篮帖今年在黑市都喊到了千万一张，还没处去买，进了赵家的门儿，赵家有规矩，也是这么多年来一直不变的习俗，吃了古董羹就是一家人，但凡持有这帖子的人，带上一件稀世珍品，只要货真价实，无论开价多少，赵家照单全收，绝不还价，如若价格相距悬殊没有成交的话，凭借这帖子可以在赵家古月斋里任选一件稀世古玩以礼相赠。”

“赵家难道不怕收到赝品？这些年就没有一些鱼目混珠之徒？”我问。

“赵家从来不担心被骗，若发现以次充好、滥竽充数、鱼目混珠之徒，断手断脚也是常事。比如说今儿晚上，这位赵七姑娘就是一位书画和瓷器的大家，就拿宋瓷来说，就柜子上的这些藏品，怕无人能出其右。”珠算子抿着嘴盯着货架上琳琅满目的书画和瓷器，由衷地赞叹说。

“你既然博古通今，就没顺道做做功课，研究研究赵家，连赵家七爷是个女娃子都没有捯饬清楚。”胖三埋怨地说。

“赵家极其神秘，做事低调，完全没有资料可查。”珠算子无奈地说。

胖三试探地问：“那你是不是连篮帖的真假都没有研究明白？”

珠算子讪讪一笑，被胖三言中，一语中的，顿时露怯，有点不好意思。胖三顿时如坐针毡，骂骂咧咧地问：“你是怎么活到今天的？你个坑蒙拐骗的老骗子，我们早晚被你害死！”

“你还七爷七爷的叫，人当你孙女都富余，这辈分差了不止一个世纪，不知道害臊？”胖三看珠算子臊得不好意思说话，继续埋怨。突然，他目光落在了青铜炉上，一缕一缕的天藏香在空中萦绕，胖三嗅了嗅突然问：“这什么味道？”

“危险的味道。”我勘探着四周感慨地说，我隐隐觉得我们在靠近一个极其危险的人，而我们也身处在一个危机四伏的险恶之地，最重要的是我闹不清珠算子究竟在想什么，每次珠算子都巧舌如簧成功地转移了话题，从这老小子嘴里诈出来点实话很难，他对我们隐瞒着一些重要的事情，究竟是什么事情，我还没有想明白。

我们等了一会儿，门外游廊里传出急促的脚步声，几个衣着旗袍的少女走进来，步伐轻盈矫健，仔细辨认依稀能听出来乱了节奏，有些仓皇，有两个我们还认识，正是刚才在厢房里陪我们吃饭的女孩，青衣少女走进来，温婉地招呼我们，说赵家老太爷正在洗漱更衣，稍后在正房客厅内等候。

我们随着她们一路走到后院的正房客厅里，一如既往的雍容华贵。赵七换了一身晚礼裙，踩着高跟鞋，雾鬓云鬟，皮肤白皙，宛然变成了一个乖乖女的模样，胖三以为自己喝多了，痴痴地嘟哝着一句诗词：“醉酒佳人桃红面，不忘嫣语娇态羞。”看着赵七姑娘面颊绯红，顿时感觉到好不习惯，她千娇百媚地站在一个老人身边，在一旁俯首帖耳，宛若一只玲珑剔透的小猫，和刚才的咄咄相逼判若两人。老人坐在一把太师椅上，身着一件米白色的唐装，我们在门口就听到咳嗽的声音，想必那位鹤发童颜的老人便是赵家老太爷。

“贵客登门，有失远迎。老夫腿脚多有不便，还望海涵。”赵家老太爷挥了挥手招待我们入座。

胖三率先不把自己当外人，一坐下就跷起二郎腿，随手抱起身边的一盏青花高足盘，拿出一只苹果啃了一口，咀嚼了几下，还没咽下就口齿含糊不清地说：“赵老太爷客气了。”

赵七一脸憎恶地看着他，赵家老太爷则笑容可掬打量着我们，客套了几句，直奔主题说："恕老夫冒昧，既然各位拿着篁帖而来，相信也知道这篁帖百年来只发过一次，上次祖上发帖已经历经了几个世纪，听小女蝶七说你们有归藏图相关的讯息？"

"赵家家大业大的，俗话说得好，大树底下好乘凉，托赵老太爷的福，我们只是混口饭吃。"珠算子阿谀奉承地回道。

赵家老太爷和蔼可亲，透过人群看到我站在胖三旁边，一双鹰眼般的眼神突然变得犀利，略带着一种难以置信的异样眼光看着我，那种眼神让我感觉到似曾相识。片刻之后，珠算子有所察觉，赵家老太爷又在脸上挤出了一个笑容，端了盏茶，让我们用茶，看着我感慨地说："人老了，不中用了，这未来是你们年轻人的。"

"江湖上流传着这么句话，传言'流水的衙门，铁打的赵家'，这天下无论是你的还是他的，终究是赵家的。"珠算子拱手道。

赵老太爷眉开眼笑，不矜不伐，不露声色地说："话不能乱说，都说是传言了，无从说起才会有传言。"

胖三突然感觉到局促不安，放下了二郎腿，正襟危坐，在珠算子耳边低语地问："这传言你从哪儿听来的？"

珠算子安抚他，低声私语："不知道，江湖传言而已，反正大家都这么说，临时拿出来糊弄事儿。"

胖三点了点头，权当客气话听了，拿了一只香蕉继续吃。

赵老太爷眯着眼睛，感慨地说："这赵家手中庸庸碌碌，祖宗打拼下来的家业也败落得七七八八，时移世易，早已不如当年，虽说乏善可陈，后人自不敢忘祖训。老夫自幼便有一夙愿，这些年耿耿于怀，一直没敢忘，那就是寻找归藏图，六十多年前老夫在机缘巧合之下有幸见过一次归藏图，却与它失之交臂。”

“哦？”珠算子捻动着雪白的胡子，说，“竟有如此缘分，如此渊源？”

“即便你们拿着篮帖来的，想必赵家的规矩你们也知道，这些年来失落的归藏图多有讯息传出，真伪难辨，争议颇多，既然踏进了赵家的门，吃了这古董羹，你们就开个价吧。”一个老态龙钟的老人点燃了一支黄金包裹的花梨木旱烟，语气不容置疑，盖棺定论地说。说完让赵家七姑娘准备支票，赵家七姑娘站在原地摇了摇头。

胖三“啧啧”地吧唧着嘴，感慨道：“果然是一家人，连狂妄的语气、眼神、动作都一个样儿。”他一如既往地看不惯他们爷孙两个，再次跷起了二郎腿，蔑视以对。

珠算子尴尬地笑着，腆着脸迎合道：“老爷子，我想这有一点小小的误会，您搞错了，混饭吃不是要饭，我们也不是叫花子。”

赵老太爷好奇心使然，拭目以待地看着他，珠算子故弄玄虚地说：“当年老夫的一位老友，为了探寻归藏图的线索远赴欧洲，遍寻世界各个角落，最后在纳粹的战犯集中营里探寻到一丝蛛丝马迹，几经辗转再次失落在战火中，想必这归藏图的弥足珍贵……”

赵老太爷眼睛里闪烁着光芒，疑惑地问：“你所说的可是韩欲教授，你认识韩欲？”

珠算子也是一惊，厚着脸皮继续假戏真做说：“我们是忘年之交。”

赵老太爷兴奋地问：“他没有跟你提过我？”

珠算子摇了摇头，心想都说是忘年之交了，八成早就忘了个一干二净了，摇了摇头，说：“没有。”

赵老太爷循循善诱地说：“河南赵家的赵珏？”

珠算子想了一会儿，实在没有印象，赵老太爷字正腔圆地又说了一遍，珠算子继续摇头。赵老太爷打量着珠算子全身上下，恍然大悟地说：“你是珠算子？”珠算子喜出望外，顿时有种名声在外的成就感，捻动着胡须，装腔作势地看着赵家老太爷咳嗽了两声。赵家老太爷看他默许，继续说：“韩欲教授经常跟我提到你。”

“他说我什么？”珠算子自鸣得意地问。

赵老太爷还未开口，赵家七姑娘接过话茬儿，讪讪地说：“他说你是个神经病。”

“他那是嫉妒我。”珠算子搪塞说。

“嫉妒你是个神经病？”赵家七姑娘好奇地反问道。

珠算子尴尬地挠了挠头，啼笑皆非，对这个赵家七姑娘厌恶至极，不苟言笑地说：“我们是诚心来寻找合作的。”

听到珠算子这么说，我们感觉到一行人之中终于有一个明白人，没有忘记我们这次是来干吗的，当然还有两个是压根不知道来干吗的蹭饭群众。赵老太爷听闻脸色一沉，心有疑虑，似乎有难言之隐，一脸狐疑地看着我们，顿时对我们心存芥蒂，可见这归藏图一定另有蹊跷，藏着不为人所知的秘密，看着胖三抱着一块西瓜在啃，吃得战战兢兢，我和胖三完全被蒙在鼓里，有些事情似乎全世界都知道，只有我们两个一无所知。赵家七姑娘余光里看到了老太爷的神情，心有余悸地站出来打趣道：“好大的口气，古往今来，没有人敢跟我们谈合作，你有什么资格跟我们合作？”

我顿时哑然失笑，不知道这赵家哪里来的自信和骄傲，那股傲睨得志的神情让人全身起满了鸡皮疙瘩，我正要反驳，只听珠算子故作从容地说："相传远古藏有书图两卷，河图为体，洛书为用；河图主常，洛书主变；河图重合，洛书重分；河图为始，洛书为终；河图为生，洛图为死；方圆相藏，阴阳相抱，相互为用，不可分割。万物莫不归而藏于中，万物虽无穷无尽，无穷终有章，无尽终有数，河图归藏于洛书之中，洛书归藏于河图之中，二者合而为一，即是归藏图。天书记载了众神的力量，众神在远古与人类达成契约，伏藏于雪山深处，久而久之，被时间抹去，禁忌是神与历史划下的界线，不可逾越。历史中多有人踏寻迷雾寻找它的踪迹。"

这些赵家老太爷早已心知肚明，不为之所动，想起身离开，不想再跟我们胡搅蛮缠，感慨地说："一大把年纪了，还能坐下来听荒谬的童话故事，如果没什么其他事，小七儿，送客。"

"我知道这些年来，你一直在找一样东西。"珠算子站在原地，早有预谋地说。

"哦？你知道得还真多。"赵家老太爷嗤之以鼻地说。

珠算子从袖袋中拿出了那张羊皮卷，自鸣得意地说："宋朝时遭到金人入侵，盗墓猖獗，先秦的春秋大墓屡屡被盗，宋朝设立官方盗墓机构'淘沙官'。与三国时期曹操设立的'摸金校尉'不同的是，这'淘沙官'是第一个被载入史册的官方'盗墓机构'，在几座金人盗掘的先秦大墓中，当'淘沙官'十三军进行'滤坑'的时候，这些残卷再次流传于世。河图九章、洛书六篇的残卷，以九六附会河洛之数，历经唐末、五代十国直至宋初，陈抟吸收汉唐九宫与五行生成数，卜天相、占星图、依照山峦地脉，发现了一个隐藏在宇宙间的重大秘密，在这张图中发现了史前文明的遗迹。文明的源头藏匿着起源和生死的密码，这其中根基便来自于河洛文化的滥觞，宇宙魔方归藏于其中。从归藏残章残卷中窥破天机，绘制了一个图式，沿用了夏朝禹的命名——龙图。"

赵家老太爷那只形如枯槁的手都在颤抖，不敢去触碰，觉得这一切难以置信，目不转睛地盯着珠算子手中的图，这张图他认识。胖三捧着西瓜，惊愕地看着珠算子手中的羊皮卷古图，满脸的困惑，他扔了手上的西瓜皮，终于不再做吃瓜群众，质疑地问："先打住，这是在讨论我的东西吗？我怎么听上去跟我一点关系都没有呢？"

"别着急，马上就有关系了。"我安慰他说。

这张古老的羊皮卷上有明显破损的痕迹，凹凸有序，被人为地撕裂，不是一张完整的图，赵家老太爷那只颤抖的手还停留在半空中，亦步亦趋地慢慢靠近珠算子手中的图。赵家老太爷刚刚看清这张羊皮古卷的轮廓，珠算子把羊皮卷揉成一团，猝不及防地塞进了嘴里，给吞了下去，赵家老太爷见状立刻捶胸顿足，气急败坏地摔了手中的青花茶碗，这一连串的动作搞得胖三不知所措，伸出手指想从珠算子嘴里抠出来，然而为时已晚。

珠算子笑眯眯地说："现在我们有资格合作了。"

胖三埋怨道："你饿疯了，说好的吃顿羊肉，没想到连羊皮都给吃了。"

赵家老太爷恼羞成怒，挥了挥手，十几个大汉闯了进来，几个人手中牵着几只凶残至极的藏獒把我们团团围住，老太爷大喝道："全部拖出去，剁成肉泥喂狗！"

"这就是你说的有关系？"胖三忍不住后退了几步，懊恼地看着周围问我。

“等一等！”赵家七姑娘颖悟绝伦，关键时刻叫停了他们，几只藏獒乖乖地蹲坐在地上，犬牙交错，垂涎欲滴，凶恶的眼神如同它们毕露的犬牙。赵七姑娘面带笑容，一双水汪汪的大眼睛晶莹澄澈，秋波流转，全身上下打量着我们，最后目光落在珠算子身上，嘴角诡异一笑，古灵精怪地问：“既然这是一张古老的图，有多古老？”

“足够老，老到你难以想象，甚至可能比文明还老。”珠算子洋洋自得地说。

“哦！那就好办了。”这个眉目如画，丰姿绰约的女孩笑起来让我们觉得有几分忐忑，她说，“据说这种古老的羊皮卷古图，都有防腐处理，书写的方式也是用特殊的防腐材料，如果这个时候开膛破肚，这古图应该没什么异样。”

这赵家七姑娘清音娇柔，还有三分天真烂漫，低回婉转，这简单的几句话吓得珠算子全身都在瑟瑟发抖。看她的样子不像是在开玩笑，珠算子刚才吞下了羊皮古卷，嗓子火辣辣地疼，此时无辜地抚摸着难受的胃部，寸心如割，额头上的汗珠啪啪地滴落下来，一身冷汗湿透了脊背。

珠算子冷冷地狂笑不止，这跟原计划完全不一样，一脸茫然的珠算子不用多说一个字，那张苍白的脸上没有一丝血色，已经说明了我们的处境。如果我们不用死，胖三举双手赞成，只是这珠算子算是栽到家了。他突然从地上捡起来一片赵老太爷刚才摔碎的青花瓷碎片，一把揪住我的衣领，一阵冰冷的寒意从脖颈处传来，珠算子掐住我的喉咙，说：“大不了我们同归于尽。”

一屋子里的人都看傻了眼，完全没有分清楚谁跟谁是一伙儿的，这珠算子一定是老糊涂了，拿我当人质自相残杀，这找死的行为必须死得比谁都彻底。胖三在一旁暗示他，绑错人了，活生生的赵家人就站在对面，珠算子把所有人的目光置若罔闻，在我耳边低声说："陈老弟，委屈你了。"

珠算子老谋深算地说："赵家老太爷既然知道这归藏图，想必也知道破解这个归藏图十分不易，不懂得归藏中暗藏的奥秘，即便得到这残卷，百八十年也难以破解，我怕你等不了这么多年月，眼前这位陈尘便是陈抟的后人，当年陈抟窥破天机，以归藏残卷绘制了龙图，杀了他想必这归藏秘术就无人能破了。"

他的话果然有效，说中了要害，赵家老太爷眼前一亮，那种诡异的光芒就像一个几百岁的老妖怪看到猎物一样贪婪的目光。我和胖三都一头雾水，完全不知道发生了什么，这牛吹的，我们压根没跟上节奏，这会儿打肿脸装胖子，我都后悔没有多看两眼那张羊皮古图。

我莫名其妙地看着珠算子，比画着手指，低声说："哥们儿，不到一秒钟，你吹了两次牛。"

"有这么多吗？"珠算子无辜地问。

"有。"我点了点头说。

胖三也凑过来脑袋，感慨地说："你这上嘴唇一碰下嘴唇，脑子一热，牛就算吹出去了，确实牛是够牛，这接下来事儿你怎么解决？"

"先能走出这个门，能活过今天再说吧。"珠算子说。

"你个老骗子，当我们是萝卜啊，这一路走来，一步一个坑，坑坑都要命。"胖三满腹牢骚地说。

这僵持的局面并没有维持太久，一个中年男人慌慌张张地跑进客厅，在赵家老太爷耳边低语了几句，赵家老太爷立即换了副嘴脸，热情洋溢地说："误会，误会，我这有百年的福元昌陈茶，还望几位贵宾海涵，品鉴。"

以前觉得福冈亚美是个狠角色，没想到今天遇到了一个更狠的。客厅的耳室是一间茶房，我们惶恐不安地坐定，如坐针毡地捧着杯子，珠算子这个老小子装起了大尾巴狼，坐下来便和赵家老爷子侃侃而谈，完全忘记了就在一分钟前，别人还要拿他开膛破肚剁成肉酱喂狗的事，眉开眼笑地与人高谈阔论。此等脸皮，此等情操让人望闻兴叹。

他端起来晶莹剔透的杯子，骨质如玉，可以看到茶品汤色栗红明亮，水底沉香，珠算子啄了一口，大呼好茶："好茶，这茶回甘如泉。"

"珠先生对茶道也有研究？"赵家老太爷心花怒放地说。

珠算子顿挫抑扬地说："俗话说班章为王，易武为后，福元昌陈茶是易武的精品，此茶以阴柔见长，用'天酒'烹煮，细细品之，一股岁月中百年的沧桑味道，苦尽甘来，甘之如饴。"

胖三端起来一饮而尽，没品出什么味道，又端起来我身边的这杯，一通牛饮，喝光了四五个人身边的杯子，不屑地说："一个个牛被你们吹得稀碎，这'天酒'多少度的？"

我说："这'天酒'就是晨露，露水。"

珠算子厌恶地看着胖三，无奈地说："《山海经》中写道：'仙丘降露，仙人常饮之。'这便是这秋后无风的晨露，延年益寿的良品。"

胖三搓着手，又喝了两杯，还是没有觉得哪里好，说："茶也喝了，神仙也当了，这凡间的事儿……"

"这位……李斯文先生，少安毋躁，合作讲究的是精诚所至，金石为开，但凡用得上赵家的一定全力以赴，合作的事情好说，好说。”

“我跟你们说过我的名字吗？你怎么会知道我叫什么？”胖三放下茶杯，一脸狐疑地问。

赵家七姑娘洗了一遍茶，柔声细语地说：“当你们踏进赵家大门的那一刻，你们所有人的资料都已经被整理成册，祖上三代的信息都被摆放在案头。小到职业、着装、手机、喜好，大到背景、身世、朋友，统统都被罗列出来，跟公安司法系统不同的是，你为人所知不为人所知的事情，你不想记起的和你真正想忘记的，我们都了如指掌……如果需要，几个小时内你们去过哪里，吃过什么，都可以提供给你们。”

“有这么神奇？”胖三藏起了手机，半信半疑地问，看着温柔聪明的姑娘，谈及这些事情，就如同在唠家常，让在座的每一个人都细思极恐，赵家七姑娘斟了杯茶给胖三，说：“十五分钟前你用手机搜索引擎查询了赵家以及老太爷和赵蝶七的名字，不用白费心机，你找不到任何讯息，除非我们想告诉你，如果这么容易找到，赵家那还是赵家吗？”

胖三环顾了四周，怀疑这房间里有摄像头，只是被简单的监控，恰好被安保人员看到，胖三信誓旦旦地说：“胖爷我可是被吓大的。”

“那是因为你从来都不知道什么才是最可怕的东西，没有受到真正的惊吓，三个小时前，你在前往古董羹的路上，一直在寻找附近最热闹的夜店……”赵蝶七停顿了一下，体恤地看了一眼胖三，言外之意要不要继续说下去。

“信，不要再说了，我的姑奶奶，我信了。”胖三举双手投降，假意信服，制止她再说下去。赵蝶七所说的一切，我们跟胖三虽然如影随形，却一点都没有察觉到。

“在我们天眼的系统里，所有人，所有事都囊括无遗，无论什么样的人，即便是一个乞丐，都会记录在案，今天却出了一些差错，有一个人在天眼的系统里竟然没有任何资料。”赵蝶七说话的时候把目光落在了我的身上，她看着我的眼神就像一只好奇的小猫，明眸善睐，反问道：“陈尘先生？”

我低下头，打个马虎眼，想把这事儿搪塞过去，伸手去端起桌子上的茶，赵家老太爷一把抓住我的手掌，盯着我掌心里的那团黑气，惊愕地问：“龙纹咒？”

看着赵家老太爷诧异的神情，我又看了看手掌，没有觉得有什么异样，还没有来得及开口问询，胖三撸起袖子一把拉过我的手掌，问：“嘛玩意儿咒？”

“龙纹咒是一种古老的诅咒。”赵蝶七说，赵家老太爷目瞪口呆地看着我，仿佛石化了一般。胖三研究着我掌心里稀奇古怪的黑气，挠了挠头，说：“这玩意儿会传染不？”

赵蝶七摇了摇头，说：“这种诅咒在先秦古籍里有所提及，能够知道这个名字的人已经没几个了，没有人见过这种诅咒。”

胖三羡慕不已地看着我，怪声怪气地说：“都这么古老这么遥远的事情了，这诅咒就没个保质期？就不会过期啥的？”

赵家老太爷叹了口气，无奈地摇了摇头。赵蝶七说：“不知道，关于这诅咒的记载寥寥数字，只知道它是最恶毒的远古咒语，下咒、解咒的方式从来没人知晓，这种咒语比文明更古老。”

胖三恍然大悟地说：“我知道了，真相只有一个，这下咒的人不识数。没文化真可怕，忘了给准信了，至于为啥没有记载，兴许下咒的人刚下完咒，连自己都忘了自己念叨过什么内容，那叽里咕噜呜里哇啦的一大串，谁能记得住？”

“那你们更应该相信，你们需要我们，有些事情你们把控不了。”珠算子抿了口茶，曲意逢迎，得意扬扬地笑着说。

赵蝶七嗤之以鼻地说：“至少这事儿，你说了不算。”

赵家老太爷打圆场说：“老夫在古稀之年才生下这刁蛮任性的七丫头，家里的几个哥哥姐姐都年长她很多，对她甚是溺爱，一定是被宠坏了，还望各位多多包涵。”

“我就想知道，我这归藏图究竟是个什么玩意儿？作为当事人，这图怎么没的我已经知道了，这图怎么来的能打听一下不？”胖三总是能在最不合时宜的时间，最不合时宜的地点，说出最不合时宜的话。说到这不合时宜的话也正是我想问的，提到归藏图总算是又提到了胖三的伤心事，还没等他揣热乎，这图已经没了。看见珠算子的嘴脸他就触景生情，看着珠算子打了个饱嗝，他痛心疾首地攥紧了拳头，咬牙切齿地说：“当然，那该死的图已经被这个更该死的老吃货给吞了一个干净。”

赵家老太爷透过天窗仰望着星空，迟眉钝眼，愣了良久，叹息说：“我们的野心超越了自身的进化，以科技的手段探索人与神之间的禁忌，这很危险，禁忌的大门一旦打开，最后的走向和结局就是毁灭，当年这些禁忌被归藏尘封于黑暗之中，归藏图就是触碰这些伏藏禁忌的唯一线索。”

“窥探神迹的野心，我们是绝对没有的。我们也就是摇旗呐喊，当个啦啦队，学习个一星半点儿老祖宗的智慧，追根溯源，更好地了解自己。”珠算子信誓旦旦地说。

胖三这次学乖了，随声附和道："我们的一贯原则就是，坚持学习，弘扬美德，提高自身修养，努力成为祖国的栋梁之材。"

我敲打胖三，提示他说："话说得太大，过了。"

"过了吗？"胖三恍然大悟地问。

珠算子也低语说："确实过了。"

回忆起那些年，赵家老太爷那股壮志未酬的神情十分凝重，说起那些事情，踌躇满志，说到最后眼睛里含着泪水，长吁短叹，唉声叹气。

那是一个在平凡中创造奇迹的时代。

Ⅰ 九局

某一年的冬天，路上积雪封霜，岁弊寒凶，开往北京的火车已经过了山海关，车厢外雪虐风饕。火车刚驶入北京站，烟囱里的余温还没有来得及散去，一个戴着毡帽，衣着灰色大衣的中年人行色匆匆地从人群中走过，他只是埋头赶路，样子极其认真，在他走路的时候，路就是他的全世界。

突然有一只手搭在了他的肩膀上，赵珏脸上还带着稚嫩，笑呵呵地看着他，握住他的手，问："韩欲同志？"

韩欲满腹疑团地看着眼前的年轻人，扶了扶眼镜。

赵珏再次伸出手，接过他手中的行李箱，介绍说："二机部的赵珏。"

两个人径直走向了车站对面停靠的一辆解放牌汽车，司机是一位身着55式军服的小战士，神情凝重，车子一刻没有停缓地开往了郊区，直到牤牛桥附近的两栋红砖小楼外才停了下来，零零散散的几个人拿着文件步伐轻盈地往返于各个办公室。

赵珏带着韩欲进了办公室，喘了口气，助理倒了杯水，关好门退了出去。赵珏放低了声音，说："相关领导为了打破核大棒的威胁，回国后迅速组建了九局，在九局筹建之初，九局的同志转战大江南北，翻山越岭，栉风沐雨，终于在三年前的秋天在发现了第一个铀矿之后，陆续又在其他地区发现万吨矿田。”

韩欲听到这振奋人心的事，激动地攥紧了拳头，拍着大腿骄傲地说：“太好了。”

赵珏一脸苦闷，眉头紧锁，谨小慎微地说：“今天我所说的一切，你权当没有听到过，以免引起不必要的恐慌，在勘探开发的过程中还是出了点小问题，某勘探小队的同志在矿田开采的过程中，发现了这块矿田有已经被开采过的痕迹。”

“有人泄密？”韩欲疑惑地问。

“我们开始也这么以为，最初远赴矿区的两个小队里有外国的专家参与，可是事情并非我们想象的那样，真正可怕的是我们最不想面对的，也是最意想不到的结果，根据地质学家、考古学家的分析，这些矿田开采的痕迹竟然是几十万年前留下来的，甚至更早，而且在……”

“几十万年前？”韩欲目瞪口呆地看着他，那是一个什么样的年代他无法想象，石器时代的几个人拿着石刀石斧开采铀矿，画面和事件完全无法联系上。赵珏看出了韩欲的困惑，拿了几份资料递给他，解释说：“前几天有矿田发生了坍塌事件，在山体滑坡坍塌的区域中发现了一座遗失的古城，与当年川滇地区惊现出的地下古城有些相似。这次仓促地邀请您回国，也是迫于事态紧迫，几位古文字专家、考古学家翻遍了史书，查遍了周边地方的县志，找不到任何蛛丝马迹，在已有记载的历史上一片空白，我们所面对的是一个全新的未知文明。”

“你是在讲故事吗？”韩欲搪塞地问。

赵珏焦躁地说：“我们所有人都希望这是故事，事实上老天这玩笑开大了。”

赵珏一脸认真的表情，字字掷地有声。韩欲沉思了良久，看着手上的资料，也理不出任何头绪。

那天夜里，临时组建的考察队伍整装出发，一行 20 余人，4 辆解放牌卡车，4 辆吉普车，几个战士往卡车上搬了几个箱子，3 顶军用的大帐篷折叠好装载上车。赵珏帮韩欲教授准备了一件换洗的衣服，解释说条件艰苦，有些话路上再慢慢解释。

车子驶出北京城的时候，天已经完全黑了下来，韩欲坐在一辆吉普车上，望着漫漫长路，打了个哈欠，看着身边的赵珏已经睡着了。

一路上几经波折，走走停停半月有余。

车队在洛阳龙门外停了两天，并没有进城，支了三顶帐篷，生起了火炉，风餐露宿。第二天早上，炊事班的一个小同志捧着一个装满了热粥的搪瓷杯，探过来头递给韩欲和赵珏，向韩欲低声地打听情况，说："我们是不是来错地方了？"

"错不了。"韩欲遥望着远方，沉吟道。

"我们在这里等什么？"小同志问。

赵珏笑而不语，这笑容有些尴尬，笑得身边的人心里都没了底气。赵珏心中何尝不是没有底气呢？比起心中的彷徨不安，他更愿意选择相信韩欲，他也把目光投向了韩欲。

"等东风。"韩欲笑着说。

赵珏还是没忍住，问了一句："这东风是？"

"这东风是一个人。"韩欲看着一头雾水的每个人，感慨地说，"万事俱备只欠一个人，我们还要等一个人来。"

"这东风很重要？"赵珏问。

韩欲故弄玄虚地说："足够重要，不可或缺。"

赵珏百思不得其解，看了看手表，说："这都两天了，你怎么知道他会来？"

"他一定会来。"韩欲望着龙门关外，笃定地说。

傍晚的时候，一辆吉普车风驰电掣地从夕阳深处踏雪而来，车窗内一缕一缕的雪茄烟飘散出来，车内两个戴着墨镜的男人目不转睛地注视着前方，开车的动作飘逸洒脱，车尾甩出的冰碴四溅，两道车辙印在冰天雪地中画出不规则的图案，韩欲喜出望外地看着飞驰而来的车子，激动得攥紧了拳头。

车子一个甩尾调整了方向，打开车门，一只皮靴踏在了雪地上，一个身材魁梧的中年人拿着雪茄，吐了口烟，摘下了墨镜，那张面带着笑容的脸立即被冻僵了，他迷茫地遥望着远方。

韩欲、赵珏热情洋溢地从营地出去迎接，几个热血沸腾的小同志雀跃鼓舞，韩欲疑惑地看着远方，热血好像被冻僵了一样，一盆冷水浇了下来，这东风好像是吹跑偏了。

车子上下来两个模糊的身影，一个中年男子跛着脚，一瘸一拐地走来。中年男人下车踢了一脚车子，懊恼地说："气死我了，没油了。"

"我说老李，出门前没有人看一下油箱吗？"另一个身影下车问。

中年男人说："老顾着拿雪茄，忘了加油这回事儿了。"

两拨人的热情在这冰天雪地里的一公里距离中，渐渐地冷却下来，两拨人在瑟瑟发抖的情况下，相互握着冻僵的手，寒暄了几句。

几个人簇拥着中年男人，韩欲热情地拉着他的手，介绍说："这位是洛阳的李沌同志，另外一位同志是……"

韩欲并不认识一同前来的这位中年人，李沌简单地介绍说他是老李，李家的二叔。老李的话不多，一双警觉的眼睛冷静地看着所有人，四周的冷空气并没有让心怀芥蒂的赵珏放下防备，在他身上似乎嗅到了土腥味，疑惑地看着他，冷漠地问："洛阳淘沙一门的李家？"

几个小战士听得云里雾里，有人感觉到了氛围不对，并且这氛围跟寒冷的天气没关系，李沌一脸的不悦，吐了口唾沫，凑过去不屑地问韩欲："你的电报我收到了，韩教授的事儿，就是我们的事儿，义不容辞。不是我们的事儿，态度很明确，爱莫能助，这青瓜蛋子是谁啊？"

"自己人，自己的事儿！"韩欲连忙拉开两个人，这局面他完全没有想到。

"这是哪门子事儿？"李沌叫嚣着说。

赵珏正义凛然地说："这个世界非黑即白，我的眼里可容不得沙子，黑就是黑，白就是白。"

"那是因为你色盲。"李沌跛着脚，气急败坏地反驳说。

"话可不能这么说，大家都是为建设社会主义添砖加瓦的好同志，不要戴着有色眼镜看待身边的同志，更不要因为小矛盾而破坏革命大家庭最纯洁的无产阶级革命友谊和团结。"韩欲拉扯着李沌和赵珏的手，继续说，"赵珏是根正苗红的好同志，李沌和洛阳李家当年在抗日战争中也是踊跃响应号召，投身革命的好同志，大家实事求是，不计前嫌，共同努力做好社会主义的螺丝钉。"

"能不能当好社会主义的螺丝钉咱们以后再说，既然不知道扯到了哪门子的事儿，咱们就扯一扯这事儿，我们淘沙一门怎么招你们赵家了，是杀了你们赵家全家，还是挖了你们赵家祖坟？"李沌撸起了袖子，理直气壮地说。

说到这事儿上，赵珏义愤填膺地站了出来，喘着粗气，暴跳如雷。李二叔劝住了李沌，看这情形是做贼心虚，挖坟无数，自己也记不清了，这事还真说不好，好像还真被李沌说中了，往上数十几代，从唐宋以来，好像还真挖过赵家的祖坟。

李家二叔忙着打圆场，息事宁人。李沌咄咄逼人地说："这事还是算了，小爷还真不伺候了。"

韩欲心急如焚，好说歹说终于又把双方撮合在了一起，来者皆是客，赵珏做出了短暂的妥协，曲线救国，气馁地说了几句夹杂着歉意的话，各自貌合神离。李沌看着一公里外抛锚的汽车，也做出了让步，给足了韩欲面子，勉强匆匆上路。

在一个漆黑的深夜里，装载物质的卡车突然抛锚，一股寒流袭入车内，车窗外结满了冰晶，韩欲在摇曳的车子中醒来，昏暗的灯光下人影攒动，几位战士在打着手电筒更换轮胎，韩欲凑过去身子问要不要帮忙。忙碌的一个小战士嬉笑着脸，脸颊冻得通红，眉毛、发梢都结了白霜，依然热情洋溢地说："韩教授去车里暖和会儿，这边一会儿就好。"

韩欲在雪地里站了一会儿，看着山峦之间风声鹤唳，风中夹杂着冰碴，凛冽地拍打在脸上、军大衣上，雪地上一层层恶浪般的冷风迎面扑来，打得脸生疼，犹如刀割，身后过往的车辙很快被大雪埋没。看着白皑皑一片的茫茫前路，早已分不清哪里是路，哪里是山崖。喘息的车子发动机抖动了几下，归于一片寂静，车子打不着火了。

赵珏也从寒冷中醒来，下车的时候已经感觉到了高寒，缺氧。他问到了哪里，发生了什么事情。一个战士走过来敬礼，昼夜赶路，脸上还挂着疲惫，说已经过了格尔木，下边的路会很难走，准备在唐古拉山脚下稍作整顿，现在车子抛锚，刚换完轮胎，风雪太大，天气太冷，打不着火。

他们就地找了一个山坳支起了帐篷，饥寒的深夜，几个人从车子上抬下来了高低床，用木箱堵住了出口，才勉强点燃火炉。七八个人围在一个帐篷里，韩欲故意把赵珏和李沌叔侄分开在两个帐篷，最外围的是司机和后勤的同志。

天气透骨奇寒，他们在冰雪包裹的帐篷里喝了几杯二锅头取暖。酒过三巡，隔着帐篷赵珏和李沌两个人还是吵了起来，这一路上二人各自看对方不顺眼，窝了一肚子火，在零下 40 摄氏度的天气里一触即发。

李沌拎着酒瓶子醉醺醺地冲进了赵珏的帐篷里，几个地质学家正在跟赵珏唠家常，李沌在人群中认出来赵珏，直奔他身边，敬了杯酒说：“今儿韩教授的面子小爷是给足了，我这辈子最大的障碍就是这张脸，太好面子，成也这张脸，败也这张脸，今天脸放这儿了，面子也给了。”

李二叔接踵而至，搀扶着醉意朦胧的李沌，想把他拉扯回去，赵珏抬头看了一眼李沌，视若无睹，继续和身边的几个人推杯换盏，李沌走过去拍了下他的肩膀，面带微笑，将一瓶二锅头彻头彻尾地倒在他头顶，义正词严地说：“你敬我一尺，我敬你一丈！你不知道一尺有多长，那我就告诉你一丈有多远。”

赵珏气急败坏地站起身，想去抽李沌。李二叔接过去踉踉跄跄的李沌，“啪啪”两声，反抽了他两个耳光，说：“你喝多了。”

李沌愣了一下，感觉脸上突然火辣辣的，才意识到自己被打了。他刚才已经被动地诠释了脸跟面子压根儿没一点关系，用实际行动证明了脸很多时候随时是用来打的。

听到动静，韩欲也冲进来百般抚慰。赵珏整理着衣衫，他的发梢、衣领、衬衫上灌满了酒，一身的酒味，他看着李家叔侄，恼羞成怒地说：“我还真不屑于与淘沙、炸坟、摸金、倒斗之流的地鼠为伍。”

韩欲悔恨交加，不知道该说些什么，这也算提到了洛阳李家的痛处，随着法制的健全，江湖规矩也就渐渐退出了舞台，江湖上的事儿在近些年突然就成了拿不上台面的事儿，听到赵珏突然开口说出这样的话，那是发自肺腑的鄙夷，没有丝毫掩饰。李二叔也愣了一下，心平气和地说：“我参军打仗那会儿，你还在被窝里尿炕。一尺不长，一丈不远，从一尺到一丈，是一颗心到尊重一个人的距离，这是老祖宗留下来的规矩，你不懂，我可以教你。”

赵珏哑口无言地呆立在原地，呆若木鸡地看着李二叔，李二叔眼神犀利，目不转睛地盯着他，看得他全身发毛。突然帐篷外传出来一声凄厉的哀号，一个小同志跌跌撞撞地跑进了帐篷，脸上、身上满是鲜血，擦干净脸上的血渍才看出来是炊事班的小陈，他毛骨悚然地指着帐篷外，颤抖地说：“雪里有东西……”

“雪里有什么东西？你说清楚，这雪里有……”看着小陈衣衫褴褛，血迹殷殷，已经奄奄一息，赵珏扶着他急迫地追问。小陈还没有来得及说完，身体就慢慢冰冷了，所有人惊讶地望着帐篷外的雪，难道这雪有问题？听说过被冻死的，从来没有听说过雪会杀人的，医护人员检查小陈的尸体，揭开褴褛的衣衫，骇人惊闻的一幕出现在他们面前，小陈几乎每一寸皮肤都被割开，伤口深入血管，每一个伤口都准确地从血管处切入，并且所有的伤口几乎都是在同一时间造成的。

小陈的死因是流干了血液。他身体呈现出惨白色，加上喝了几口酒，血流的速度比以往增快了不少，细小的伤口如果不是残留的血渍结冰，很难被发现。韩欲仔细擦了擦伤口，想让冰雪融化掉，突然小陈尸体的皮层之下有东西在涌动，这些东西在小陈身体里乱窜，从身体的各个方向涌向大脑，几个人吓了一跳，纷纷避让开。

一个小战士突然大叫了一声："小陈，小陈他……他在哭。"

小陈已经放大的瞳孔凝聚着一丝丝的血色，两行血泪在眼眶中打转，从眼角处蜿蜒地流淌下来。他的瞳孔里突然散发出冷峻的荧光，随着流淌的血液，他的眼睛里突然生出了锋利的獠牙，这獠牙分别从七窍中破茧而出，原来是一条条血红色的小蛇形状的虫子，从小陈的口耳眼鼻中爬了出来，在地上爬行的速度快如闪电，飞速向四周散去。

帐篷里的人目瞪口呆地看着眼前发生的一切，在一个女同志的惊叫声中才缓过神儿来，看着小陈惨不忍睹的尸体，已经完全辨识不出来五官轮廓，顿时一股腥臭扑鼻而来，韩欲踉跄地跌倒在地，惊魂未定，难以置信地说："这是……"

几个人忙着冲出帐篷，帐篷外除了一摊摊血渍，哪里还见得到那些蛇形的虫子，他们慢慢地回到帐篷内。

李沌眼疾手快，随手抄起一只透明的玻璃酒杯，反手在地上画了一个弧线，洒落了几滴酒，同时酒杯里多了一条血红色的小蛇，它在二锅头里游来游去挣扎着。此时众人回来，凑过来看酒杯里的小蛇，李沌摇一摇酒杯，看见沉入到杯底的小蛇额头上蜿蜒着一个好像"九"的字符，小蛇在酒水中龇着一口獠牙试图挣破玻璃杯。

韩欲凑过去还没有来得及看清楚这小蛇的模样，顷刻间这小蛇混合着酒水化为一摊殷红色的液体，李沌也好奇这小玩意儿会变戏法似的，瞬间就没了。李二叔焦躁地看着所有人，满面愁容地说：“这是九阴尸魃！”

“九阴尸魃？”韩欲不解地问。

李二叔用异样的眼神看了看众人，有口难言，摇了摇头还是作罢。这应该就是小陈口中所说的雪里的东西，韩欲等不及追问：“都到了这个时候了，你就坦言相告吧。”

李二叔叹了口气说：“实不相瞒，我还真见过这东西，不过见的不是活物，而是在河南的一座商朝的形意墓中的壁画上见过这东西，这是在冢文中记载上古的一种尸虫，乃至阴至邪之物。古人曾用活人祭祀，伏尸百万，流血漂橹。战争中用奴隶、战俘供养，又称为尸祭。根据记载尸魃形如蛇状，通身剧毒，身体本无颜色，天生嗜血，挥发出一股血腥的恶臭味，流经之处，土地五谷不生，行动迅捷、凶悍，犹如鬼魅，额首上有一九字，故又叫九阴尸魃。”

赵珏关切地看着地上小陈的尸身，疾恶如仇地说：“鸡鸣狗盗的地鼠之辈，胡溜八扯，危言耸听，我记住了，这账等秋后咱一笔一笔地算。”

“这脸你还要吗？不要我就替你扔了。”李沌信誓旦旦地去问了一句赵珏，猛然间把赵珏给问愣住了，李沌继续说，“蹬鼻子上脸的事儿我见多了，我还真没见过踩了狗屎还觍着脸往人脑门子上蹭的。”

“别吵了！”听到这些天方夜谭的东西，一向和颜悦色的韩欲教授一反常态地勃然大怒。帐篷里顿时安静，只有帐篷外的风声呼啸而过，韩欲汗出如注，面色苍白地说："我还真听过李二叔所说的东西。"

听到这个消息，所有人都面面相觑，韩欲继续说："在《山海经》中的《大荒北经》中记载了一种动物叫相繇，相传是共工之臣，九首蛇身，以食于九山，其所歍所尼，即为源泽，不辛乃苦，百兽莫能处。禹湮洪水，杀相繇，其血腥臭，不可生谷，其地多水，不可居也。禹湮之，三仞三沮，乃以为池，群帝因是以为台，在昆仑之北。其中的描述与李二叔在形意墓中的冢文记载的九阴尸魃颇为相像，略有出入的是……"

赵珏站起身说："这神话故事我也听过，《山海经》中相繇，又叫九头蛇，这和我们看到的小东西完全驴唇不对马嘴，九头蛇顾名思义便是有九个头的一种毒蛇，相传九个头分别在九个不同的山上进食。"

"我呸！还大荒北经，我看你才是荒天下之大谬，你少说两句没人知道你不识数，没见过世面，驴唇长在了马嘴上，那叫骡子。"李沌看见赵珏就烦，旧仇未报，又徒增新恨，早就看不过他，这会儿听见他说话就烦，反驳他说："九首，相繇就得长九个脑袋啊，人长成什么样还得根据你的喜好长呗？你也太为难相繇了，给人找多大麻烦，长九个脑袋你还真敢想，那得长成什么样？兴许九是相繇的幸运数字，人好这口刻在脑门子上了，又或者人在家里排行老九，怕搞混了在脑袋瓜子上做个记号，你管得着吗？"

"胡搅蛮缠……"赵珏怒不可遏，气得说不出话来。

李沌虽然说者无心，只是为了出口恶气顶撞赵珏两句，韩欲却听得有心，默默地念叨着："九首，未必真的是长了九个脑袋，九也许不是一个量词，而是一个印记，跟我们刚才看到的生物确实有些类似。”

“疯了，你信他？”赵珏气急败坏地问。

“不对，不对！”韩欲连说了两个不对，摇了摇头，怪自己想多了，说，“《山海经》本来可信度就不高，鲁迅先生都说它是‘盖古之巫书’，一定是我们想太多了，那只是神话故事罢了，和以食于九山完全对不上。”

“你们这帮文化人，还真不知道怎么说你们好，做学问都是一根筋，我还真庆幸自己读书少，没什么文化，我一个粗人都知道举一反三的道理，既然九首不是九个脑袋，那九山当然也不是九座山了。”李沌引以为憾地说。

韩欲恍然大悟，说：“九是自然数里最大的数字，九山那就是自然界最高的山，根据史书记载中华第一神山便是昆仑山脉，《山海经》中记载相繇在昆仑之北……”

“不会这么巧吧！”李二叔心中一震，情不自禁地看向了韩欲。李二叔说：“过了格尔木便进入昆仑山脉的腹地了，是我们的必经之地。”

“别扯了，昆仑山在哪儿，这些年来压根儿就没人知道。”赵珏不屑地说。

“古来言昆仑者，聚讼纷纭，又哪能三两句话说得明白。”韩欲打圆场，怕双方面子上挂不住，李沌和李二叔压根儿没把面子当回事儿，赵珏的面子算是挂上了，可是这脸上的面子挂到裤腰带上了，李二叔迫切地说：“西海之南，流沙之滨，赤水之后，黑水之前，有大山曰昆仑之丘，根据《山海经》中这段关于昆仑的叙述，具体的位置委实有些模糊，我十几年前来过这里一次，依稀记得些地点，虽然只是猜测，具体的方向应该差不了多少。”

几个同志拿了被单盖上了小陈的尸体，还没有从悲痛中缓过来，韩欲从包里掏出来两份地图，一份是西域古图的复印件，一份是现代地图。他把地图平铺在桌子上，分析说：“如果‘西海’即是古代的罗布泊，那么‘流沙之滨’应该就是今天的塔克拉玛干大沙漠，‘赤水’则是有红河之称的克孜勒河，‘黑水’指莎车绿洲的叶尔羌河。范围太大了，此昆仑非彼昆仑，跟我们目前所知道的出入很大，那昆仑山脉又很可能是西起帕米尔高原东部，横贯新疆、西藏、伸延至青海境内的山脉群。”

李沌恍然大悟，说：“我算是听明白了，说了半天，原来我们要去哪儿都不知道。”

韩欲尴尬地看了看赵珏，赵珏愁眉不展地坐在木箱上，点了支烟，说：“实不相瞒，其实这次前往勘探的营地吉凶未卜，我们与营地的小队失联已经三个月有余，完全不知道发生了什么事情。”

“那你告诉我，除了从 1 到 9 的数字，你究竟知道什么？”李沌气急败坏地问，有拿着刀子在他脑袋门子上刻一个“九”字的冲动。

“事出紧急，这件事情还没有来得及往上报，想查明真相后再报告上级。”赵珏引咎自责地埋下了头。

看着李沌咄咄逼人，韩欲也站出来说：“这事儿我也有责任，拉你们蹚了这蹚浑水。”

“这粪坑也跳了，浑水也蹚了，到头来你小子风凉话说得飕飕的，这大冷天儿的你还想干吗？！”李沌盯着赵珏埋怨着，气儿不打一处来。

“门开着，想走没有人拦你！”赵珏指着门外说。

“卸完磨杀驴，还没耽误你工夫再烤两个火烧，这如意算盘打得有模有样啊。”李沌置身事外，冷眼旁观地讽刺了两句，说完转身带着他二叔夺门而出，直接回帐篷收拾行李，韩欲疾步追了上去，拉扯住李沌和他二叔，劝慰说：“我先给二位赔个不是，大家都是同一战壕的同志，革命友谊比金坚，咱们属于是内部矛盾，内部矛盾内部解决，犯不着为了这点事儿动怒，搞得分道扬镳。”

李沌、李二叔和韩欲三人走出帐篷，大雪已经埋到了膝盖，冷风一吹，酒醒了一半，李沌依然无动于衷，看着抛锚的卡车，心中嘀咕着怎么走出这片深山雪原，最近的村落也有上百公里，这天气怕徒步走出去不到天亮就被活活冻死，想到这里他放慢了脚步。

韩欲走上去继续游说：“既然找你们来，我自己很清楚，这事儿没有你们淘沙一门李家，成不了！”

“真的？”李沌停下脚步，看见有台阶，主动下台阶。

“绝对成不了！”韩欲是老学究，还真不会奉承人，那张尴尬的脸上不知道是被冻僵了还是心虚，首肯心折地说，“实不相瞒，勘探小分队少说也上百号人，怎么就音讯全无了？我老了，加上这几个年轻的同志，这不赶着组团玩失踪吗？我从一开始就觉得这事儿有蹊跷，这古城有问题，这地底下的东西，没有人比你们李家再熟悉了吧。”

李二叔眼前一亮，韩欲口中的古城，根据地理位置他似乎略有所知。李沌告诫韩欲说：“韩教授，我是给您面子，您告诉那孙子，往后的路上哪怕吃了屎，也要擦干净嘴巴再说话。”

“这大冷天儿的，气也消了，火也散了，站在雪地有些不讲究，咱们回到屋里细说。”韩欲唯唯诺诺地一口答应下来，把两个人劝回了帐篷。

天还没亮，机械部的同志修好了车子，收拾了小陈的遗体，韩欲、李沌一行人坐在车里等候。赵珏指挥着闭营撤备，和几个同志把装备抬上车子。

队伍日夜兼程地在第三天进入到某地南部。

忧心忡忡的赵珏这一路上话少了很多，在抵达营地前他终于如释重负地坦言相告：基地里的勘探小队，分三批从南缘的矿田深入到阿拉喀尔山天山主脉，后两支队伍是为了探寻第一批深入的同志，得到的最后的消息是第三支队伍动身前发回来的讯息，那天夜里矿田的营地上不知道发生了什么事情，小队的队长老刘诚惶诚恐地留了一条简讯，简讯的内容是：“死了，都死了，不要再派任何人来。”

长途跋涉的疲惫并没有化解未知带来的恐惧，所有人都以为是营地受到了恐怖袭击，矿田基地可能已经沦陷，经过技术比对，信息侦察的同志做了多次分析，这确实是老刘的声音，只是不知道为什么会说出这样的话，又不像是受制于人被逼迫说出来的，这些话什么意思也没有人知道。之后接连三个月再也无法联系到营地的勘探队，目前唯一知道的是矿田营地出事儿了，出了大事。

赵珏的瞳孔里充满了恐惧，那股冰冷的寒意沁人心脾，让人不忍直视，这么多年过去了，回忆到这里的时候，他那双形如枯槁的手情不自禁地在颤抖。珠算子听得热泪盈眶，激动不已，做好了随时拍马屁的准备，继续追问：“洛阳淘沙官一门的李沌，以及救援的勘探队，那他们……你们后来去了哪里？”

赵珏叹了口气，回过神来说："我们自己都不知道那是踏足禁忌之地的开始，想想当年，还真是年轻气盛，无知者无畏。"

赵蝶七也听得瞠目结舌，她也是第一次听父亲讲起这些陈年旧事，好奇心使然，迫不及待地追问："那结果呢？"

"赵老太爷坐在这儿跟我们讲这些意气风发的伟大英雄事迹，还生下了你这么漂亮的女儿，结果肯定是大获全胜，一马当先，营救出来了当年的勘探队伍啊！"珠算子阿谀奉承地说。

赵珏苦笑着摇头，不以为然地说："现在想想还触目惊心……"

"得嘞！友情提示，牛吹到这儿可以暂时告一段落了。别再往自己脸上贴金了，我就想知道这跟那张归藏图，跟我，有关系吗？"胖三不耐烦地问。

"当然有关系。"赵珏心平气和地说，"作为淘沙官一门的李家人，难道不想知道你爷爷李沌和你老太爷当年的踪迹？"

"你还真别拿我那素未谋面的瘸腿爷爷压我，要不是他，我和我爹也不会被李家从族谱上除名赶出家门。"胖三不屑地说。

赵珏回忆当年，感慨地说："如果不是你爷爷李沌，那年我的这条不知天高地厚的烂命就埋骨在雪山之中了，也就不会再有今天的赵家，接下来发生的事情就不是匪夷所思能形容的了。"

珠算子端坐着放下手中的杯子，肃然起敬，趋炎附势地说："洗耳恭听，洗耳恭听！"

胖三那看见珠算子那副嘴脸，恨不得抽他几个大耳刮子。

赵老太爷叹了口气继续说："抵达营地的时候是早上九点，风雪已经停了，我们本以为会看到营地里横尸遍野的惨状，冰雪中几间简易的施工房横卧山峦中，看上去反而平和很多，这种沉静并不是我们想看到的，那种死一样的寂静透着一股无以名状的邪性，每个人都噤若寒蝉，所有人都感觉到了这里处处都透着一种不祥的预感。比起未知的恐惧，暴力反而是最和平的解决方式，我们多么期望打上一架，看见几具尸体，流点血，受点伤，都比一无所知来得让人踏实。

我们找遍了整个营地，别说尸体，连一点血渍都没有发现。营地里的设备、文件、档案、生活用品、被褥都一丝不苟地按照日常的工作要求整整齐齐地摆放着，加了柴油后的发电机还能够正常使用，唯一诡异的是所有人都不见了。我们随行的参谋同志想到唯一的可能性，把这件事情定性为：这是一次有预谋的、恶劣的集体叛逃事件。至于发现几十万年前被开发过的铀矿田只是借口，根本不符合逻辑。无奈当初对于此事的判断过于草率，直到十五年后……"

从赵家老太爷讲述的言语中，我察觉到他对这一结果也不敢苟同，我记起来在图书管理翻阅到的一些资料，回忆说："据我所知，直到 1972 年 6 月，法国从非洲中部的加蓬共和国购入产自奥克洛矿的铀矿石，也发现了同样的问题，这些铀矿石早就被开采使用过，甚至一些已经是废矿石，两国在纷争中前往奥克洛铀矿，抽丝剥茧地勘查后惊奇地发现多达 16 处的史前遗迹，铀矿区内发现了二十亿年前的核反应堆，断断续续地已经持续运转工作了几十万年。"

赵家老太爷哑然失笑，后悔不迭，无奈地说："历史总是充满了戏剧性。时间喜欢捉弄聪明人，特别是自以为是的聪明人，26 个同志白白送了性命，葬身在深山雪谷中，我记得清清楚楚，到现在那些同志的音容笑貌还浮现在我的眼前。"

“救援的队伍也全军覆没了？”珠算子脸色一沉，问道。

“基本上是全军覆没，该死的没死，不该死的却苟延残喘地活了下来，就如同噩梦一般，那场不可思议的旅程才刚刚开始。”赵家老太爷懊悔地说。

“疯了，都疯了！死了，全死了，不要再派任何人来。”老刘留下来的这句简讯，成了困扰所有人的难题。那天，他们找遍了整个营地，翻遍每一个角落，没有找到任何勘探队的同志，活不见人，死不见尸，空荡荡的营地里只有冰冷的积雪。从讯息传达室找到了寝室，都没有找到队长老刘的踪迹，救援的队伍稍作整顿，为了避免遗漏，营地周边的积雪也被逐一清扫。

赵珏和韩欲在资料档案室翻阅了一天日程记录，除了一些会议记录和一张勘探的地形图，并没有发现什么异常，从地形图上看，勘探队应该是从矿田的深处进入的深山，传达室的资料也并没有记录老刘最后发出去的简讯，让所有人都很困惑的是，究竟是谁往北京方面发出去的讯息？一向谨小慎微，做事严谨的老刘不可能说出这么没头没脑的话，老刘为什么会紧急留下这么一条让人摸不着头绪的话？发完信息以后老刘又去了哪里？不知道他究竟看到了什么，哪怕死了，也应该见到尸体。

赵珏带领着专家团队穿了防化服，连夜勘探了坍塌的矿田，矿床、矿化点以及放射值都出现了异常，这些太古地层的矿石，被开发的周期可以追溯到远在太古时期。一脸茫然的专家宁愿相信自己的专业技能出了问题，也不愿意相信亲眼所见的一切。这些未知的一切意味着文明的起源可能会被改写，这些尚未开采急需运往戈壁滩“绝密之地”的矿石已然成为废料。眼前似是而非的诡异事件给了赵珏重重一击，他最害怕面对的结果正在悄无声息地靠近所有人。

回到营地，赵珏让去过矿田的专家不允许对任何人公开这些绝密资料，专家团队问这报告该怎么写，赵珏深思酌虑之后，觉得暂时还是不写了，这报告写出来怕不只是做份报告的事情了，很可能直接被关进精神病院。做医护的两个女同志秀梅和李雪这一路上是吓怕了，担心这雪地里再窜出来像九阴尸魃那样嗜血的虫子、小蛇之类的，面对这么诡异的事情，人人自危，各自检查了被褥和房间里的每一个角落，张罗着把一些药品抬进简陋的医护室。

勘探队是分别在夏天和入秋的时候进入的深山，这个时候天虽然晴了，积雪还很深，选择进山无异于等同自杀，过几天连续都是晴天，看着明晃晃的太阳，周围的空气反而更加寒冷。

一个礼拜后，赵珏到附近的镇子里采购了一些登山时御寒的用品和几头牦牛，找了几份近些年来的地图，找了当地的地质研究室的所长哈里克作为向导，他在天黑的时候姗姗来迟，踏雪而至。

李沌看赵珏和几个同志牵了几头身形雄壮，身披长毛，似马非马，似牛非牛的小短腿牦牛回来，在一旁打趣说：“今儿赵队长是要给大家改善伙食，犒劳三军啊。”

赵珏并没有理会他，让两个同志把牦牛牵到停车区域，径直走向韩欲，尾随着赵珏的哈里克解释说：“这可使不得，这次进山全仰仗它们，不要小看这些小矮子，一直都被我们当地人称为‘高原之舟’，这些牦牛身强体壮，极其耐寒，随行的物资全靠他们了。”

韩欲教授夺步迎了出来，看见形如枯槁的哈里克，热情洋溢地招呼说：“这位是？”

赵珏介绍说：“这是本地地质研究所的专家，哈里克同志。”

“专家同志，失敬失敬！”韩欲满腔热忱地走过去握着他的手说。

李沌上下打量着这个皮肤黝黑的中年人，眼角的褶子快赶上他二叔了，哪里是什么专家，这就是一个风吹日晒的牧民，甚至怀疑他是否认字。李沌四顾张望，跟着来的除了这几只牦牛，再也没有其他人来，撇着嘴不满地说：“这么重要的任务，这么严肃的行动，你们所里怎么就派了你一个人来？”

哈里克被李沌这么一问，愣了片刻，无奈地解释说：“这位同志有所不知，目前所里从所长到干事只有我一个人，步雪履穿，单位里所有的财产和同事就是这些牦牛，这些年来，我们的办公室就在牦牛背上。”

言外之意，这哈里克算是豁出去了，连办公室以及全体同事都已经组团出现在了眼前，李沌敬了个军礼，肃然起敬地说：“这有点不合适吧，这路途遥远，风餐露宿的，您万一有个什么闪失，岂不是要全军覆没呀，我们可就成了你们地质研究所的千古罪人了。”

哈里克说尴尬地说：“这位同志真会说笑。”

“这几个玩意儿看上去就好吃，今天晚上是涮牛肉还是吃烤肉？”李沌哈喇子都快流出来了，搓着双手问。赵珏翻他白眼，警告他说：“人都说这些牦牛是他唯一的同事了，你怎么能忍心吃掉同事？”

李沌尾随着两位同志一瘸一拐地去了停车区，一路上摸着牦牛的毛发，啧啧地说：“好东西啊，全身都是宝，吃完喝完别忘了给缝制一件皮大衣。”

两个小同志听着李沌贫嘴，也没敢吱声，埋着头赶这些牦牛。

晚餐的时候看着几碟咸菜，冰冷的窝头和清澈见底的小米粥，李沌啃了两口冷窝头，捧着手里的米粥，冷嘲热讽地说："我热爱我的祖国，我的祖国让我成了我，让我成了一个热心的见义勇为的人民群众，以后也很有可能让我有机会成为一名年轻有为的栋梁之材。这次我让我的祖国丢脸了，让人民群众丢脸了，这是什么？这是人民群众对我的信任，这是我的责任，可是这碗热腾腾的小米粥我真喝不下，想起还有很多还在挨饿受冻的同志，我想问的是小米呢？这碗粥里的小米去哪儿了？你们怎么忍心就这么对待一个未来可能成为栋梁之材的祖国花朵？"

饭堂里突然传出来一阵掌声，赵珏站在他的背后，热烈地鼓励他说："不用等未来，你现在就是了不起的大人物了，你是不是花朵我不知道，能说出这番话，你一定是一个国家的栋梁之材，作为国家的栋梁之材，此时此刻，全世界都需要你，这个世界在等着你去拯救。"

李沌被他这么笑眯眯地一说，反而愣住了，弱弱地问："全世界在哪儿？"

赵珏指了指门外，板着脸说："只要你滚出这个门，全世界都是你的，别赖在我这儿了。"

李二叔也放下了手中的粥，训斥说："就你脸大，喝碗粥还让你叨叨个没完。"

炊事员老牛抱着几个窝头走进来，刚好听到李沌发牢骚，看着两个人对峙着，劝慰说："这位同志，这事儿我得严厉地批评你，不能浪费人民群众的每一粒粮食，咋了，看不顺眼这碗粥？"

“我不是看不顺眼这碗粥，我是看不顺眼你！”李沌摔了手中的米粥，米粥撒了一地，几粒小米粘在碗底上，他愤怒地看着赵珏，直截了当地说：“这一路上小陈难道不是血淋淋的教训吗？大家都已经亲眼看到了，路上免不了流血和牺牲，我懂，可这是要命的买卖，老子可是赤裸裸地拿活蹦乱跳的生命到这鸟不拉屎的地方来的，有些话我不想说，既然说到这儿了，我还是想说一句，万一大家点背，不幸牺牲了，唯一的临终遗言就是想吃块白面馍馍，喝上一碗有小米的小米粥。很有可能这辈子最大的遗憾就是，想吃口红烧肉，并为此献出了生命，出现这样的场面，不合适吧。为了鸿鹄志愿，我们不怕困难，不怕牺牲，这血可以流，这命可以不要，看在同一战壕坐在同一个革命友谊小船上的小伙伴，嘴巴都淡出鸟儿了，想吃口荤腥，这不过分吧！”

李沌慷慨激昂的一通胡搅蛮缠，说得几个小同志动了心，热血沸腾，忍不住站起身来。赵珏尴尬地看了看周围的同志们，各个面黄肌瘦，脸色苍白。赵珏低着头踱步走出了饭堂，李沌得意扬扬地做了个胜利的鬼脸，跟了出去。

赵珏出门爬上了一辆卡车，李沌从牦牛的饲料里抽了根稻草，塞进嘴里剔了剔牙，也舰着脸拉开门坐上了副驾驶，赵珏不耐烦地看了他一眼，问：“你来干什么？”

“看你死了没有！”李沌得意忘形地说。赵珏丧气地点火，打着车子。

李沌挪了挪屁股，侧卧在副驾驶上，一脸认真地问：“肚子吃不饱，队伍一定就不好带。你说嘴巴淡出鸟儿了，该怎么办？”

“咱们能不说你的鸟事儿吗？”赵珏心烦意乱地说。

李沌吐出来嘴里的稻草，说："鸟的事儿咱可以不说，可是这人的事儿你不能不管吧，我是有两膀子力气，但是有两膀子力气跟缺心眼儿是两回事儿。"

"哦？"赵珏惊愕地看着他说，"你还有这境界呢？"

"从踏上这条不归路，我就感觉到这事儿处处透着邪性，这不是活人的事儿，这是地下的事儿。小陈死了，死因不明，搞得每个人都人心惶惶，我看这次凶多吉少，对目前发生的一切一无所知，事情毫无进展，你没感觉到这几天队伍士气低落，各个愁眉苦脸，这样的团队别说勘探救援，这节奏是组团去送死。"李沌又继续略带嘲讽地说，"每个人都有自己的使命，我知道你为何而来，他们有权利知道接下来他们所要面对的是什么。"

这次赵珏反而没有反驳他，心领神会地点了点头，两个人在这件事情的态度上很默契地达成一致。赵珏沉吟了一会儿，质问道："这件事你知道多少？"

"没多少，我只是不想死得不明不白！"李沌打了个马虎眼，车子颠簸着走在山路上，李沌点了支烟，搪塞地说，"在这个世界上有一种最残忍的死法，就是死不瞑目。"

赵珏再次厉声问道："你究竟知道些什么？"

赵珏这无名之火吓了李沌一跳，他故作惊讶地看着赵珏，假装坦诚地继续跑题说："你说这瞑目，它是个讲究的事儿，北宋有一个喜欢砸缸的破坏分子，一个姓司马叫光的老前辈，对瞑目这事儿做出了注解：'瞑目思千古，飘然一烘尘。山川宛如旧，多少未来人。'我们洛阳一直流传着一句谚语，打小儿我就听说'王家钻天，司马入地'，这司马老爷子简直分析得入木三分，不知道看了多少不正经的书，才能有这么痛彻心扉的感悟，一语道破‘瞑目’的关键在于这‘如旧’的‘未来人’。”

“闭嘴，别跟我装傻充愣！”赵珏制止他再胡扯下去，宁若冰霜的语气继续追问，“你怎么知道我为何而来？”

“大家都心知肚明，我又不瞎，你这次这么着急地仓促而来，肯定不是为了找人，怕是在找东西吧。”李沌开诚布公地说，他目不转睛地盯住开车的赵珏，这一诈果然不出他所料，终于捕捉到赵珏的一丝惊愕和迟疑，心中忍不住一阵狂喜。

赵珏也恍然大悟，眼前的这个五大三粗的跛子话语中有诈，料想他虽然有所察觉，却也所知无多，险些上了套，他释然一笑，转移话题说：“‘山川宛如旧，多少未来人。’好句子，你说司马入地，难道这司马也是你们淘沙官一门的同道中人？”

李沌觉得诈出了赵珏有私心，此行各自心怀鬼胎，得到这个讯息目前为止就已经足够了，不适宜得寸进尺，随之附和道：“你觉得呢，他会不会入地我不知道，我对他唯一的了解就是他对砸缸有一手。”

赵珏对李沌突然心生芥蒂，有了戒备之心，这个人素日里说话不着边际，做事大大咧咧，偶尔装傻充愣，问起来问题反而犀利，尽显大智若愚风范，关键的问题和事情上粗中有细，游刃有余。

车子绕过山谷，穿过成群结队的牦牛、羊群，驰骋在草原上一路开到了镇子里，他们没有停留，透过车窗看见在镇子上的一个小旅馆里停着几辆吉普车和一辆奔驰越野车，几个德国人在跟几个当地的牧民问路。赵珏心中隐隐有一种不祥的预感，他意识到可能要出事儿，嘴上自言自语地骂了几句，怕泄露踪迹，提防地看着那些陌生的脸孔，怕是来者不善。他们在镇子上兜了个圈子，伺机拐进一个偏僻的牧民家中，李沌躲在车子里昏昏欲睡，赵珏苦口婆心地跟牧民交涉了一会儿，李沌惺忪着双眼，看见赵珏冲着他挥舞着双手，示意让他过去。

李沌懒洋洋地下车，赵珏把一只肥硕的细毛羊交给了他，让他抱上车子，李沌不解地问："这是什么？"

赵珏拍了拍他的肩膀，说："荤腥！"

李沌兴高采烈地把细毛羊抱上了车，赵珏随后搬了两坛牧民家自酿的石榴酒，装载到车上，郁郁寡欢地开车离开。

李沌喜出望外地看着他，好奇地问："你跟那家的牧民说了什么？人又是羊又是酒的让你往外捯饬。"

"你告诉我，我从哪个角度看你会顺眼一点？"赵珏冷冰冰地问。

这个棘手的问题还真把李沌给问住了，毕竟吃人家的嘴短，拿人家的手短，这羊肉是吃定了，酒也喝定了，在李沌的眼中，车上的那只细毛羊依然成了一只烤全羊，烤到流油撒点孜然，放点盐……一阵酸水，差点没当场在车里就淌出来哈喇子，东西虽然没拿别人的，可是手脚再长也爱莫能助，总不能一脚把赵珏踢下去，李沌深思酌虑之后给出了一个中肯的建议说："这个话题有点沉重，你或许可以多换几个角度，兴许可以发现你比较欣赏的地方呢，看的时间久了，习惯了也就顺眼了。"

"有些人的记性可能不太好，没有记错的话，就在十几分钟前我用了爷爷留给我的唯一的遗物换了这只羊，到目前为止，这只羊应该还属于我个人的财物，该怎么吃，给谁吃这事儿我还要慎重地考虑一下。"

赵珏不露声色地说。

“大家都是为共产主义奋斗终生的无产阶级斗士，在共同建设共产主义的道路上不分你我，别开玩笑了，什么你的我的，您太客气了，你也不用自卑，我们不会把你当外人。”李沌听完当场就急了，想想还真是这个理儿，自己有小半年没沾过荤腥儿了，回味不到肉究竟是什么味道了，可是这到嘴里的肥肉哪有再吐出来的道理，就是忍气吞声也要把这美滋滋的肥肉给咽下去，看赵珏无动于衷，怕回到营地里真闹起来自己也没处说理，他坐立难安地补充道：“哪天有什么地方你看顺眼了也跟我说一声，让我也高兴高兴，兴许我瞧自己也可以更顺眼一点。”

李沌从裤兜里摸出了一盒皱皱巴巴的大前门，扣了扣烟盒发现只剩下一支，本来想自己点上，但顺手递给了赵珏。赵珏手扶着方向盘，看他递烟过来，猛然一怔，犹豫了一下接了过来，李沌看他接过去香烟，憋住了烟瘾有些不舍，看这态度今晚上有戏，凑过去划了根火柴，护着给赵珏点上。

李沌饱谙世故地说：“当年抗日那会儿，我们连队在小日本的重重包围下躲进深山里，每天在小日本的眼皮子底下狩猎，野猪、兔子、山羊、野鸡清一色的野味。你别瞧我腿脚不好使，我这双手可了不得，老子就在那时候练得一门烧烤的好手艺，我跟你说这细毛羊最适合烤全羊，这羊生于高原，产毛多，抗寒，肉质结实，宰后剥皮的技术要好，还能对付件好皮革。首先清除内脏，削去四蹄，洗净沥干，用蛋清、面粉、盐水等调料，条件允许的话再加几味中药，调和成糊糊，涂抹全羊外皮上，用铁丝系在木杆上，在羊肉上均匀地划上几刀，通透的捅上十几个窟窿，架上篝火，其中最重要的是精准地拿捏好火候，最好肉质呈现出金黄色，那一口下去，外焦里嫩，不膻不腻，香酥可口，再抿口小酒，啧啧，那真是……就当年兵荒马乱那会儿，日子虽然过得狼狈，嘴上可没吃亏，就练好了两样东西，一是跑野路子，二就是在野路子上吃野味。”

“说完了吗？”赵珏不耐烦地问。

“说完了。”李沌意犹未尽，点了点头说。

“那就闭上嘴！”赵珏说。

两个人尴尬以对，这一路上除了发动机的引擎声，就是饥肠辘辘的肚子的叫声。李沌的肚子整整叫了一路，回到营地的时候天已经完全黑了下来，车子刚进入营地，李沌和赵珏感觉到营地里的氛围不对，一种诡异的氛围笼罩着整个营地，还没有来得及熄火停车，营地外站满了人，僵直地围成一团，愣愣地站在雪地中，各个都紧绷着脸，严阵以待，目不转睛地看着车子开进来。

韩欲和李二叔看到他们回来，疾步走了过去。赵珏跳下车子，脸色一沉，大步流星地从雪地中走了过去，韩欲和李二叔几个人面色苍白，赵珏迫不及待地追问道：“出了什么事？”

众人来不及解释，让开了一条道路，韩欲几个人一路带队到讯息传达室。走进昏暗的传达室内，灯光还在闪烁，光影照射在淡黄的墙壁上，墙壁上几个血淋淋的大字写着：

逃，离开这里！

在一个小时前，这些字是小刘发现的，韩教授在隔壁的档案室整理查阅资料，途中打了个盹，小刘清扫房间到传达室的时候，刚拖完地，清理完犄角旮旯里的蜘蛛网，突然转身就发现了异样。韩欲在小刘的呼喊声中醒来，跑过来的时候发现墙上写着这行字。这里基本上所有人都进过传达室，之前并没有发现墙上有这一行字，不可能有人在转身之间把这行字写上去，赵珏仔细看了墙上的笔迹，有些灰尘，应该写上去有段时间了，墙壁上略有些潮湿，字迹有些脱落，又好像刚写上去的，无法准确地判断出时间。

赵珏疾言厉色地审视着队伍里的每一个人，如炬的目光在质疑着每一个人，严厉地问："谁在搞鬼？"

房间里的人面面相觑，在队伍组织进山前夕发生了这种事，本就士气低落，军心涣散的队伍又被蛊惑，再衰三涸，赵珏坚信这是有人居心叵测故意而为之，必须揪出一个人来，赵珏把目光放在了一向忠厚老实的小刘身上。无论如何这都是最好的结果，如果真的牵扯到什么不干净的邪性事儿，怕队伍等不到天亮就飞鸟乱投林了，李沌也疑惑地看着发生的一切，暗自庆幸自己跟随着赵珏外出了，两个人下午当众吵完架，否则自己肯定是最大的怀疑对象，这黑锅估计是背定了，他一头雾水地看向了李二叔，李二叔不动声色地摇了摇头，完全不知道发生了什么。

赵珏有所警惕地看着所有人，难以抑制愤怒的情绪，让小刘跟着自己出去。韩欲教授让大家各司其职，抚慰大家不要多想，只是一个恶作剧。小刘一直跟随着赵珏出来，难以平复心中的委屈，委屈含冤地说："赵队长，不是我，你是知道我的，我跟了你十一年，我这条命就是你的……”

“我知道！”赵珏打断了他，说，“我怀疑队伍里有敌对分子潜入，除了你我没有可以信任的人了。”

“谁？”小刘如释重负，听到有敌对分子潜入到了队伍里，满头雾水地问。

“这不重要。”赵珏转身拍了拍小刘的肩膀，坚定地鼓舞他说，“我有一件更重要的事情要你去做。”

赵珏在他耳边低语了几句，小刘点了点头，头也不回地徒步向黑暗中踏雪而去。

赵珏回到营地，所有人都诚惶诚恐地坐在会议室里，看到赵珏走进来，不约而同地站起来，赵珏那张不苟言笑的脸上还沾着冰碴，看着众人惊魂未定的脸，突然笑出声来，解释说大家这几天的日子过得乏味，小刘在出发前跟大家开了个玩笑，他已经严厉地批评了他，让他好好反省反省。众人将信将疑地挤出一缕尴尬的笑容，赵珏叮嘱炊事员老牛宰羊、开酒，老牛一时半会儿没有反应过来，李沌打趣地说：“老牛，你这是想媳妇了，准备留着细毛羊暖炕头呢？”

“这是多久没尝过荤腥儿，老牛这屠牛宰羊的技术都生疏了？”赵珏强颜欢笑地点了支烟，把烟塞进了老牛的嘴里，拍了拍他的肩膀说，“这细毛羊最适合烤全羊，点着火，架起羊，温上酒，喝起来！”

几个人看气氛有所缓和，忍不住笑出声来，只有李沌一脸憋屈地看着赵珏，觉得自己的话被人抢了，如同丢了孩子似的，打心眼儿里蔑视赵珏，最后在一片笑声中老牛磨刀霍霍地冲向后院的细毛羊。

架起篝火，几杯酒下肚，这些日子的恐惧都烟消云散，一曲《喀秋莎》卸下了疲惫，李沌拉着手风琴，一双眉飞色舞的眼睛，偶尔会看向心事重重的赵珏，医护队里的一个俄罗斯族的小姑娘手舞足蹈地唱着欢快的旋律：

正当梨花开遍了天涯，河上飘着柔曼的轻纱，喀秋莎站在竣峭的岸上，歌声好像明媚的春光。姑娘唱着美妙的歌曲，她在歌唱草原的雄鹰，她在歌唱心爱的人儿，她还藏着爱人的书信。

轻松欢快的氛围里，没有人意识到危机就潜伏在欢声笑语中。赵珏还是感到了惶恐和不安，一曲合奏完，借口去雪地里撒尿，躲在空地里抽了支烟。李沌借机豪爽地干了两杯酒，在欢声笑语中退出了宴席，李沌自觉地从赵珏手中抽出来一支烟，点上吸了两口说：“看得出来事态很严重，问题很棘手啊。”

赵珏哑然失笑地看着他，没想到走过来的竟然是他，顿时有些失落，苦笑着感慨地说：“真正意义上的知己，只有最讨厌的敌人才可以做到，彻底讨厌一个人比任何一种方式的喜欢都透彻。”

“你这是在夸我？”李沌自鸣得意的神情突然愣住了，追问道，“等一下，你说我是你最讨厌的敌人？我都不惜放弃我的羊肉串，来支持慰问你苦大仇的坑蒙拐骗事业，此等可歌可泣的情操，你难道一点都不感动吗？”

“那我们算知己，还是算敌人？”赵珏突然严肃起来，喟然叹息地问。

李沌看他突然一本正经地问自己，也收起了笑容，说："这个得分时候。"

赵珏嗤之以鼻地摇了摇头，李沌的诚恳让他感觉到哭笑不得之余略有一些肃然敬意，从某个角度看上去甚至能够觉察到有些可爱，两个人心中依然还是隔了一堵墙。

赵珏好奇地问："你们淘沙官一门，从下苦的苦力、清堂的手艺人到支锅的主子，性格都这么直来直往吗？"

"呦！行家呀！赵队长还懂这个呢？"李沌打趣地问。

"你们这行当里的人各个手都黑，不长点记性，怕被你们埋了还不知道怎么回事。"赵珏讥讽地笑着说。

李沌不置可否，唠家常般更正说："这话我就不赞成了，我们干的是挖坟掘墓的买卖，又不是挖煤取碳，暗地里干的都是敞亮的事儿，手哪儿黑了？不像某些人明面儿上干些拿不上台面的事，做事儿不怕手黑活脏，怕的是心黑。还有你要相信我们的专业知识，不要随意造谣夸大我们的作业范围，我们并不擅长把人埋土里，我们更擅长的是把人从土里刨出来。大家都不瞎，别以为我不知道你在想什么。"

赵珏听他话里有话，言有所指，正要追问，营地里突然传来一声尖叫，一阵杂乱的躁动，篝火散落了一地，两人跑向了篝火的场地，李沌在雪地里摔了一跤，望着涌动的人群，赵珏大喊了一声："怎么了？"

"鬼，有鬼，对面山坳上有鬼影！"医护队伍里的一个小姑娘李雪最先发现的，惊惶失措地瘫软在地上，惊恐万分地指着对面错落不平的山坳，炊事班的老牛也随声附和道："我也看到了，对面山坳上有东西，一晃就过去了，这大冷天儿的害得我一泡尿全洒在了裤子上。"

其他人一脸茫然地看着他们两个，赵珏先去看了下李雪的伤势，小腿上划出了血，秀梅拿了医疗箱，给她擦了消毒水，小心翼翼地包扎起来。看着众人脸上各个心有余悸，恐惧写在每一张脸上，那一张张迷茫的脸上渴望得到一个答案，赵珏试着解释说："根据我的经验，李雪同志看到的应该是冷空气交替折射出来的自然光影现象，属于高原山脉的特殊现象……"

那些期待的眼神认真地听着他所说的每一个字，目光交织，赵珏好像编不下去了，垂头丧气地坦然说："这是一场生死之旅，以后的每一步都可能踏上文明的禁忌之地，坦白说我不知道要面对的是什么，路有多么坎坷。我也很害怕，很彷徨，这条路再怎么艰难我都会选择走下去，如果有人尿了，怕了，想退出还来得及，天亮以后会有车子送你们离开。"

这些年他们所认识的那个骄傲的赵队长，第一次如此沮丧。众人面面相觑，赵珏失落地转身走进了营帐。

那天的月亮特别圆，就像一只眼睛，远远地看着这个世界。

李沌在赵珏的营帐门外徘徊了良久，踉跄地敲了敲门，嘘寒问暖地关怀道："赵队长，睡了吗？"

"睡了。"赵珏黯然神伤地说。

"方便聊几句吗？"李沌关怀备至地问。

赵珏坐在椅子上，望着灯光说："有什么事情明天再说吧。"

李沌一脚踹开了门，醉醺醺地进了屋子，看着衣冠楚楚静坐着发呆的赵珏。赵珏被吓了一跳，不耐烦地反问道："我都说了不方便，你这人懂不懂礼貌？"

“方不方便不重要，重要的是我要跟你聊几句！”李沌挠了挠头，看着应声倒下的门，已经没有再修复的必要了。他找了个暖和的地方坐了下来，解释说：“我刚才就那么一问，不是在征询你的意见。”

“你……”赵珏无奈地看着李沌，气馁地说，“有什么话说吧。”

“你今天的态度有些反常。”李沌说。

“你大半夜里，踹开我的门就是为了告诉我这些？如果还要说些苦口婆心安慰我的话，那就别说了。”赵珏反站起身倒了杯水，拿了两片安眠药。

“安慰你？别那么矫情了，我还真没那闲工夫安慰你。”李沌喝酒喝到口干舌燥，说着从他手中接过来水杯，一饮而尽。赵珏把药一把塞进了嘴里，突然发现手里的水杯没了，已经被李沌喝了一大半。看着有苦难言的赵珏，李沌把仅剩的水又吐出来一半递给了他，赵珏的安眠药卡在喉咙里，干咳了两声，用手指把药抠出来，喘息了半天。

李沌问：“今天的事情你是怎么想的？”

“我怎么想的重要吗？”赵珏苦笑着，无可奈何地说。

“太重要了！”李沌循循善诱地说，“我觉得这事儿是有人在引起我们的注意。”

“你在怀疑镇子上见到的那些洋人在搞鬼？如果发生的这些诡异的事情，是在警告、阻止我们，那他们究竟害怕我们看到什么？”赵珏问。

“也有这个可能。”李沌分析说，“我不觉得是警告，在我看来这更像是一种指引。”

“指引什么？”赵珏一头雾水。

“真相！”李沌故弄玄虚地说着，赵珏并没有感觉到奇怪，继续听李沌沾沾自喜地说，“说明我们即将看到真相了。”

赵珏心领神会地点了点头，李沌走过去拍了拍他的肩膀，让他赶紧睡下，明天还要整装待发，临走时谆谆告诫地说：“我有一个朋友跟我说，不要低估任何一个你身边有想法的老实人，他知道的可能比你想象的更多。”

赵珏好奇地看着他问：“我还以为你们这行只会跟死人打交道，难道你也有朋友？”

李沌看不惯他那张自以为是的脸，这种情况下还能说出讥讽的话，一本正经地理论说：“如果说我有一个朋友，只能有一个朋友，那么一定是他。”

“往往对你致命一击，伤得最深，坑得最惨的就是你最深信的朋友。”赵珏对于朋友两个字嗤之以鼻，不敢苟同地说。

“那是因为你没有死过，经历过死亡才知道生存的意义，经历过事故才知道故事的动人之处。在毫无生机的冰天雪地中挣扎着，为了一丝生命的希望不离不弃，酒肉朋友交的是场面，知己朋友交的是真心，生死朋友交的是性命，彼此之间命都可以不要了，你说算不算朋友？”李沌的表情凛若冰霜，比透过破旧的木门吹进营帐里的冰雪还要寒冷。李沌严肃起来让他觉得不知如何适从，感觉到热血方刚的汉子身上经历过的那些沧桑故事，一直都流淌在他的血液里。

“你那位朋友呢？”赵珏突然兴趣盎然地问。

“死了！”李沌深呼吸了一口气，触景伤怀，痛心疾首地追忆说，“在日军宣布投降撤退的那一年，华夏的大地并没有因为日本人撤退而温暖，混乱依然在持续，有些黑暗的深渊阳光始终无法渗透，我们在俘虏集中营里，被当作实验废料抛进了雪山中的万人坑，醒来的时候尸骸遍野，残肢断臂浅埋在冰雪中，雪是红色的，混合着泥土，我们是从坟墓中一步一步走出来的人，我的命是他从死神的手中抢夺过来的。

摧枯拉朽的战火依然还在燃烧，它以最残忍的方式警示着所有人。流血、哀号、葬礼、悲痛、力量、毁灭就是战争的本相，告诫着存活下来的人，生命的起源是源自混乱和毁灭。”

“停，先打住。”赵珏不胜其烦地说，“我就那么客气一下随口一问，你有必要把自己的惨痛经历从头到尾这么气势恢宏地唠叨一遍吗？”

“我只是想烘托一下氛围，想让这段叙事显得更具有史诗般的气质。”李沌深表歉意，整理了一下思绪，直截了当地说，“一个清晨，我们的队伍被派往山西，持续了六个月的血战，队伍艰难地挺进太原。炮弹像候鸟一样汇聚在我们的上空，从头顶上飞过，一股股弹流汇聚成河划破苍穹，战友一个一个倒下，炮弹把城墙轰炸成了一个土堆样儿的斜坡，无数的尸体来不及救护，在弹坑中，在墙垛下被炮灰掩埋。为了把红旗插在鼓楼上，我在朋友的掩护中，眼睁睁地看着子弹从他的胸膛里穿过，然后被流弹撕碎了身体，滚烫的鲜血就喷在我的脸上，他死的时候双手还保持着扑向我的动作，人世间最艰难的告别，无非就是亲手埋葬身边最亲近的人，看着一捧一捧的黄土将一切掩埋。”

李沌讲得入神，动情之处把自己感动得泪流满面，声泪俱下，赵珏听得毫无兴趣，恨不得抽自己几个大嘴巴子，让自己以后不要再多嘴。

那天，李沌絮絮叨叨说个没完没了，说到了很晚，赵珏几次婉言想让他回去睡觉，关门谢客，都被李沌主动拒绝，赵珏精疲力竭地打着盹，直到李沌嘴里突然蹦出来了一句："自古圣贤皆寂寞，喝完一样接着吹。"

看着李沌扑朔迷离的眼神，赵珏才完全确定，眼前的这孙子喝大了。

赵珏讲到这件事情的时候，叹息着，悔恨交加地说："我现在依然后悔当初没有多听他唠叨几句，如果静下心来听他说完，也不至于仓促地开始那场噩梦一般的冒险，踏上那条不归之路。"

II 众神的栖息之地

第二天，李沌就睡在赵珏的木榻旁打着呼噜，呼噜声此起彼伏，毫无节奏，赵珏坐在椅子上，全身上下裹着一件军大衣，门外冷风肆虐，一双乌黑的黑眼圈从包裹得严丝合缝的军大衣里探出来，无奈地盯着李沌，凌乱的头发，疲惫的身体瘫坐在角落里。他一宿没睡，精神已经在崩溃的边缘游走了好几回。

李沌打了个哈欠，伸着懒腰起床，起身看见角落里呆若木鸡的赵珏，凌乱的房间里倒着一扇破门，门已经被踹了个大洞，桌椅板凳都横七竖八地倒在地上，他疑惑地问："你这是怎么了？谁把你整成这样？"

"大半夜里，一个喝得醉醺醺的大老爷们，一脚踹开了你的房门要找你交心，唠嗑把自己唠睡着了，还打了一宿的呼噜，醒来还一脸无辜地问我怎么了？"赵珏气急败坏地说。

李沌茫然四顾，确定了房间再也找不出第三个人来，问了一句："我怎么会在你的房间里？"

赵珏从门板下的废墟里捡起来一只鞋子递给李沌，劝慰地说："你腿都瘸了，以后敲门不要用那么大力度。"

"谢了，没想到你还是关心我的，你是怕我再伤到腿。"李沌接过鞋子，穿上鞋随声答谢道。

这事儿从头到尾还是存在一些误会，赵珏从顾全大局的角度感慨地说："队伍还在建设初期，萌芽状态，资源紧张，我们的队伍是人民的队伍，我们的资源是人民的资产，这大冷天的，我是怕队伍里的门板不够用。"

李沌愣了半天，孤零零地站在废墟中，轻而易举地被赵珏推到了人民的对立面上，想了良久，一时半会儿没有搞明白人民和门板的关系，也没有划分清楚自己究竟属不属于人民的一部分。

赵珏点了支烟走出门去，李沌正要追出去找他说说人民的事，看见赵珏突然叼着烟一动不动地站在了门口，瞠目结舌地看着远方。不远处站满了人。

所有人都意气风发地站在营帐前整装待发，经过了一个辗转难眠的夜晚，队伍里竟然没有一个人离开，赵珏和李沌都深感意外地僵在了营帐门口，韩欲、哈里克一行人已经把仪器和生活必需品装载上了牦牛背上，在队伍里他们看到了希望。

下午大雪稍有停息，救援队伍一路跟随勘探队伍留下来的资料，沿着库车河进入深山之中。天还没有黑下来，那种渗入脊骨的寒冷包裹着每一寸肌肤，几个同志腿脚冻得僵直，手指已经冻得没有了知觉。女同志比男人抗冻，李沌迈不动步子想溜到牦牛背上，他爬上了一只掉队的小牦牛，骨瘦嶙峋的牦牛猛然间被李沌骑上去受到了惊吓，撒开腿茫然地跑向了雪原深处，其他的牦牛不知道发生了什么状况，凌乱地尾随而去，这只掉队的牦牛带领着一众牛群跑偏了方向，哈里克来不及制止，望着牛群绝尘而去，冰碴雪雾弥漫，赵珏扔了手中的烟蒂，踉踉跄跄地追了上去。

牛群跑出了半天，李沌也被吓着了，死死地抱住牦牛的脖子，十指牢牢揪住毛发，双腿夹住牛肚子，眼前根本看不清东西，冰碴扑面而来，铺天盖地地拍在他脸上，他感觉到麻木的脸上皮肤被撕裂，凌乱的马蹄声纷至沓来，发梢上溅满了冰碴。不知道跑出了多久，李沌声嘶力竭，突感两髌无力，他被甩到奔腾的牛群中，他下意识地弓起身子，双手护住额头。李沌在雪地中翻滚出去，嘴角渗出血来，牙缝里还塞着牦牛绒，他嘴里骂骂咧咧的有把牦牛给炖了的心，捡起跌落的鞋子，追上去用力抽了几下身边一只牦牛的牛头，骂牦牛是畜生，扬言这些不识好歹的牛排，活该被做成牛肉面，烤成牛肉干。他突然一个踉跄撞在一只牦牛的屁股上，发现前边的牛群停了下来，牛群齐喑，噤若寒蝉。

李沌呆若木鸡地站在荒乱的牛群中，顿时就傻了眼，就像看着神迹一样看着眼前的景象，极目远眺之处，只见艳如朝霞，和白皑皑的大雪泾渭分明，一座蜿蜒的峡谷犹如赤红色的巨龙横卧在千里冰封的山峦之中，这些岩石好像被燃烧过一样，而且还在继续燃烧。峰峦叠嶂，奇峰嶙峋，峡谷迂回曲折，跌宕起伏，一眼望去直至天际尽头，仿佛要把这天地之间一切都要烧为灰烬，崖壁从几十米至百丈、千丈不等，崖壁上若隐若现的，摩天劈地地凸立在眼前。

这些牦牛在谷口驻步不前，不敢踏入这赤红色的岩地半步，只是在谷口打转，任由李沌怎么捶打，都不愿意再往前走。

李沌心想斗牛不都惧怕红色吗，这些畜生见到红色本应该怒不可遏，可是这群牦牛看到这犹如鲜血般的红色，各个风声鹤唳，垂头丧气地直接认㞞了，这帮㞞牛惶恐不安地蹲在原地，和抛下自己那会儿的蛮牛判若两个物种。

李沌踏上这片血红的岩地，脚下竟然感觉到一股暖流，刚走出数丈远，哈里克、赵珏和韩欲气喘吁吁地接踵而至。

“留步，去不得！再往前去不得啊！”哈里克焦躁惶恐地制止道，看着李沌正在踏入谷口，他直接五体投地跪倒在雪地中，触额、触口、触胸，磕了一个长头，恭恭敬敬地做完繁缛的跪拜礼节。李沌也吓了一跳，站在了原地，完全没有看明白这是什么套路。哈里克口中默念了几遍“啊嘛呢叭咪哞”，李沌也没有听懂什么意思，哈里克站起身说：“再往前就是众神的栖息之地，凡人千万去不得啊，这是要遭天谴的！”

“遭不遭天谴这事儿你说了不算！”李沌遥望着蜿蜒曲折的深谷，心想这些年自己干的就是跟鬼神打交道的营生，从死人身上捞饭吃，土窝儿子里倒腾地下的买卖，真神假鬼也见了不少，到头来还不是活人的计量。他想继续往前走，哈里克跌跌撞撞地跑过来抱住了李沌的大腿，李沌不解地说：“你都说了这是各路神仙们的地盘，大仙都还没有说啥呢，你这么喧宾夺主是想当大仙？还是想让我们活见鬼？”

李沌口无禁忌地说完，吓得哈里克一张脸面如死灰，双脚紧张地并拢，双手瑟瑟发抖，战战兢兢地祈祷默念了几句叽里咕噜的话。赵珏拍了拍他的肩膀，从地上扶起他，帮他拍打着衣领上的冰雪，劝慰道：“毛主席说过要用辩证的眼光看待世界，我们是唯物主义者，唯物主义者就是坚持物质第一性的唯物主义世界观。从朴素唯物主义，机械唯物主义到我们的辩证唯物主义，我们要有正确的唯物主义历史观，我们要尊重科学，实事求是，大胆猜想，小心求证，哪有什么牛鬼蛇神，都是封建迷信。”

哈里克闭目塞耳，自己喃喃自语地祷告，又诚惶诚恐地在地上长跪不起。赵珏看哈里克听不进去自己的大道理，简直在对牛弹琴，怕场面闹得太尴尬，想让韩欲教授来劝几句，转身发现韩欲早已经不在身后。

他抬头一看，发现韩欲已经拿着泥探铲饶有兴致地爬上了谷口上的一块红岩，挥舞着铲子在撬动一块岩石，用力地敲打了几下，好奇心使然，几个年轻的小同志帮着在搬石头，韩欲竟然试着在攀爬红岩谷口上的崖壁。

“疯了！”赵珏感慨地说道。他看着眼前的一切，不知道是自己疯了，还是所有人都疯了。

韩欲拿着一块血红色的岩石，心潮澎湃地说：“这些红岩虽然经过了风雨残蚀，从这些纵横交错的纹理，层叠有序的垅脊与沟槽上来看，这座峡谷形成于距今1.4亿年到2亿年前的中生代的白垩纪时期，整座峡谷都是由赭色的泥质砂岩构成，鬼斧神工，只能说这是大自然的杰作。”

“克孜利亚，我们还是赶快离开这里吧。”哈里克哀求着说。

韩欲教授锲而不舍地追问：“克孜利亚？”

哈里克无奈地解释说：“这是我们本地的语言，就是红崖，我们又叫它血谷，因为其蜿蜒曲折，犹如曲身无数的卧龙，又叫他龙图谷，是众神长眠的圣地。打扰了众神，天谴就会降临，多少年来望而生畏，没有人敢进入到这里。”

听到“龙图谷”三个字从哈里克的嘴里说出来，赵珏为之一振，眼睛里闪烁着异样的光芒，那种兴奋无以言喻，正要开口追问更多的讯息，只见李沌已经爬上了不远处一座崛起的奇峰之上冲着他们呐喊，招手。

“李沌同志身残志坚，腿瘸心不缺！在探索无产阶级革命的道路上，表现得还是很积极嘛！”韩欲欣慰地说。

“这是几个意思？”赵珏好奇地遥望着远方的李沌。

“你确定他是个瘸子？”哈里克懊恼地双手抱头，追悔莫及地说，

“造孽呀，亵渎神灵！”

“你什么时候见过一个瘸子腿脚这么好使？那神灵也太好亵渎了吧！”赵珏听得不耐烦，讥讽地说。

几个年轻人尾随着李沌踏上了峰顶，联翩而至，韩欲也在帮扶下爬了上去，蹬踏着雨水侵蚀的山岩，细碎的石块散落下来，望着神韵万端的山谷。只见远方云雾缭绕之处，蓦然耸立着几座山峰，如诗似画，车库河及分支的流域纵横交织地环绕在一旁，山水交融。

队伍沿着峡谷一路深入，走出半个时辰，天色已晚，这峡谷越深入越像一个无尽的迷窟，夜幕下的红色显得更加阴森可怖。队伍在峡谷中徘徊了良久，李沌、赵珏几个人看四周的谷峰峻岭似曾相识，察觉到仿佛一直在原地打转，队伍里几个年轻人惴惴不安地看着四周，联想翩翩，一股怪力鬼神的说法在队伍里游走，民间有一种“鬼打墙”的说法被人提起来，赵珏立刻喝令队伍停下来修整，告诉大家由于红色阴郁，引起视觉疲劳，让大家闭目休憩，平心静气地放松一下。李沌趁着还有些许光亮，手上拿着一块罗盘勘探了四周，思考了一会儿，分析说：“自古山川以石为骨，以土为肉，水为血脉，以草木为毛发，山脉起伏有龙脊之形，气吞九天之势。”

“能不能讲两句人话？”赵珏问。

李沌并没有理会他，捡起来几块石头，蹲在地上摆了几个图案，在星空中找了北极星的方位，韩欲教授摘下来眼镜，哀怨地叹息说：“根据我的经验，通俗一点来讲，就是我们现在迷路了。”

赵珏一如既往地看不惯李沌，看着他还在地上摆弄石头，气急败坏地说：“你还有心情在这里投石问路？”

赵珏看了看星辰，又看了看李沌在地上所摆列出来的石头图案，韩欲瞥了一眼为之一振，李沛正以安十二宫定紫微星，有八卦之型，星辰之势。他心中一震，蹙眉道："你在用紫微斗数推演吉凶？"

李沛推演出来此时此地凶相毕露，险象环生，愁眉不展地看着推演出来的结果，李二叔也凑过来好奇地看了一眼，甚是奇怪，这紫微斗数并不是他们李家的东西，李沛摸金的技术都是自己手把手教的，他从事淘沙官这一行当这么多年，也没有见过有这种术法，也未曾听祖上提及过。

赵珏看着心忧虑惆怅的李沛，问道："这玩意儿靠谱吗？"

李沛不屑地看了赵珏一眼，义正词严地纠正说："怎么说话呢？这是你该问的问题吗？什么叫这玩意儿靠谱吗？"

李沛也只是很多年前看一个朋友这样做过，依葫芦画瓢地模仿一下，没想到根据朋友当年的技法，还真领悟到一些皮毛。赵珏一听这话有点蹊跷，这话说得大家心里完全没底儿了，赵珏重新组织了语言问："这是什么玩意儿？"

"这紫微斗数我在机缘巧合之下也略有耳闻，曾经有一位陈姓小友精通于此术，提到这个已经是几十年前的事儿了，这紫微斗数由五代末北宋时期的陈抟所创，在民间有一种说法，此法门是吕洞宾传给陈抟的天书，再由陈抟创作后传承于子孙与徒弟，数百年来一直以孤本的形式秘密流传于子孙后代中，从未公开示人，相关文献和记载极其稀少，故在历史上只闻其名，未见其术。"韩欲娓娓道来，讲到吕洞宾的时候，自己都难免觉得不可置信，回忆起当年自己亲眼见过有人施展过此术，由衷地感慨地说："紫微斗数确实存在，术法精妙绝伦，博古奥义，深不可测，后来我也研究过此类的书籍，发现此紫微斗数和五星术颇有渊源，说是神仙传下来的天书，确实是坊间的迷信之谈，不过唐代的一位道人吕洞宾，深谙五星之术，据说这五星术生尧之丙丁，至唐犹存，往后史书再无记载，吕洞宾以河洛图文创作全真经文，创立全真教派，悉数葬于自己的墓中，北宋时期金人、宋人对古冢破坏猖獗，唐代古墓也无法幸免于难，一些墓葬冢文，几经流转到陈抟手中，陈抟根据吕洞宾遗作，探究天地的奥秘和精髓，再创紫微斗数的说法比较可信。”

赵珏惊讶地看着李沌，心生疑惑，问：“那最后紫微斗数的下落如何？”

韩欲懊悔不已，无奈地说：“我曾经也追查过相关资料，当年在破解川滇一代冥器上甲骨天书的时候，抽丝剥茧地追溯到上古时期的归藏图，由于时代过于久远，只好从近代史查起，道听途说，整合探寻史书野史的只言片语，即便偶然间发现一些蛛丝马迹，也真假难辨。我踏遍欧洲的土地，在当年敦煌莫高窟被盗的壁画经卷中找到了一些线索，这些线索在二战中遗失或被战火销毁，惊人的发现存世的古籍流派书出同源，从道教的典籍《续道藏》中发现了三卷紫微斗数，与典籍中的文献大有出入，一些词句暗合归藏的奥义。这三卷文书出自紫微斗数，在探寻紫微斗数的过程中，发现在流传过程中被分为南北两派，北派三卷被收录于道教典籍中，南派四卷散落于民间，我搜集了多个版本的紫微斗数，明清时期的居多，已被后人删减添阅，精髓已逝，面目全非。”

赵珏听得索然无趣，却依然假装激动不已，一拍大腿，向众人介绍说：“这是什么？人才啊！这玩意儿被你们说得这么玄乎，碰巧还有人懂这么玄乎的东西，既然这个问题这么复杂，那我们就先解决简单点的，比如说我们该往哪儿走？”

李沌听得傻了眼，没想到这玩意儿源远流长这么大来头，听得自己晕头转向，这几块小石头按照规矩摆列一番，博大精深到出乎自己的想象，顿时对韩欲刮目相看。突然发现所有人都在看自己，那种对自己寄以厚望的眼神，齐刷刷地看得自己头皮发麻。李沌只好硬着头皮，环顾四周指了三个方向，最后定格在一个毫不相干的位置，说：“就在这里。”

众人目瞪口呆地看着李沌，李沌抬眼望去，自己竟然指着一堵林峰耸立的崖壁，哪里有什么道路。李沌也没有想到指出来一个最尴尬的方向，走过去在一座连绵的山峰下敲敲打打，一条曲径通幽的小路蜿蜒向下直通山体内部，数亿年前崖体断裂而成，裂缝蜿蜒成蹊，由于山体本身的红色造成视觉误差，很容易被忽略，在有光线的情况下显而易见地被看成是山峰的一体，这条小路能同时容纳三四个人并行，李沌就像发现了新大陆一样，冲着他们挥手。

赵珏走过来看了一眼，这小径阴森可怖，他质疑地问：“这条路通向哪里？”

李沌看不惯他怀疑一切的神情和态度，眼前有条路就不错了，通向哪里鬼才知道。他坦然地说：“我们目前有的选吗？”

这千沟万壑的羊肠小道，走起来举步维艰，韩欲叮嘱大家注意山体的滑坡和落石。人群簇拥在这裂缝中，一种窒息的感觉油然而生，越往下走越觉得空气稀薄，岩层水分干瘪，透着风干的海藻生物类化石痕迹，张大了嘴巴呼吸依然会感觉到供氧不足，这条迂回百转的小路不知道是走了一会儿习惯了还是缓坡递减的缘故，走出半个时辰竟有一种放松的感觉，一股暖流从脚底传来在周身打转。

哈里克不自觉地前顾后盼，疑神疑鬼地问：“你有没有觉得这一路上走来都怪怪的，好像有一双，不，无数双眼睛一直盯着我们。”

“这小子八成是被吓傻了。”李沌不屑地说。

风吹过峡谷缝隙的哨子声，犹如鬼哭狼嚎，看着崖壁上有影影绰绰的黑影，让人全身起满了鸡皮疙瘩。韩欲突然停住，看着身旁的一处崖壁，这些粗糙偏僻的蹊径，裂缝中竟然有斧凿的痕迹，谁会在这里修建这些东西？这些开凿的痕迹并不算久远，从一些形制、纹饰以及雕琢的技法上来看，依稀可以看到一些盛唐时期的痕迹，韩欲猜测这些痕迹应该是唐宋时期留下的，让人疑惑不解的是，这条道路上雕凿的痕迹都很仓促，潦草完工，确切地说这是一条压根就没有来得及完成的甬道，想必当年一定发生了什么，才让这一切仓促地结束。

韩欲的猜想很快就得到了印证，哈里克一路上都在劝导大家返程，突然匍匐跪在地上朝拜远方，不敢抬头，把头磕得梆梆作响。原来目力所及之处站着几个绰绰的人影，着实吓了众人一跳，仔细看去不由得蓦然一惊，在崖壁上的石龛中摆放着形态各异的人俑，镶嵌排列在道路两旁。往前的阶梯也开始工整有序，每一块阶梯的岩石都经过精挑细琢，再往前这小径以及崖壁突然变得广阔，蹙金结绣，富丽堂皇。走进那些精雕细琢的唐佣，这些手持乐器的伎乐人俑，体型丰腴，肢体丰富，眉目之间神传千年，一些人佣的身体已经断裂，长年暴露在空气中风吹日晒，被雨水侵蚀，色彩大半已经褪去。韩欲和两个地质学教授取下来工具，研究这些人佣的造型和断裂的切面，这些人俑都是低温彩色釉陶，皆是用白色黏土做胎，用铜、铁钴、锰等矿物作为着色剂，另外在这些跌落的粉尘物质中发现了石英和铅粉，应该是当年调和助熔剂的重要成分。充分的金属氧化物的呈色才调配出不同色泽的釉料。韩欲终于面露喜色，这证明了他的推断是正确的，这些工艺和唐三彩的制作异曲同工，技法有过之无不及，风华绝代的大唐繁华，盛世犹存仿佛就在眼前。在西域发现大规模唐代遗址，足以震惊中外。

赵珏让随行的小同志拍照留档，李沌想搭把手，又没有地方可以帮得上忙，四处溜达着看这些形态各异的人俑，突然发现有些不对劲儿，越看越诡异，眼皮跳个不停，顿时心惊肉跳，摇着头突然大喊着劝阻道：“不对，太邪性了，大家都住手，你们没有发现这些人俑有问题吗？”

“这些人俑都放在这里上千年了，能有什么问题？难不成还……”赵珏还没有说完，仔细地观察这些人俑，经过对比也吓了一跳，他也发现了问题所在。

这些人俑虽然形态各异，他们的眼睛竟然看着同一个方向，好像严阵以待地等待着什么事或什么人的到来。单看一个人俑没有什么异常，可是整体看起来处处透着诡异。韩欲发现这些人俑周边的岩石湿度有些异常，有水滴从岩石中沁出来，所有人都放下了手中的活儿，看向了灰蒙蒙的远方，这些人俑所凝视的方向似乎有所涌动，耳边传来潺潺的流水声，顺着这些叮咚的旋律看过去，一尊巨大的佛像坐在不远处的崖壁上，狮鼻高挺，阔口微闭，怒目圆睁，琐眉竖目，直视着裂缝中来时的路，佛像的脸颊带着一丝悲凉，在它的眼角挂着两挂飞瀑，一泻千里地流淌到膝下的泉水中，汇聚在血谭中，在赤红色的山体映衬下飞珠溅玉，就像两行流经千古滔滔不绝的血泪，波澜壮阔。

一行人看得如痴如醉，很快融入这流水的旋律中。如歌如诉，音节闲雅，千年的天然之律，滴水成音，采缀其声，已成曲调。韩欲陶醉其中，听了一会儿说：“不可思议，太不可思议了，简直是鬼斧神工，这曲调似曾相识，一些音阶和唐朝的《霓裳羽衣曲》的曲调暗合。”

“你听过《霓裳羽衣曲》？据我所知当年唐灭，金陵城破时，此曲被李煜下令烧毁，毅然成为绝唱，你从哪里听到的？”赵珏疑惑地问。

“我有一上海的朋友，这两年专心钻研敦煌曲谱，当年在追溯敦煌遗失在海外古卷的时候相识，他在敦煌藏经洞留存的唐代敦煌曲谱残卷以及收录有唐代筝曲中，找到了《霓裳羽衣曲》残卷的中序部分，有幸听到过支声片律，音律之巧妙惊为天籁之音，和此时此刻音律惊人的相似。”韩欲循循善诱地说。

“跟你们一帮知识分子在一块儿，瞅瞅你们那没见过世面的样儿，泉水的噪音都被你们说得这么玄乎，除了影响老子睡觉，我还真没听出什么高尚的东西。”李沌对音乐一窍不通，完全插不上嘴，在一旁发牢骚说。

赵珏继续探究说：“《霓裳羽衣曲》相传是从西域传入大唐的，在新唐书里有所记载，突厥侵犯甘凉，杨敬述战败，向唐玄宗进献了《婆罗门曲》。此曲乃浑然天成的天籁之声，从一仙山处偶得，于大山间听风水之声，均节成音，晶莹剔透的水珠从布满苔藓的崖壁上流淌下来，摘录成曲，唐玄宗稍加创作，改名为‘霓裳羽衣’。根据当年所载在龟兹及焉耆一带，莫非我们所在之处就是文献中所记载的仙山？”

“我都说了多少遍，这是众神的栖息之地，凡人踏不得，会遭到天谴的，我都憋一路了，有句话……”哈里克在一旁哀怨地劝说。

李沌突然向赵珏虚心求教，孜孜以求地问：“我有一个问题特别好奇，据你所知，让一个人闭嘴的方法有多少种？”

赵珏用余光瞥了一眼，心领神会，略带恐吓地说：“那方法多了去了，千百万种，多不胜数，最简单直接行之有效的方法，大概可以分为两种，客气点儿的和不客气点儿的。”

“那最简单干脆的方法是什么？”李沌问。

赵珏想了想说：“割舌、拔牙、锁喉、缝嘴……”

“割舌、拔牙都太血腥了吧，缝嘴我喜欢，那怎么实施呢？”李沌饶有兴趣地问。

赵珏解释说：“这个很简单，在古代有一种刑罚就是把水银或者水泥灌进肚子里，用针线把嘴巴、鼻孔以及身体所有透气儿的地方都缝上，放在太阳下日晒，直到尸体风干。”

“太惨了，那人岂不是也死了？”李沛问。

赵珏无辜地说：“你只说要让一个人闭嘴，没说一定要活的啊？”

李沛托着下巴想了想，太血腥暴力了，摇了摇头，继续问：“那客气点儿的是什么？”

“我还真知道一种文质彬彬的刑罚，可以让人闭嘴。”赵珏恍然大悟地说，“随着西方文化进入到我国，相信系领带大家都很熟悉，我在苏联高级步兵学校学习期间，听莫斯科本地的一个当地教官讲起过这种刑罚，一战和二战期间广为流传，最后成了黑帮惯用的手段和技法，在哥伦比亚就有一种领带刑罚。”

“这个我喜欢，文雅，显得客气，听上去挺友善，还有礼貌。”李沛奉迎着说。

赵珏说：“首先，就是用刀子割开受刑者的喉咙，当然在战争时期，有时候身边没有刀子，用破旧的啤酒瓶、瓦砾、锋利的木棍等等，割开喉咙后将舌头从里边掏出来，然后在脖子外打个结，显而易见就成了一个‘领带’，所以才被称为领带刑罚。”

果然是让一个人闭嘴的最有效的方法，李沛听完，肚子里一阵翻江倒海差点吐出来，哈里克在一旁听得瑟瑟发抖。李沛吐了一口酸水，被自己问的问题恶心到了，气喘吁吁地问：“这也算客气？”

“相当客气了，如果领带系得不够紧，一时半会儿还死不了，血液上涌，还可以亲眼看到‘领带’，眼睁睁地在无助中看着自己死去。”赵珏说。

哈里克听完躲到一旁，完全想不明白身边究竟是一群什么样的人，想悄悄地开溜，赵珏一把拍住了他的肩膀，拉扯过来，文质彬彬地问："哈里克同志刚才要说什么来着？"

"没，没什么，我什么都没说。"哈里克讪讪地笑着说，吓得把刚才的话忘了一个干净，推诿说，"我能说什么，这么好的风景，这么好的地方，这可是重大的发现呀。这一路上大家都辛苦了，停下来歇个脚，为了更好地探索前行，我都迫不及待了。"

哈里克找了个看上去最和善的人，溜到了韩欲身边，谄笑胁肩地说："韩教授忙着呢？"

韩欲看着深不见底的血红色的潭水，蜿蜒曲折地流向深山之中，这潭水被陡峭的崖壁环绕，深处与幽闭的山坳之中，崖壁矗立成谷，谷底泉水源远流长，三面崖壁高耸呈椭圆状，光线暗淡，崖壁上千疮百孔的石龛犹如山川的伤疤，汇聚成一条血河，韩欲感慨地说："都说死去的历史是用鲜红的血水写下的，这等奇观，真是大自然的恩赐。"

哈里克收起了尴尬的笑容看着所有人，好像没一个正常的，一个人躲在了一旁。

李沌不露声色地在赵珏耳边低语，说："提防着点儿，这老小子有问题，不知道在搞什么鬼。"

赵珏和李沌心照不宣，这一路走来，哈里克对这一切都很熟悉，一直在装疯卖傻，这些赵珏也有所察觉，静观其变，假装什么事儿都没有发生过。

空气好像突然凝结了一样，所有人都站在原地。李沌放在赵珏肩膀上的手还没有来得及放下来，突然察觉到了异样，每个人都好像在神游一般，只有李沌和哈里克没有受到影响，空气中突然响起一段旋律从瀑布的方向传来，萦绕在每个人的身边，淙淙的水流声音律突变，从最初简单的叮咚作响，随着旋律的变换，五弦、阮咸、凤首箜篌、革案、手鼓、排箫、箜篌等旋律交融在一起，跨越了时空。

崖壁上成百上千的石龛里有东西在涌动，那些褪色的乐伎，瞬间被吹去千年的尘埃，变得绚丽多彩，栩栩如生，四周每座石龛化作琼玉楼台，每座楼台又有二十八躯乐舞伎，每组一乐一舞，神情百态，惟妙惟肖，这乐伎舞伎都全身赤裸，天上人间，舞姿弄曲。

李沌瞠目结舌地问："这是……"

哈里克情不自禁地跪在地上磕头，说："天宫伎乐！这是真的天宫伎乐。"

李沌听得一头雾水，这云里雾里的一番话说得李沌完全摸不着头脑，他看着赵珏、韩欲几个人都已经目光呆滞，一动不动，似乎根本听不到自己说话。虽然他们就站在眼前，却好像身处在两个完全不同的世界，李沌抬起脚揣在了哈里克的屁股上，一把抓起他的衣领，迫不及待地追问道："你在搞什么鬼？"

哈里克不敢抬头，又重新跪在地上，脑袋在地上都磕出了血，嘴里念叨着："天谴！这是天谴！"

"去你大爷的！"李沌心想，老天爷惩罚人的方法还真是独特，这载歌载舞，香艳动人的天谴。李沌看瘫在地上的这玩意儿是指望不上了，已经神志不清，胡言乱语，他走到赵珏面前，反手抽了他两个耳光，看没有反应继续抽打了两下。李沌手都抽麻了，赵珏才捂着红肿的脸摇摇欲坠地苏醒过来，茫然四顾，问李沌怎么了，他看到眼前的一切，所有人都跟失了魂一样。

李沌如坐针毡地说："快，快捂住耳朵，这曲子有勾魂摄魄的幻听作用。"

赵珏迟眉钝眼地看着眼前的一切，一时半会儿没有反应过来，即便捂住耳朵也无济于事，这旋律不绝于耳，哪能轻易地掩耳屏蔽。

这血谭之上，一个体态婀娜，风姿绰约的女人在空中翩翩起舞，只见她在空中曲臂前伸，手托花钵，颈戴璎珞，腰间束带，彩带凤舞长空，长裙裹足，这轻纱般的长裙若隐若现出她的胴体，这女人举手投足千娇百态，妖娆魅惑，脚踏祥云，在这弥音幻曲中用曼妙的舞姿，在众人中游走徘徊。李沺和赵珏也看傻了眼，愣在了原地。她身着霓裳羽衣，撩人心弦，从李沺身旁拂面而过，姿态悠扬，清香扑鼻。李沺伸出手，手指所碰之处却轻无一物。

李沺的理智前所未有的清晰，抬手抽了自己两个大耳刮子，怕对自己手下留情，又狠狠地补了两个，这脸打得跟没人要了似的，下手足够狠，看的赵珏心惊胆战。等李沺睁开眼还是看到千娇百媚的身姿在眼前舞动，李沺尴尬地苦笑，这次八成只能认栽了，明明知道自己在幻境之中，却怎么也醒不过来，这一切都太真实，太不符合逻辑。两个人确定了自己看到的东西是同一个东西，这种集体幻觉有些异常。

赵珏缓缓移步到他身边，也想试着抽他一个耳光看能不能奏效，被李沺反手抽了一下，捂着脸委屈地看着他，说："这就是你的法子？"

"难道你还有更好的方法？"李沺反问道。

"幻觉只是潜意识的梦境，是一种认知的障碍，通常在催眠意识的前提下，在特定的场景中，是有可能多人产生共同幻觉的，幻觉的层次有很多层，也有很多种。"赵珏低声说，怕惊到这些乐伎、舞伎。

"可是，这也太真实了。"李沺摸着自己火辣辣的脸。

赵珏小心翼翼地查看着四周，不露声色地说："我们现在身处在真性幻觉的深度幻想中，四周一定是有影响心智的事物，影响着我们的判断。"

“你怀疑这些水有问题?”李沌看着赵珏的目光落在泉水上，忍不住问。

赵珏摇了摇头说 :“水没有问题，是水流的声音有问题。”

“你有没有觉得这翩翩飞舞的女子有些眼熟?好像在哪里见过。”李沌挠着头百思不得其解。赵珏也去定睛细看女子俊美的五官轮廓，也觉得眼熟，一时半会儿说不出在哪里见过，这身着霓裳的妙龄女子，一颦一笑都撩人心魄。

一种奇怪的香味萦绕在他们身边，这是从来没有闻到过的一种味道，李沌和赵珏同时记起来在哪里见过这女子，他们两个虽然同时记起来了，可是见到的场合迥然不同，李沌是在洛阳的一座帝王墓中看到了这个女子的雕像，而赵珏却是在敦煌石窟的壁画上看到了眼前的女子。异曲同工的是他们所看到的是同一个人，一个被近代考古界称为飞天的乐伎，两个人还没有来得及相互印证。

哈里克唯唯诺诺地在地上爬起来，痴痴傻傻地手舞足蹈着说 :“乾达婆！乾达婆！”

听到“乾达婆”三个字，赵珏心中一振，这乾达婆在佛教术语中是“非人”的代表，“非人”是形貌似人，在人群中与常人无异，而实际不是人的众生，天龙八部之一。在天龙八部中一者天众、二者龙众、三者夜叉、四者便是这乾达婆，常居于须弥山，相传在天欲作乐时，其身自现异相，飞行于天空，手持乐器，蹁跹飘舞，故又称“天乐神”。

“既然你说这玩意人是‘非人’，那么要么是神，要么是鬼，她总得是个东西吧，这东西就在眼前飘着，你还拿她没办法。”李沌完全没有听明白，抓耳挠腮地问，这声音还在无孔不入地钻进他的耳朵里，睁开眼历历在目，就在眼前。

赵珏也无计可施，无可奈何地摊开了双手，哈里克不知道什么时候已经站在了他们身后，吓了两个人一跳，哈里克说：“乾达婆被我们本地人称为香神，谓不啖酒肉，唯香资阴，数千年来本地都有一种古老的习俗，每年供奉给香神鲜花、香料，乾达婆在梵文中又被翻译成变幻莫测、幻觉的意思，印度一代的魔术师也叫乾达婆，我们俗称的海市蜃楼，最初便是指乾达婆城。”

李沌狐疑地看着哈里克，心想着老小子果然露出了端倪，这狐狸尾巴是藏不住了，李沌瘫坐在地上，万般无奈地说：“得嘞！感情我们闯进了海市蜃楼里，被困在了这乾达婆城中，在这幻境中要被困上一辈子，直到死了才能出去？”

“怕是困不了你一辈子，这里没吃没喝的，怕七八天就熬不住了。”赵珏提醒他说。

李沌勾肩搭背地揽住哈里克，套近乎地说：“既然你对这一切这么熟悉，想必你也知道怎么出去，大家都这么熟悉了，你也不用刻意隐瞒什么。”

“我……我从来没有遇见过，也是听镇子上的老人们说的。”哈里克推托着，眼神徘徊着看向四周。

“海市蜃楼是光学的折射原理，等到太阳出来应该就会自动散去了。”赵珏自我安慰着，让李沌不要再为难哈里克。他们三个人试着叫醒其他的同伴，韩欲一行人除了僵直的身体和若有若无的喘息声，没有任何生机，就像一块岩石、一棵植物一样，至于为什么会出现这种情况，三个人找到的共同点便是：五音不全，对音律一窍不通。可以确定的是三个人一定有某种特质，没有受到干扰和波及。

看着众人呆滞的目光，他们唯一乐观的期盼就是等待太阳出来，化解这尴尬的危机。经验和现实之间的衔接总是会出现误差或纰漏，李沌如坐针毡，在原地徘徊了一会儿，经过了长时间地煎熬以后，李沌问："过了多久？"

赵珏习惯性地看了看表，一脸歉意地说："十五分钟。"

李沌拉着他的手表敲了半天，断言这表肯定是坏了，赵珏怕他把手表敲坏了，抽回来手护住手腕，李沌转念一想，说："这块表你不是送给牧民，换羊肉了吗？"

赵珏心中也咯噔一下，恍惚记起来确实是送给了牧民，他看着表针还在跳动，敲了敲还有声响。突然表针开始逆时针跳动，赵珏连忙把腕子上的手表摘下来。活见鬼了，他们都察觉到了这事有蹊跷，本来他们以乐观的态度看待这件事情，现在看来可能过于乐观了，他们看着混沌的四周，雾霭蒙蒙的山峦深处一片混沌，怕今天光线是照不进这里了，在这里也许太阳永远都不会出来。

李沌效仿刚才对待赵珏的举止，故技重施，试着把他们从沉沦中唤醒，先抓着一个小同志的衣领，抽了几个大耳刮子，手都抽麻了，小同志依然双目紧闭，气若游丝。

赵珏忍不住摸着自己的脸，弱弱地问了一句："你不会把他打死了吧。"

一声响亮的耳光在耳旁响起，赵珏和李沌对视了一下，两个人的双手都在忙碌着，李沌的脸上一片红肿，疼得李沌龇牙咧嘴，他恶狠狠地看向了哈里克，哈里克为了表示自己的清白，站在数丈外摊开双手，无辜地看着他们。死寂一样的沉默，三人面面相觑，又一记耳光打在了同样的位置，李沌气急败坏地紧握拳头，张牙舞爪地一顿乱扑，歇斯底里地说："我去你大爷的，老子的脸是没人要了是吗？打脸可以，你不能逮着一个地方打啊，还两次……”

李沌话没说完，又一记耳光重重地打在他脸上，这一记耳光打得他欲哭无泪，捂着脸懊恼地蹲在地上。李沌双手放空，双脚突然被一股无形的力量抓住，强制地被拖行了数十米之后狠狠地撞在了岩石上。他安慰自己眼前的一切都是幻想出来的，不真实的，这也是无尽的绝望之中他唯一还尚存的念想，脑袋瓜子响成了糨糊，一双眼睛扑朔迷离，看不清周边的事物，等他再次感觉到疼痛，惺忪睁着一双眼睛，他看见一双模糊的大手正风声鹤唳地冲着他抽打过来，虎虎生风，结结实实地又挨了一下，这真实清晰的疼痛，痛彻心扉，嘴角都打出了血，在他眼前有几十双眼睛目瞪口呆地盯着他看，那双手是李二叔的，手上的老茧冰冷而坚韧，这双手捂在脸上的感觉，跟一块板砖拍在脸上差不多。

几十双眼睛殷切地看着他，看到他醒来，韩欲的脸上终于露出了笑容，李沌匪夷所思地看着所有人，韩欲走上去握着他的手，激动地说："你总算是醒了。"

李沌坐起来，抬头看了一眼四周问："怎么回事？"

韩欲说："你们被幻觉魇住了，刚才大家一起走得好好的，你和赵珏、哈里克三个人突然就愣在了原地，怎么叫都叫不醒，还是你二叔有办法，用了这土法子唤醒了你，这皮肉之苦要你自己担待着了。"

李沌完全蒙了，明明是自己亲眼看到他们一行人陶醉在幻觉中无法唤醒，事情越来越难以捉摸。怎么自己就成了被魅惑的人了，他们如法炮制，赵珏和哈里克相继苏醒过来，李沌指了指四周，问："你们难道什么都没有看到吗？"

韩欲几个人以为自己错过了什么，环顾四周，打了个寒战，问："我们应该看到什么吗？"

“那些赤身裸体的天宫乐伎，飞天舞者和无尽的弥音，你们……”李沌笨口拙舌地说着，腮帮子肿得厉害，疼得很难把话说完整，一时半会儿说不清楚，话还没有说完，他发现耳边的旋律除了嗡鸣声和远处传来的泉水声，眼前的飞天乐伎，耳边的弥音旋律早已经不知所踪。

“鬼才知道我们经历了什么。”李沌拍打了两下脑子，努力地想让自己辨析现实和幻觉，赵珏苏醒过来踉跄地走到他跟前，李沌坐起身一把拉过来赵珏，说：“他知道的，赵珏同志知道我们都经历了什么。”

“什么鬼啊神的？我就打了个盹儿，什么也没看到。”赵珏一脸的茫然，打了个哈欠，迷惘地看着李沌，关切地问：“你没事儿吧，发生了什么事情？”

李沌转身想把哈里克揪过来，哈里克躲在人群的角落里瑟瑟发抖，已经被吓破胆了，神志不清地在胡言乱语。赵珏挥手让大家收拾行装，继续前行，李沌在他的衣袖中看到了那块若隐若现的手表，等到人群散去，李沌一把握住赵珏的手，厉声问：“你为什么要撒谎？”

赵珏看了看忙碌着的众人，低声说：“这世界比你看到的更复杂，我们既然解决不了所见到的问题，就不要轻易去触碰它。”

李沌恶狠狠地说：“别以为我不知道你想干什么！”

“哦？你又知道什么了？”赵珏略带一些嘲讽地问，他的问题压根儿也没想得到答案，说完转身收拾自己的行装。

“龙图。”李沌的声音并不算太大，赵珏却听得心中一惊，他以为这件事情没有人知道。李沌再一次重复道：“你的真正目的是寻找失落的龙图。”

赵珏强颜欢笑地说：“你在胡说什么？”

李沌也笑着说：“我倒是真希望我在胡说。”

“相信我，你最好把知道的东西忘掉，忘不掉就烂在肚子里，这些事你不应该知道，你不知道你所面临的是什么，后果你承担不起。”赵珏很严肃地说完后看着李沌，他的语气不容置疑，严肃中带着命令的口吻。

两人各自心照不宣，李沌从来没有见过赵珏如此认真，不苟言笑，他默默地感觉到自己严重低估了这件事情的严肃程度，李沌踟蹰不前，竟然无言以对。

峡谷的自然裂缝修筑而成的栈道上，连接着成千上万的石龛，大小不一的洞窟星散在崖壁上，他们把队伍分成了两支，从不同方向进入峡谷，沿栈道而行。两个时辰以后，两支队伍在同一个洞窟的空隙里相聚，他们用实际行动证实了这两条路都走不通，队伍无疑陷入了循环的迷窟之中。眺望整个峡谷，或湍急，或轻缓的水流声能传达到任何一个角落里，赵珏和韩欲又规划了几条线路，在身心俱疲的状态下走出半晌的时间，然而吃力走出的每一步却更加迈向绝望，他们彷徨地走了几个来回再次回到原点，老天却和他们开了一个大玩笑，来时的峡谷裂缝竟然凭空消失不见了。

这个不可能存在的阶梯，以栈道的形式无穷无尽地出现在他们面前，并且身在其中，因为这尊依山傍水塑起的大佛，让他们心中对裂缝的位置更难加以定位，导致了他们更加确信自己迷失了，每走出一圈同样构造的栈道，都看到一模一样的佛像，从任何一个角度看上去，这尊佛像一直都在注视着他们，无论是迷路还是这尊佛像无时无刻都会移动，都不是一个好的征兆，韩欲心灰意冷地眺望着远方，怕众人是走不出去了。

李沌心领神会地感慨地说：“这才刚刚踏上迷幻的道路，真正的幻觉真实到让你怀疑一切，甚至怀疑生命的意义。”

赵珏看大家都在疑神疑鬼，悬魂梯、鬼打墙都从随行的同志口中蹦了出来，猜想着说：“那会不会有一模一样的山谷，一模一样的大佛，一模一样的血谭，只是有些细微的变化我们没有发现，其实我们已经走到另外一处完全相同的地方了呢？”

“很有这种可能！”韩欲教授突然心血来潮地说，他站起身仔细观察着这些大大小小形态各异的洞窟，继续说，“出口或许就在这其中某一个洞窟之中。”

“那古人为什么要修建两个一模一样的栈道，甚至多个一模一样的山谷？”赵珏疑惑地问。

“一定有什么不同，只是我们没有察觉到。”韩欲看着脚下的栈道。

在一旁休息的哈里克听闻，手指和腿在微微地晃动发抖，李沌看不惯他那双晃来晃去的腿，好像会传染似的，情不自禁地也跟着抖动着腿，他不耐烦地问：“什么毛病？”

“老毛病，一激动就手脚发抖。”哈里克说。

李沌用双手扶住他抖动的腿，硬生生给摁了下去，保持了一会儿，松开手哈里克的双腿还在抖动，李沌呵斥道：“别抖了，你这毛病让我很紧张。”

人们陷入一筹莫展的沉默，所有人心中都蒙上了一层阴霾，前方的路迷失在无尽的栈道上，退路也已经消失不见。众人在原地休息，吃了点干粮，韩欲为每一条栈道都标记了符号，在每一处洞窟做了标识，他们花费了一整天的时间又绕回到了原地，这些清晰的记号搞得所有人都更加迷茫，大家已经濒临崩溃。

夜幕再次降临的时候，众人分别在栈道旁的几个洞窟中安营扎寨，在昏暗的灯火中各个垂头丧气。韩欲听着这连绵不绝的泉水声，源源不断，不绝于耳，长年累月无始无终，无穷无尽地流淌着，这流水的节奏千变万化，天然成曲。

静下心来听了一会儿，依稀可以听得到其中的规律，赵珏看无所事事的李沌在一旁发呆，打趣地问："这栈道和洞窟之间的连接，颇有几分星图的规律，形似八卦，你跟你那位精通紫微斗数的朋友就没有学个一星半点儿像回事儿的东西？"

李沌睥睨了他一眼，阴阳怪气地在一旁冷言冷语，没有理会他。赵珏继续追问道："要不你假模假式地比画一下也成啊，好让我们心里有个安慰。"

"我做事的主旨就是在哪里迷路，就在哪里迷糊，我先眯一会儿，你们继续糊弄。"李沌谦虚地闭上眼睛，跷着腿想睡一会儿。

"别吵了！"韩欲突然焦躁地制止了他们拌嘴，大家突然一愣。韩欲指了指瀑布的方向说："听！听到了吗？"

李沌侧耳聆听了一会儿，只听他身边的哈里克打呼噜声音此起彼伏，疑惑地问道："听什么？打呼噜的声音？"

"这水流的节奏是有规律可循的，这水流无穷无尽，周而复始地流淌着，就像这栈道一样，成为一个死循环。"韩欲试着跟上旋律手舞足蹈，试着回忆脑海里似曾相识的音阶，猜测地说："如果当年的《婆罗门曲》果真摘录于天地之间的旋律，唐玄宗通过这些旋律创作改为'霓裳羽衣'，轻盈优美，在月光下翩翩起舞，锦簇花攒，多数是与当初舞伎的服饰有关，节选了天曲部分，舞曲悠扬动听，堪称仙乐，如梦似幻，扰人心智。"

"你的意思，这水流没羞没臊地一直流淌下去，我们就没有走出去的那一天？"赵珏气馁地问。

"也不尽然，根据史书记载，《霓裳羽衣曲》几经修改最终定为三个部分，在唐宋大曲中讲究散序无拍，中序初动，曲终繁声，名为入破，无破不入为曲子精髓所在。在这个曲子中前 6 段为‘散序’，中间 18 段为‘中序’，后 12 段为‘破’，只是我还没有想明白，这和我们的处境有没有必然的联系。”韩欲埋头苦思，殚精竭虑地说。

“曲子的事儿我不懂，可是有些破事儿我还是了解一点。”李沌故作深沉地说，然而韩欲和赵珏一行人还在思考刚才的话，李沌完全被忽视了，没人对他的话有兴趣，他焦躁地围着他们晃悠了两圈，希望能吸引到一些人的目光，反而遭到了众人的嫌弃和不屑，最终李沌忍不住祈求说：“我的这点儿破事你们到底要不要听？”

赵珏不耐烦地说：“别闹，既然你都知道是你那点事儿是破事儿，还说它干什么？”

“破事儿怎么了？这事儿我就要跟你掰扯掰扯了，你懂不懂什么叫谦虚？”李沌剑拔弩张地说。

“你说！”赵珏立即简单明了地做出了退让。

李沌一时半会儿没有组织好语言，不知道该怎么说，仰望着星空，拿了一只小木棍在地上比画着说：“韩教授刚才所说的这《霓裳羽衣曲》我简单计算了一下，一共有 36 段，在紫微斗数中有 36 星耀，后 12 段为入破，北斗的第 7 颗星为破军，五行属水，我粗略计算了一下，在 36 星耀中，第四星为太阴，七星破军，十一天同，十二巨门，十三天相，十六文曲，十九右弼，二十八化科，二十九化忌，三十四天姚，三十五红鸾，三十六天喜都是五行属水的星耀，刚好 12 个，根据星盘对应的位置，在这潭水中相互呼应，紫微星五行属土，对照紫微排盘出来的星象来看，上天之路，入地之门，入破之法就在水中，应该就在那里。”

李沌所指之处就在佛像的正下方。

赵珏觉得他完全在一派胡言，叽里咕噜说了半天一句也没听懂，疑惑不解地问："你这指得也太随意了，我没看太清楚，你再指一遍给我看看。"

如果再让李沌重新找到刚才所指的位置，肯定找不到了，韩欲目光还没有收回来，盯着李沌所指的方向，饶有兴趣地点头赞许说："有道理，依照山岩腐蚀冲刷的程度来看，这里常年暴雨，却看不出水流的方向，虽然肉眼不得见，但是这潭水一定直通地下河，有一定的谭水中通向外界，或者通向一个巨大的空间之中。"

"你以为天机随随便便就可以泄露吗？眼睛里揉了沙子就别怪这世界太模糊。"李沌搪塞地敷衍道，看着韩欲满怀欣喜，李沌也忍不住为自己捏了一把冷汗，这次还真让他蒙对了，自己肚子里这半吊子的学术本来就一知半解，硬着头皮连蒙带骗总算混了过去。

"好有道理！"赵珏也突然随声附和。这让李沌心中突然觉得有点怪怪的，忐忑难安。

一行人收拾了行装，一路从栈道绕行到潭水边上，赵珏一改常态，突然郑重其事地跟李沌说："我刚听了李沌同志的推演排盘，精妙至极，让我醍醐灌顶，茅塞顿开，这玄妙的天机被李先生一语参破，真乃是奇人。"

"做事儿跟烧水是一样的，想开了，想提哪壶提哪壶。"李沌一时间忘乎所以，有些飘飘然，然而这话听到一半觉得事情有些蹊跷，他收起了洋洋得意的神态，不解地看着赵珏嬉笑的脸。赵珏继续点头称赞，说："对，对，还是李先生高明，既然天机都轻而易举地让李先生参透了，那李先生为大家先下水探探路，这点小事儿不是什么问题吧。"

"那……"李沌顿时语塞，掉进了赵珏给他挖的坑里，推诿说，"大家伙都知道，我这个人性子急，脾气暴躁，五行属火，跟这水不熟呀。"

"您太客气，太谦虚了，凭着李先生这一腔热血，再深的水也给他烤煳了，烧干喽，您刚怎么说来着，做事儿跟烧水似的，想开了，想提哪壶提哪壶。”赵珏阿谀奉承地说着，这是要将李沌逼上绝路。

“不是，这不是一回事儿，干我们这行的最忌讳的就是水。”李沌一脸难为情地说，赵珏要投石问路，这是将自己当石头给扔进潭里去了，李沌自幼不习水性，这一脑袋扎进去八成路没探着，淹死的概率会更大一些，即便淹不死，这深山老潭里万一有个鳄鱼、王八的，一旦到了水里还说不准谁吃谁呢，跟扔进河里喂王八没什么区别。

赵珏看他有所疑虑，假装难以置信地问：“你不会是不识水性的旱鸭子吧？”

李沌悄悄问他二叔打听了一句：“不会游泳是一件很丢脸的事情吗？”

李二叔沉思了一会儿，摇了摇头说：“不知道，我也不会游泳。”

李沌心中顿时得到了安慰，心安理得地点了点头。李二叔愁眉不展，满脸忧愁地说：“我们目前面对的不只是丢脸这么简单的事情，如果真的不幸如你所说出路在这水中，怕我们所要面临的是更尴尬的局面，肯定会被丢弃在这里，这是要丢人的节奏。”

叔侄二人看着这一汪潭水陷入了沉思，同时在一旁沉默的还有一个人，那就是一脸愁容的赵珏，赵珏坦言说：“实不相瞒，平时除了喝水、洗澡，我对水性一窍不通，这一脑袋扎进去不用等结果，可以直接给上级打报告宣布牺牲，颁发烈士荣誉勋章了。”

一行人束手无策地眼瞅着夜幕即将再次降临，来的时候只知道要进山，没想到还要下水，一点准备都没有，这大冷天的已经让人不寒而栗，再脱光了衣服到冰水里溜达一圈，半条命算是丢了。众人犹豫不决地沉默了一会儿，李沌考虑到公平起见，做出了一个艰难的决定，建议抓阄，抽签来决定谁先下水。考虑到“狼”多，女性同胞就不再参与抽签，几位老同志年龄大了也不参与，剩下来的还有个七八个中青年男性，李沛准备好了签子，分别发给预选出来的同志，他发完签子如释重负地叹了口气，为了实施抽签计划完美结束而鼓掌，赵珏拿着签子疑惑地问：“发完了？”

“完了！都发完了，现在大家都确保自己手上拿到签子了吗？”李沛拍了拍手，兴高采烈地看着每一个人手中的签子。赵珏满脸困惑地看着手中的签子，问：“你的呢？”

“别闹，哥们儿。”李沛笑得有些尴尬，解释说，“你什么时候见过既当裁判又当运动员的，我这可都是为了大家好，为了公平起见，赵珏同志，你还有什么问题吗？”

“有！”赵珏举手说，“这谁做裁判，是谁定的？”

“谁做裁判很重要吗？”李沛疑惑不解地问。

赵珏疾恶如仇地盯着李沛，觉得他不可理喻，牙齿咬得咯咯作响，一触即发。

“既然这裁判的位置还有待商榷，如果大家没有异议，不如我们来做好了。”一个女人的声音从他们身后传来，所有人都没有察觉到这个女人什么时候出现的，女人从他们背后的阴影里走出来，赵珏和李沛四目相对，又看向了众人，李沛擦了擦眼睛以为是幻觉，几经确认他们看到的是同一个人，李沛问：“你看到了什么吗？”

赵珏不太确定地点了点头，相信自己应该是看到了一个女人，这个女人身型干练，着装简单，头戴一顶毡帽，双手插在裤兜里，英姿飒爽地站在众人的面前。李沛还在想她是怎么出现在这里的，几十号人找了一天都没有找到出口，难不成这个女人从天而降？

赵珏开口问：“你是谁啊？”

“我只是路过，既然你们做个决定这么难，我来帮你们做决定。”女人彬彬有礼地说，在她的身后人影绰绰，站得整整齐齐的少说也有几十号人，手中都拿着鸟铳、手枪、猎枪等家伙。

看到赵珏言辞句厉，几个人从黑暗中向前训练有素地迈了两步，各个人高马大，体型比他们高出一截，赵珏和李沌认出来了几个熟悉的身影，是在镇子上见到的那一伙儿人。这些德国人和日本人果然早有预谋，和他早期的担忧不谋而合，他最初担心的事情发生了，这些人和营地里消失的两支勘探队逃不了干系。

李沌盯着这个女人，目不转睛，在她的身上能嗅到一股血腥味，在她的眉宇之间找到了一些似曾相识的感觉，李沌脑子乱成一片，稀里糊涂地追问：“我们是不是在哪里见过？”

“既然相逢，又何必追问曾相识？”女人笑如银铃地说，她的笑声让所有人不寒而栗。

韩欲遥望着她的背后，觉得一定能找到出口，女人补充说：“你们最好按我说的做，你们也只能按照我说的去做。”

“我长这么大，没几个正常人敢这么跟我说话。”赵珏看着她说。

女人假装不知所措，惊讶地问：“这地方有正常人吗？”

对于赵珏来说最无法忍受的就是被戏耍，当所有人都好奇地看着这个女人的时候，赵珏的第一直觉是观察身边的每一个人，细心地察言观色，他知道这不是巧合，团队里有内奸，在这一路上都有人泄露行踪给图谋不轨的外人，女人鄙夷不屑地说：“中国有句古话说，兵者，诡道也！诡之道，非常道，诡道又有十二法……”

“别显摆了，瞧你嘚瑟的，把舌头捋直了再说话！”李沌正色纠正她说。

女人气急败坏地说："你……你这个人懂不懂得礼貌？"

韩欲看场面火药味十足，打量着眼前从天而降的这群人，温文尔雅地问："你是日本人？"

"韩欲教授好眼力，久仰，久仰！"女人礼貌地回敬道。

李沌抱拳说："怪不得一眼看上去就惹人讨厌，原来是日本鬼子的余孽，失敬失敬。"

女人厌恶地看着李沌，李沌悠闲自得地转个圈儿让她看得更清楚点。

听她叫出了韩欲的名字，对于赵珏来说犹如当头棒喝，这群人把他们的底细都摸了个底朝天，看来来者不善。这个神秘的女人突然向韩欲献殷勤，引起了赵珏的怀疑，这队伍里的内鬼莫非就是韩欲教授？他被自己的这个念头吓到了，再往下他想都不敢再想，韩欲是自己遍寻海内外多方打探很久才找到的线索，如果韩欲是内鬼，他完全没有必要答应自己的请求，千里迢迢回国来遭罪，他转念又细想韩欲教授名扬四海，在海内外报纸、刊物上都发布过照片，如果这群人是有备而来，知道韩欲应该也不是什么出乎意料的事情。这其中有诈，想必是敌人故意为之，企图让他们彼此猜疑，分裂队伍。

韩欲看出了赵珏的心思，韩欲故意试探地问："不知道几位贵客特意路经此地，有何贵干？"

"我这个人最讨厌把简单的事情搞复杂，我听说这水下有一座古城，想让你们带路见识见识。"女人孜孜不倦地说着，说话的时候脸上的笑容让人瘆得慌。

"我知道你要找什么！"赵珏刻薄地说。

"知道就好，那我也就不用绕弯子了。"女人脸上那股自以为是的神态让赵珏心中窝了一团火，女人继续说："赵珏先生家世显赫、医学渊博，我相信你是个聪明人，聪明人应该知道惹一个不该惹的人，会发生什么。"

李沌自以为是一个聪明人，好奇地问："惹一身疥疮，还是惹一身骚？"

女人直接忽视了李沌，目不转睛地看着赵珏。赵珏心中一骇，从这群人突然出现，到目前为止从来没有人提及过自己的名字，自己在九局的工作也是机密的，赵家世世代代以行医为生，祖辈上悬壶济世，声名远播，在历史上地位显赫，也是名门望族。可是自清末以后便隐姓埋名，抗日战争期间征召入伍，有些事情的详情，即便自己的兄弟姐妹都所知不详，眼前的这个神秘女人一语道破自己的家族底细，他忍不住惊愕失色。女人看出自己一语中的，继续试探着说："怕不止这些吧！惹了小人物大不了要要嘴皮子，惹了一些权贵就要破财消灾了，可是惹了某些人就是要命了。"

"大家也没那么熟，套哪门子近乎！"李沌气急败坏地说，本来李沌被忽视就让他不爽，就因为这个女人说小人物的时候看着自己，让他颜面尽失，李沌看着对方各个都比自己身材高大，也模仿着眼前女人的动作和表情循循善诱地说："我这辈子最讨厌两样东西，第一就是嘴臭话又多的臭老娘们儿；第二就是日本人，今儿这两样还真凑到一块去了，你个臭老娘们儿，不，不对，你个日本进口的臭老娘们儿！"

"有些人伤疤好得快，压根就不知道什么叫疼，这么多年不见，脸皮厚了，脾气也见长了。李沌连长，好久不见，别来无恙。"女人目露凶光地看着李沌，这个眼神李沌还记得，他这辈子都忘不了的一个眼神，冰冷刺骨。残酷的记忆再一次涌现出来，那是在沈阳某个防疫给水部队的俘虏集中营里，有一个进行活体实验的女指挥官，在她的手里李沌死过上百次，只是眼前的这个女人年龄上跟当年略微有些出入，看她的样子不过二十五六岁，和当年相比看不出有什么变化，他仿佛觉得自己被岁月欺骗了，岁月似乎在这个女人脸上没有留下痕迹。那个冷峻的目光一闪而过，女人侧着脸嘴角上扬，冲他露出了微笑，从李沌的表情她看得出来，他认出了自己。

“是你——福冈亚美！”那种久违的恐惧再一次包裹着李沌的每一寸肌肤，他的每一寸肌肤都在发抖，絮絮地念叨着，她回来了。李沌脸色一沉，脸色惨白到没有一丝血色，再也笑不出来，不寒而栗地躲到了赵珏身后，说：“不好意思，不顺路。大家就此别过。”

李沌先后的态度判若两人，赵珏一直相信这个世界上没有人能改变李沌的牛脾气，可是这一幕就在他面前发生了，一个弱不禁风的女人，一个眼神儿就让他魂飞魄散，吓破了胆，赵珏好奇地看着两个人，拉扯住李沌追问道：“两位认识？难不成是旧相识了？”

女人含笑如春地说：“老相识了，多年前有些交情。”

“高攀不起！”李沌立即否认，和眼前的女人划清了界限。他无法相信一个曾经用过上百种方法弄死自己的人，让自己深刻地体会到生不如死的人，这种仇恨在心底埋藏了几十年，做梦都想复仇杀死的仇人，如今站在自己的眼前，他竟然还会感觉到恐惧和害怕。

李沌想逃离人群，福冈亚美背后的人群涌了过来，几把枪指在他们面前，福冈亚美文质彬彬，一脸忧虑地笑着说：“这事儿怕由不得你们。”

赵珏拨开了眼前的一杆枪，嘲弄地说：“你们手上的这些家伙未必打得死人。”

“是吗？那就找个人来试试！”福冈亚美提了一个建议说。

李沌分析了双方的形势，人数、装备、团队的身体素质等多方面情况都是敌强我弱，于是低声在赵珏耳边说："打不打得死人不重要，万一它能拍死人就足够了。"

李沌认㞞了，完全没有了刚才的血气方刚，解释说："事实上，我们不想知道里边有什么，我们只想知道外边有什么，换一种说法是你们从哪里来的，我们顺道出去。"

"这样的环境不适合装疯卖傻，别跟我说你们出门遛弯儿压马路到这儿的，这个水下的飞天古城你们做不了主，我一个加拿大的朋友——查尔斯怀特教父盯了它三十几年。我友情提示你们，古城遗迹里有危险，可能会流血牺牲，如果你们不进去，我可以给你们选择，就在此时此地，我很乐意把流血牺牲的事件提前换一种方式发生。"福冈亚美不想再浪费时间，厉声地说道。

"大家都是老相识了，几十年前你用了足足上百种方式都没有弄死我，一时半会儿想弄死我们怕也没这么容易，我这个人记性不好，不记仇，刚才我差点没认出来你，老是老了点儿，不过风韵犹存，这风吹日晒的对你皮肤也不好，我们就此打住吧，各自回家洗个热水澡，歇了吧！"李沌也很热心地提了个建议。

赵珏激动地看着李沌，又看了看福冈亚美，问道："你们竟有如此缘分呢？"

福冈亚美听到李沌的话，情不自禁摸了摸自己的脸，以为自己真的老了，她知道李沌在耍滑头拖延时间，这里只有李沌用紫微斗数排盘推演出了古城入口的位置，在这硕大的水域里如果可以轻易找到入口，也不会苦等这么多年，福冈亚美让人从行囊里取出来潜水的装备，呼吸器、空气筒、潜水手电、潜水服、坠子带、蛙鞋、BC、潜水袋、眼罩、罗盘等一应俱全，用实际行动步步紧逼他们下水。

李沌一脸为难地说：“对于一个连游泳都不会的人，你让他去潜水卖命，总得给我个充分的理由吧。”

福冈亚美掏出来一把精致的左轮手枪，冲着天空开了一枪，然后把枪抵在他的额头上，问：“这个理由足够充分吗？”

“够！足够了，太充分了！”李沌高举双手投降。

李沌在众目睽睽之下第一个穿上了潜水服，在寒风凛冽中摸了摸刺骨的冰水，依照着自己推演出的位置，硬着头皮一脑门子扎进了水中。

李沌在水中拼命挣扎了一会儿，觉得呼吸困难，混沌的水中什么都看不到，只感觉到冰水刺骨，这深潭是一个无底的深渊，一眼望去让人窒息，他想沿着岩石爬上岸边，岸边又传来了一声枪响，一支被遗忘的手电又被扔了下来，他捡起来点亮了潜水手电，只好再次下潜到幽暗的谭底，心想这次肯定要死在水里了。

与其说他在潜水，不如说他在水中挣扎，水下的空间很大，如同一个大的空间从山体的断层裂痕中延宕到无尽的深处，李沌挣扎了一会儿，四肢已经失去了知觉，他感觉到自己在深渊中无助地坠落，很快潭水的亮光变成了一团天井，在漆黑的潭水中渐行渐远，手电的光亮犹如萤火一般，在水中照射出十几米的距离，灯光周边的环境一直在变化，他分不清是山体在移动还是自己在跌落，水中有一个庞然大物在蠕动着，他恍惚看到了一只像眼睛的东西折射了他的灯光，从深渊中凝视着这个世界，只是这个庞然大物过于庞大，超越了人类的想象极限。

Ⅲ 九重魔窟

“那是魔鬼的化身。”说到这里的时候，赵家老太爷四肢冰冷，我看到他那双端着茶盏的手在瑟瑟发抖，那种恐惧跟随了他一生，替代了他余生所有的梦魇，直至他把这种恐惧带进棺材里也不会消散。赵家世代行医，对药石、人体、疾病的深入了解导致了家族的迷失，越深入越深刻地了解到生命的脆弱和渺小。赵家老太爷的话语中更多的是无奈，他说：“赵家在历史上服侍过历代的君王，从炼丹师到巫医，从太医院到御医馆，再到战争前线的军医，最后到现在全球最大的医药研发供货机构的集团公司，唯一的使命便是与死亡做斗争，每一次疫情暴发，每一次人体试验，每一次医疗技术的更新迭代，只能够做到延缓死亡的到来，并不能阻止死亡。上天给人类最好的礼物也是最后的禁忌，就是死亡。我们最清楚不过的就是这个世界上存在着很多的禁区，知道得越多反而越迷茫，有些东西生命不可触碰，众神的栖息之地——九重魔窟，便是这禁忌的大门。”

“九重魔窟？”这个名字第一次在我脑海中闪现的时候，一些零碎的画面在记忆的深处若隐若现，幽暗而模糊。

赵家老太爷点了点头，继续追忆说：“这些在历史上被隐去的文明，在地图上被抹去的遗迹，数千年一直被尘封在蛮荒之地，尘归尘，土归土，归藏于最隐秘的地方，这些禁忌在历史中消失得无影无踪，留下来的一份归藏图也被雪藏在黄土之下，星散在世间的角落里。为了当年的一己私利，我整理了数百个古墓冢文零星的记载，获知归藏图中有一卷记载着拒绝死亡的技法，每逢改朝换代的间隙中都有它的蛛丝马迹，从先秦、汉、唐至今都有些许端倪。当年陈抟参悟归藏图之后，将归藏图一分为二，其中星图部在陈氏子孙手中一脉单传，成为众矢之的，由陈氏后人绘制复刻版本的《龙图》将重要的讯息藏于画中，归藏图的讯息从此绝迹于人世间。"

"你的意思是《归藏图》的内容被藏在一幅叫《龙图》的画中？"胖三不解地问。

赵家老太爷叹息地说："《龙图》不是一幅画，而是九幅画。"

"感情这九张图还得分个老大老二呗，根据个头排个大小个儿，那老大是不是叫大龙图，老二是不是叫二龙图，排行老九的，岂不是叫小龙图？"胖三调侃地说着把自己逗乐了，他笑着笑着哑然失色，发现房间里所有人都很严肃，没有人把他的话当玩笑。

我解释说："老九不叫小龙图，而叫九龙图。"

"不会吧！"胖三一脸惊讶地看着我，难以置信地说，"你说的不会是南宋陈容的《九龙图》吧？美国波士顿美术馆的镇馆之宝？"

"据文献所载，《龙图》从绘制之初历经了数十年，就连绘画者陈容本人都没有见到过所有的龙图齐聚一堂，更没有人一睹九龙全貌，其中的奥秘更没有人能够揭晓。"赵家老太爷说。

"所以说那次你们用救援的幌子组成的探险队，实际上是在寻找遗失的龙图？"我疑惑地问。

赵家老太爷说："经过赵家数百年的经营遍寻世界各地，所有讯息已经掌握得差不多了，最后一份拼图也即将完成，只可惜冰山缺一角，难以一窥冰封的全貌，其中拿着篮帖登门想献宝的几位朋友，也曾高价获得过一些龙图，去伪存真后多数为滥竽充数，仿作横行，其中乾隆年间更是龙图遍布大街小巷，在这 35 年间，仅"古董羹"都存有 320 余幅龙图，没有一幅吻合，出于私心我组织了那次救援探险行动，在几卷僧侣所著西域笔记中提及了龙图。"

我质问道："所以你就堂而皇之地在众目睽睽之下，把那个死瘸子跛拐李，也就是李斯文的爷爷丢进水里喂鱼了？"

"那本来就是一次不该踏上行程的探险，让那么多生命踏上了不归的血路，更诡异的是在一个被历史抹去的地方，一个不应该出现的人，准确地说是一个不应该存在的人，凭空多了出来……"赵家老太爷那种诧异的眼神闪烁着异样的光芒，目不转睛地盯着我，他的眼睛没有一刻不在留意所有人，他试探地看着这里的每一个人。

珠算子捻动着几缕胡子，好奇地问："一个不应该存在的人，出现在了一个不应该存在的地方，越来越有意思了，这个人是谁？"

"如果不是此时此刻他站在我面前，我肯定不会相信有生之年还可以见到他，这么多年，没有人见过他衰老的样子，时间在他的身上停驻，无数双眼睛目睹过他无数次的死亡，他依然活生生地一次又一次地站在人群中。"赵老太爷的话吓到了屋子里的人，几乎所有人都在瞠目结舌地四顾张望着身边的每一个人，最后所有人都跟随者赵家老太爷的目光落在了我的身上。

我闪烁其词地说："人世间长相相似的人有很多，您认错人了。"

“从你走进这个屋子里，我也以为自己错了，也许只是长得相似，或者你跟当年的他有些血缘关系，可是我并没有跟你提及过李沌的别名叫跛拐李，而且这个名字只有他知道，还有你们看人的那种冷漠如出一辙，人身上的气味和神态是不可能完全一样的。”赵家老太爷毅然决然道。

“我想这是一个误会。”珠算子搓着手解释说。

“闭嘴！”赵家老太爷突然歇斯底里地呵斥道。他激动地攥着形同枯槁的拳头，感慨地说道：“我比谁都希望这是一个误会，至少不让我怀疑这个世界的本质，让我在离开这个世界的时候还带着最后一丝尊严，不至于让我在内疚中度过可怜的一生。”

“这件事没整好，两句话没谈明白咋还上纲上线了，我就想弄明白一件事情，李沌最后怎么样了？我们祖上是干了些现在看上去不光彩的事情，但也是见过世面有牌面儿的人。死相也千奇百怪，我瞧他不顺眼，没错，我压根儿也没机会瞧见他，我也不指望他有什么让人耳目一新的死法，可是被人丢进水里喂鱼喂王八我多少有些难以接受，我还是要确认一下，他是洛阳李家的？”胖三迫不及待地问。

“你这会儿问这个问题还有意义吗？”珠算子安慰他说。

“这是底线的问题。”胖三强调地说。

赵家老太爷叹了口气，让一个人证明自己是谁挺难的，让一个人否定是谁，当事人最有话语权，看我死不承认，他一时半会儿也说不出来个结果，叹息地说：“说来惭愧，那天除了你爷爷，我们几乎所有人都差点喂了鱼。”

“赵老太爷的意思，您当年也是受害者？”珠算子觉得匪夷所思。

看着珠算子那张虚情假意的脸，赵家老太爷觉得有些厌烦，可是他在大院里待久了，习惯了阿谀奉承的脸，讳莫如深地点了点头。

胖三苦大仇深地说："感情那天你们被人打包扔进水里了，看来你们遇到了狠角色，你刚才说的那个日本小娘们儿挺毒啊。"

我追问："你说的日本女人，是不是叫福冈亚美？"

"福冈亚美！我们调查过她，只可惜结果并不乐观。我们在国际刑警组织的协助下，查到有用的材料并不多，身份不详、年龄不详、家庭背景不详，直到去年3月份多家有日本背景的公司分批在赵家经营的生物集团公司购买原材料，从我们查获的资料来看，这几家公司有非洲、德国、日本、韩国的公司，但是这些公司背后都有同一个幕后老板，就是福冈亚美。唯一的档案信息是曾经在侵华战争时期从日本福冈特招入伍，在中国东北地区盘踞多年，战争结束后为了逃避审判换了诸多身份，长期潜入国内获取情报工作，最近几年以商人的身份卷土重来。我们追踪了她十六个月，前段时间消失了，目前还没有在公开场所露过面，根据提供的原材料分析，这些材料单独来看都是正常简单的抗生素原料，但把这些原材料组合起来却查出了一些端倪，近期有人在谋划一些事情。"赵蝶七拿了一沓材料，抽丝剥茧地说。

"我想这里有人对她最清楚不过。"胖三拍了拍珠算子的肩膀，冷嘲热讽地问，"这女人不是你主子吗？"

"怎么说话呢？君子慎独，仗义凛然，老夫做事一向光明磊落，独善其身。俗话说举头三尺有神明，老夫从来就只有一个主子，就在三尺之上的那位。"珠算子一脸严肃地标榜自己，睥睨地看着胖三，众人都被他这一番言语惊住了，胖三憋了一会儿没憋住，突然笑得捂着肚子前俯后仰，屋子里只有胖三一个人在笑，笑声茕茕孑立。

“不好意思，你搞得太严肃了，我实在没忍住，不好意思，笑场了，我们重新再来一遍？”胖三强忍着不笑，表达了自己完全尊重珠算子的想法，努力绷着脸说。

“珠算子先生和福冈亚美还颇有渊源？”赵蝶七心思缜密，尝试着问。

“渊源谈不上，工作上略有些交集，这事儿说来惭愧，老夫在江湖上多少有些名声，那是一个平淡到身上长虱子的午后，我正打着盹，突然门口就来了几辆气派非凡的小轿车，几个人找上门来投石问路。我一看就知道这是条大鱼，我按照以往的惯例卖弄关子给他们要了一些小伎俩，本来想骗点钱花花，结果来的人二话没说，拍了一沓美元在桌子上，一个问题没问就让我上车。看着眼前的几个陌生人，心里虽然怯场，可还是钱的面子比较大，我也厚着脸皮面子上总算撑了过去，车子七绕八拐地到了郊区，那是我第一次见到福冈亚美。”珠算子侃侃而谈。

“他找你做什么？”赵蝶七追问道。

“我哪知道！”珠算子惭愧地说，“那一路在车子上我是如坐针毡，看这架势非富即贵，出手阔绰，做事有排有面儿，心想这不是三言两语就可以糊弄过去的角儿，我盘算着把压箱底儿的绝活和天相一派的技能重新温故了一遍，临时抱佛脚什么牛就吹什么，我幻想了各种姿势的拍马屁，怎么拍舒服就怎么来，捣鼓了一路就是为了能镇住这为主儿，呸！这条大鱼，你猜怎么着？”

“别废话！”胖三的回应让珠算子很不满意。

“结果下了车两个钟头，愣是没见着正主，到了傍晚福冈亚美才姗姗来此，她不经意的出现，我准备了半天的说辞一下子给忘了个干净，这位主儿就露面三分钟。”珠算子惭愧地说。

看她走进来，珠算子恭恭敬敬地站起身自我介绍，还没介绍完就被福冈亚美打断了，福冈亚美说：“我知道你是谁！”

这话说得珠算子心里美滋滋的，顿时觉得自己名扬四海，腰杆也挺直了不少，珠算子顺杆爬想再吹几句牛皮，福冈亚美直截了当地说：“开个价吧！”

珠算子当时就蒙了，觉得根据自己的江湖地位来开价是合情合理的，怕开多了别人不领情，开少了觉得自己无能，但是开价之前有必要先阐释清楚自己的江湖地位之显赫，想班门弄斧地搬出来一些绝活儿，珠算子说：“老夫乃方外之人……”

“这些招摇撞骗的把戏就先收起来吧，这里没有你的观众，你能做什么我们比你自己都清楚。”福冈亚美斩钉截铁地说，不想跟他浪费一分钟。这搞得珠算子很没面子，福冈亚美身边的一个女孩拿了一个皮箱，装满了现金。珠算子掂量了一下面子和这箱钱的份量，后者的份量碾压了面子的分量，珠算子毫不犹豫地选择了后者。

珠算子摊开了双手，无奈地看着众人，说：“大概情况就是这样，最初我也不知道要去干什么，甚至怀疑自己究竟能干什么，直到川滇地下古城之行，后边的事情你们就都知道了。”

“这确实是这个女人的做事风格！”赵家老太爷点头说道。

“我就说嘛，不要小看女人，一个成功的女人背后可能随随便便就有一支硬汉军队，或者很有可能是几支。”胖三做出了深刻的总结。

“你确定你所说的那几支硬汉队伍是军队？”珠算子深谋远虑地问。

“其实那天……”赵家老太爷咳嗽了两声，想继续说完那场经历，无端地被珠算子和胖三给打断了，胖三气势汹汹地说：“你这话几个意思？我怎么听着这么别扭呢？”

珠算子说：“别扭的不只是话吧，怕更别扭的是人。”

“别吵了……”赵家老太爷想制止他们无意义的争吵。

“你怀疑我跟那个不共戴天的臭老娘们儿有一腿？”胖三歇斯底里地问。

珠算子冷嘲热讽地说：“腿在哪儿我不知道，你心里还没数吗？”

胖三不想跟他争辩，转身问赵家老太爷：“您刚才说什么？”

“我说什么不重要，您说。”赵家老太爷很显然对腿在哪儿的事情比较感兴趣，翘首以待地看着胖三。胖三严阵以待地说：“今天这事儿要掰扯清楚。自打你出现就没给过我好脸色看，说话阴阳怪气的，我是欠你钱了？还是你欠我大耳刮子？”

“据我所知，这九罹天珠一直都在福冈家族手中，相继传承了很多年，一个世纪前在战火中遗失，几经辗转在一个僧人手中再次出现，福冈亚美一直在寻找的就是你手中的九罹天珠。”珠算子说。

“这能说明什么？难道这就是多出来的那条腿？”胖三问。

赵家老太爷听得大失所望，没有什么有价值的内容，一脸茫然地问：“腿的事儿我们先放一边，你们就这么不管不顾老祖宗的死活吗？”

“活着的时候我们关系就不好，死了这么多年了，你告诉我，怎么管？”胖三提到他爷爷气不打一处来。

“我和你爷爷交浅言深，我不知道你们祖孙三代之间发生了什么，他的所作所为确实让人敬佩，是条血气方刚的汉子，最初我确实瞧不上他，后来才慢慢地了解到他的用心良苦和缜密的心思，想当年我的这条命也是你爷爷李沌从阎罗殿门口救下来的。”赵家老太爷回忆起来黯然神伤。

那天李沌逼迫下水之后，赵珏发现李沌要带的潜水手电还在自己手中，想把手电筒递给李沌为时已晚，他尽量接近岸边，努力地扔了过去，在抛掷手电筒的时候一失足也掉进了水中。

“这两位挺身而出的勇士，勇气可嘉，冒着生命危险潜入到这深潭之中，是不是好像忘了点什么？”福冈亚美身后一个人用不标准的中文疑惑地问。

福冈亚美看着平息了的水面，涟漪渐渐地消散开，她点了点头。

韩欲教授一拍脑门，焦躁地说：“糟糕，太鲁莽了，这两位潜水的时候一个忘记带手电筒，一个只带了手电筒。”

韩欲在岸边向水底眺望，看水中一点动静都没有，死一般的寂静。他坐立难安，心急如焚地跟福冈亚美一行人说明了事情的严重性：“这太危险了，赶紧让他们上来吧，具体下一步该怎么办我们再想办法。”

“确实太危险了！”福冈亚美深明大义地点点头，看着平静的水面，深感疑虑地说，“现在的问题是他们还能不能自己上来，这样吧，你们队伍站在后排的几个年轻人，拿上装备也跟着一起下水。”

听到这里，站在后排的炊事班长老牛站了出来，这帮“过路”的陌生人太嚣张了，完全把探险队当成了小白鼠，老牛青筋毕露，一把摔了手中的水壶，从行礼中抽出来一只平底锅冲着福冈亚美就去了，骂骂咧咧地说：“太欺负人了，今天老子一定要跟你拼个你死我活！”

老牛刚走出几步，福冈亚美身后一堆人高马大的老外站了出来，几把枪齐刷刷地对准了他的额头，老牛盯着自己手中的平底锅，韩欲在一旁比画着手势让他低调，暗示他当前的局势好汉不吃眼前亏，老牛顿时惊出了一脑门子尴尬的汗水，循循善诱地介绍说："我跟你们说颠勺拼的是腕力，炒菜拼的是火候，这是门儿手艺活，你们可不要小瞧这铁锅，这铁锅是广西出的，牌子硬，质量杠杠的。"

福冈亚美也从怀里掏出来一把手枪，打开了保险，指着他的脑门彬彬有礼地问："不好意思，我没听太清楚，您再说一遍。"

"别冲动！我就是吹吹牛，活跃一下气氛！"老牛假装脑子不好使，努力回忆刚才说了什么，福冈亚美板着脸，继续冷漠地问："您上一句说的是什么？"

老牛回忆了一下，恍然大悟地说："我想起来了，这太欺负人了，这种鞠躬尽瘁死而后已的事儿怎么少得了我，营救在前线拼命的同志，老子愿意马首是瞻，身先士卒，以身试险。"

福冈亚美一时也没有反应过来，接着就让助手准备了一套潜水的装备扔给老牛，由老牛带队，老牛偷偷擦干了额头上的冷汗，脊背也已经湿透，队伍里几个年轻的小同志悻悻地穿戴好潜水的装备，一步一步蜗牛般移到岸边。

看着这帮老外们事先准备好的装备，对这里的情况肯定事先有所了解，有备而来，至少这些人来过这里不止一次，对这里的熟悉程度比队伍里任何一个人都高。

李沌在水中无意识地坠落，他的身体还有手电的荧光很快被黑暗吞噬，在挣扎中他感觉到身边暗流涌动，下潜到50米后依然深不见底，只是这身边的水黑得不成样子，确切地说黑得有些诡异，眼前的这种黑色是光线无法穿透的，幸好手中的潜水手电发出荧光，手电只能照亮他身边一米的范围，光线似乎被这水隔断，那种深渊一般的绝望能让他疯狂，每一根汗毛都竖了起来，头皮发麻，精神炸裂。

他感觉自己随时会在下一秒的恐惧中溺亡，视线变得模糊，除了呼哧呼哧的喘息声，他甚至都感觉不到自己的心跳。挣扎的四肢也渐渐失去了力气，双脚动弹不得，只有机械地摆动着的手还能看到一些生机，求生的本能让他在充满恐惧的寂静中游走，冰冷的水刺透了他的脊骨，体温在慢慢地散去，直到失去最后的知觉。

“李沌，李沌……”他似乎听到有人在呼喊一个名字，可是李沌又是谁，好像和自己有关，自己是谁？又从哪里来？这又是哪里？那一刻他仿佛回到了母体中，安详地躺在母亲的子宫里。李沌这简单的二字是自己的名字，这个喊他的声音又无比的熟悉，在哪里听过，而且无数次的听过，那个声音好像他的父亲，他张开嘴贪婪地喘息着，他努力地睁开眼，眼前依然漆黑一片。

他感觉到自己仿佛回到了孩童时代。7 岁那年，他被父亲锁在一口棺材中，深埋在 3 米的地下，他撕心裂肺的呼喊，指甲抓破了棺材上的棺盖，木屑刺破指甲，染红了木头。这是身为淘沙官一门所要承受的洗礼，李家做的是死人的生意，死人的生意身上就要有死亡的味道，这种传统不知道是从什么年代流传下来的，作为李家人背负的债从小就深深地融入骨子里，流淌在血液中，即便挫骨扬灰，这种恐惧也挥之不去。

最邪恶的梦魔就是露骨的人生，血淋淋的现实，它之所以恐惧是因为你知道它根本无法醒来，深陷其中，不可自拔。李沌的四周被一片冰冷的混沌所包裹，他的身体在水中不再挣扎，无尽的寂静围绕着他……不知道过了多久，在他身后有一只庞然大物蠕动着，寂静中突然涌动的暗流似乎在预示着什么。

幽暗的水下似乎有一道光亮若隐若现，这潭水只是一个入口，潭水下是断崖式的深渊，这尊依山而建的大佛大部分被浸泡在水中，从峡谷上看到的只是冰山一角，数千年来之所以没有人找到入口，只因为这入口太过庞大。

他身边突然有一个身影迅速闪过，在水中击起一层藻类的气泡。

李沌身不由己地尾随着黑影在水中游走，他感觉不到身体的存在，完全没有了知觉。直到手腕上猛然传来一阵刺痛，他才有所感觉，胸腔中窒息的压力有所舒缓。他猛然间喘出一口长气，眼前混沌的迷雾慢慢地消散去，血渍在水中一缕一缕地飘散。

老牛一行人刚潜入到水中，看到脚底下有一团黑影在涌动，落荒而逃地爬到岸边，惊恐万状地说："这……这水里有东西。"

"有些路一旦踏上就回不了头，这水中有没有东西我们心里还没数吗？"福冈亚美循循善诱地说。

"你心里有没有数我不知道，我们心里没数啊，这下去就是个死。"老牛万般无奈地反驳说。

福冈亚美数了数水中的人头，将相应的子弹装进弹夹里，坦然自若地说："我这个人喜欢节俭，最讨厌浪费，没用的人活着是对资源的浪费，我相信你们很快心里就有数了。"

老牛心里顿时有数了，心中暗骂道："你个臭三八。"

看着李沌和赵珏杳无音信，水面上的涟漪已经没了，连个水泡都没有飘上来，老牛带领着几个年轻的同志硬着头皮潜回到了水中。

等到李沌再次有知觉的时候，睁开眼睛首先看到的是一双冷漠的眼睛，这双眼睛他认识，这是一双见证过无数历史和变迁的眼睛，那张熟悉的脸曾经无数次地浮现在脑海里，现在就出现在他的面前，他情不自禁地喊出了一个埋在脑海深处的名字："陈尘！"

陈尘就坐在一旁的岩石上，看到他醒来，嘴角微微上翘。李沌无奈地一巴掌拍在了脑门上，望而兴叹，以为自己眼花了或者还没有从噩梦中醒来，闭上眼睛道："还是在做梦！这是醒不过来了，咱俩死一块儿去了。"

这个时候还能够做梦，是一件值得开心的事情了，至少说明他还没有死，死人是不会做梦的。如果眼前的一切是真实的，真实地见到了陈尘，那才是最糟糕的结果，他亲眼看到陈尘在炮火中被炸得四分五裂，断臂残肢血淋淋的就在眼前，他亲手将自己的眼泪和陈尘的尸体葬入到黄土中。

李沌随后又睁开眼瞧了一眼身边的陈尘，陈尘安静地坐在那里，继续心安理得地躺在地上闭着眼睛，他下定结论这一定是在做梦，因为几十年过去了，眼前的这个陈尘没有任何变化，这种情况只可能出现在梦中。

头发还在滴水，衣服冰冷地裹在身上，可是这痛彻心扉的疼痛无比的真实，他抬起手腕，被布条潦草地包扎着，血还在向外沁，在这鬼地方连做梦都不安生，李沌举起手腕哀声哉道地说："这是你干的？"

"你被魔所迷惑，差点溺死在水中。我以《千金方》中记载的偏方给你放了血。”陈尘看了看他手腕上的伤说。

“这偏方还真够偏的！”李沌试着晃动手腕，一阵剧烈的疼痛难以忍受，他疑惑地问，“这是哪门子偏方？”

“《千金方》中记载救治溺水的人，以三棱针点刺中冲穴，用力挤压放血，人在水中即将溺亡的时候，放血有助于缓解心脏压力。”陈尘说。

“搞这么大动静，有这个必要吗？”李沌不解地问，刚问完他下意识地感觉到这不是在做梦，梦中一般不会多出来自己完全不懂的知识。他目瞪口呆地看着眼前的陈尘，捏了捏陈尘的胳膊、发梢，将手指放在他鼻子底下试探，确定还在喘气，惊愕地问："不可能，真的是你，你不是死了吗？我亲手把你埋进土里的。”

“难道你还指望着我长出一朵花来？”陈尘问。

“你在这里见到我一点都不惊讶？”李沌确认真的是有血有肉的陈尘，看陈尘无动于衷，继续惊讶地问，“不对，你早知道我们来到了这里，你一直在尾随着我们，这一路上是你指引我们来的这里？”

“我不知道你会趟这一趟浑水，还好这一路都有惊无险，这蹚浑水不仅浑，而且深。”陈尘叹息着说。

“你是跟着福冈亚美来到的这里，你的意思是我们早就被人盯上了？”李沌疑惑地问。

陈尘点了点头，韩欲刚回国的第一天就已经被福冈的人盯上了，李沌恍然大悟，这局早就设好了，万事俱备，等君入瓮。

“这些年你跑到哪里去了？”李沌问。

陈尘失落地看着远方，沉吟道："这些年去了一些地方，换了一些身份，做了一些事情，找了一些人。”

李沌不可思议地看着他，用手指触摸了一下他的皮肤，这些年果然没有变化，甚至在战争中留下来的伤口都完全找不到踪迹，连个伤疤都不曾留下，他匪夷所思地说："这些年你都经历了什么，你的身体发生了什么样的变化？"

"我也想知道答案。"陈尘说。

李沌试着想坐起来，手指突然触碰到一个冰冷的东西，咯吱一声断裂开，一看是按在一具腐朽的骸骨上，他侧开身子看到自己整个身子和枯骨躺在了一块儿，顿时惊恐万状，姿态和表情与身边的尸骨如出一辙，他想不明白陈尘为什么会把自己跟这骸骨摆放在一块。李沌站起身看着潮湿而昏暗的四周，好像身处在一个巨大的溶洞中，洞穴中怪石嶙峋，一些晶状体的岩石散发出五颜六色的荧光，溶洞的一侧被水环绕，李沌刚想开口骂几句，又看到另一侧横七竖八地摆放着十几具尸骸。

"这什么鬼地方？"李沌惊惧地看着周围说。

李沌看着地上的尸骸，这些尸骸并不是近期死在这里的，从尸骨腐朽的程度来看，至少也有三十多年了，从着装上看像是军人，衣物高度腐朽，厚重的灰尘掩去了原有的色彩，从徽章来看，这些尸骸应该是二战时的某国军官。在不起眼的一个角落里，一个僧侣的尸体禅坐在黑暗中，五官在黑暗中显得十分狰狞。

一眼望去，他们身处的溶洞好像一个封闭的空间，他们眼前的水面上突然荡出一丝涟漪，一束光从水中若隐若现地浮出水面，李沌忍不住后退了几步，说："这水的颜色不对，这水里有东西！"

陈尘点了点头，嘘了一声，两个人凝视着深渊一般的水面。这水流有些诡异，自下而上的方向逆流延伸，在涟漪的深处一团浓郁的血色涌了上来，渐渐地几具尸体也浮出了水面，一具漂浮在水面上的尸体突然咳嗽了一声，李沌和陈尘果断跳入水中，两个人拖上来的这个人，他的右臂上不知被什么东西撕去了一块肉，血还在流淌。两人把他拖拽到岸边的岩石上，他吐出了一腔冰水，李沌帮他擦干净血渍模糊的脸，发现这个人居然是赵珏。心肝脾肺都快吐出来了，赵珏看清了眼前的人是李沌，才舒缓了一口气。

“你怎么来了？”李沌看赵珏的神志有些恢复后，好奇地问。

赵珏说：“我来给你送手电筒的。”

李沌惊愕地看着他，竖起大拇指说：“仗义！”

李沌扯下来一块衣服，帮赵珏包扎好伤口，水面上几具血肉模糊的肢体浸泡在水中，赵珏喘着粗气，悲痛地看着水面上的惨状，欲哭无泪。

赵珏回忆说：“刚下水的时候都还好好的，下潜到50米的时候突然什么都看不到了，眼前一片漆黑，一同下水的几个同志好像见了鬼一样，在水中突然开始厮杀，撕破彼此的潜水设备，在水中彼此争夺，至死方休。”

“你的伤是自己人弄的？”李沌看着他的伤口，疑惑地问。

“不清楚，但水里有东西，速度太快了，根本没法看清楚。”赵珏疼得撕心裂肺，气若游丝地说。

李沌一头雾水地看着陈尘问：“这水里有什么东西？”

陈尘在水中捞起来一块断肢，看伤口是被撕裂的，疑惑地说：“根据目前的情况来看，在一本《山海经》注解中看到过类似的情况，其中记载了一种叫魇的太古生物，魇为极恶之首，由戾气所生出的一种恶煞，能分泌出一种无色无味的气体，摄魂噬梦，亦可入梦夺魄，魅人心骨，民间传说九魔终成一魇，杀人于无形。”

“魇是一种太古的生物？以气体的生态形式存在？”李沌不解地问，这还真是第一次听说。

陈尘觉得这一切都难以下定论，一切都只是猜测，说：“多年前我听说在川滇一带有人专门炼化一种魇，素日里以炼化者的血来供养，炼化者被称为巫者，虽然不知道跟《山海经》中所记载的是不是同一个东西，可是这种秘术很少有人得见，历朝历代都讳莫如深，在清朝的《皇清》律法中有一条‘造魇魅符书，咒诅杀人者’处以死刑。”

“这东西还可以供养，炼化？”李沌问。

赵珏咳嗽了两声，艰难地坐了起来，一脸忧虑地说：“如果是人为，那就不是意外了，可能队伍里有人动了手脚。”

“是不是那个日本娘们儿和黄毛鬼子动的手脚？”李沌说。

赵珏摇了摇头，说：“应该不是，从他们的态度上来看，想必也知道水下凶恶的情况，他们害怕下水。”

“既然他们知道，那说明他们早就来过这里，这里的情况我们都不清楚，那就应该不是我们队伍里的人，莫非这里还有其他人？”李沌分析说，他还没有说完，赵珏就一脸警惕地看着眼前的陌生人陈尘，问：“他是谁？好像没有见过。”

“说来话长，一言难尽。”李沌打消了他的顾虑，信誓旦旦地保证身边的这位是绝对可以信任的，李沌看着这些腐朽的枯骨问：“这些人是怎么死到这里的？”

“看着悲惨的状况，比我们也好不到哪儿去。”赵珏留意到这些枯骨的形状，它们无规律地摆放在岩石上，死状可怖。对于陈尘他依然没有放松警惕，在这鸟不拉屎、被从地图上抹去的地方，出现这么一个陌生人，鬼才会相信他人畜无害，赵珏为了化解尴尬，伸出手说："幸会，幸会！"

陈尘并没有跟他握手，而是把目光继续放在了远方的水面上，他似乎听到了什么动静。

对于李沌来说，没有比现在更糟糕的了，在不知道有多深的潭水里，又碰到了这么一处溶洞，更何况这水中还有莫名其妙的鬼都说不明白的鬼东西，李沌不屑地看着水面说："还有比现在更糟糕的事情吗？"

刷新一个人对世界认知的程度，除了血淋淋的现实，还有无助冰冷的绝望。

赵珏补充道："事情虽然有两面性，目前的局面从任何一个角度来看，都不乐观。"

四周钟乳怪石散发的光芒渐渐地黯淡，在水中几束光斑闪烁，由远递进，几个身影浮出水面，更糟糕的事情就出现在他们面前，福冈亚美一行人从水中走来，并没有穿着潜水的装备，她竟然水不湿身，湍急的水流在她身边一米的位置徘徊，所到之处水滴泾渭分明地从她身边绕流，赵珏目瞪口呆地说："这是什么邪祟，不科学呀！"

李沌啧啧称奇道："我小时候听爷爷讲故事，在上古时代，一场滔天的大洪水泛滥，淹没九州，大禹为了治水、降服溠水，寻龙定穴用到了一个上古的法器，故溠水不敢泛滥，从此九曲而奔东南，那件法器还有个响当当的名字，就叫避水珠。"

赵珏好奇地看着李沌，疑惑地问："你那会儿多大？"

“3 岁。”李沌不假思索地说。

赵珏觉得难以置信，反问道：“扯犊子！3 岁小孩听的故事你也信？”

李沌实在无法解释眼前的一切，从小到大也没听说过什么避水的法门在水中可以如履平地，水不沾鞋。陈尘看着她身边的水珠从空气中四溅，在她的裤脚处有一些水渍，嗤之以鼻地说：“相传鬼谷子先生从夏朝的遗经中参悟了道教的法门，创作了本经阴符七术，被后者称之为道术的鼻祖。道者，天地之始，一其纪也，物之所造，天之所生，包宏无形化气，先天地而成，莫见其形，莫知其名，谓之神灵。故道者，神明之源，一其化端。术者，心气之道所由舍者，神乃为之使。九窍十二舍者，气之门户，心之总摄也。其中就有避水火的术法，纵横于天地万物之间，水火与五行在鼓掌中趋之若鹜。”

李沌问：“这就是道家所说的天地人合一？”

“装神弄鬼的把戏，不过是一切邪门歪道的障眼法，自以为是的聪明人最喜欢扮演神明，我们通常叫这种人为神棍，不同的神棍在不同的年代假装过不同的神明，不是吗？在西域有一个叫‘时轮乘’的教派，也有一些类似的相关避水术术法，不过是糊弄人的把戏，跟诡火、飞天一样，忽悠下教众还好，只是看上去像而已，像毕竟只是像，像而不是。”陈尘一语中的。

“有点见识，这么多年不见，还真是让人愈发地捉摸不透。”福冈亚美冷冰冰地看着陈尘说。

“托您的福，死不了难道还让我活不成？世事无常在，所以您也老了很多。”陈尘刻薄地说。

“这都是一帮什么人呢？”赵珏惊愕地说。他发现这些怪人互相都认识，说的话也怪里怪气的，于是改口说：“这些还都是人吗？”

“闭嘴！”福冈亚美呵斥道，她看到地上这些士兵的尸骸一点都没有感觉到惊讶，这些尸骸里也有她认识的人，她走到一具骸骨的面前，正是那个禅定圆寂的僧侣，她双手合十地默念了一句“阿弥陀佛”，又面对陈尘，娇气地叹息说：“在这里见到的老朋友还真不少，这些年你可让我好找啊，认识的人都死了好几轮，找了你大半个世纪，还真是幸运，在这里遇见你。”

李沛感慨地说：“你还真是史诗级的孤寡老人。”

“闭嘴！”福冈亚美把其他人的声音都当作了噪音，愤怒地说。

陈尘故作惊讶地说：“这些年你要找的不是我吧！这东西你找了几个世纪，甚至不惜怂恿人心发动战争，到现在还一点儿下落都没有？”

“我的处事风格便是言出必行，行之必果，这些年我还真想知道有什么事我做不了。”福冈亚美自持清高地说。

炊事班的老牛此时也从水中爬了出来，吐了几口冷水，全身的衣物都湿透了，潜水服被撕裂了一大块。他蹲坐在一块岩石上，冻得全身都在哆嗦，身上的水滴一直在流淌着。他摸出一瓶烧刀子喝了几口想暖暖身子，还没有来得及认清情况，他晃了晃脑袋说：“这牛皮吹得度数有点高，上头。”

“闭嘴，我让你开口了吗？”福冈亚美气急败坏地掏出枪指着老牛，老牛茫然四顾，还不知道发生了什么事情。

老牛想爬起来，一个踉跄又摔在了地上，一屁股撞裂了身边的水晶乳石，那些散发着荧光的矿石瞬间黯淡失去了颜色，变成一堆死灰状的岩石，福冈亚美看着断裂散落下来的矿石，这些矿石莫非是某一种生命体?

老牛被一把推开，像垃圾一样跌跌撞撞地被扔到一旁，跌倒在不远处的另一处岩石上，迷糊着一双小眼儿不知所措地喝了两口。

韩欲和九局里的几个老同志最后从水中爬上来，气喘吁吁地坐在人群中稍作休憩，偶然间看到人群背后的那个陌生人，陈尘从人群中走来，韩欲颤巍巍举起手指向了陈尘，惊愕地问："你……"

陈尘微笑着点了点头，韩欲教授热泪盈眶，亲切地问了一句："你还好吗?"

陈尘走过去在他身边坐了下来，握着他冰冷的手。韩欲打量着眼前的这个年轻人，时间已经横跨了半个世纪，他的身体却没有发生过一丝变化，就仿佛睡了一觉刚刚醒来，恍如昨日。韩欲那双湿润的眼睛中兴奋和喜悦表露无遗，他的身体在岁月中被摧残得体无完肤，走到生命的尽头之际还能遇到故人，多年来对于万事万物，对于这个世界的认知顷刻间崩塌。

福冈亚美打断了他们卿卿我我的缠绵，让尾随来的专家勘测这洞窟里的环境和矿物质，两个外国人惊恐地望着屏幕，握着仪器的手都在发抖，惊出一头汗水。赵珏突然大惊失色，说了几句他们听不懂的话。福冈亚美身后的几个人拿着形形色色的仪器，放射物质探测仪的数值在150rad左右跳动，这些矿物质的放射值虽然不至于让人当场毙命，可是对身体的伤害已经造成了不可修复的永久性辐射损伤，这些恶果在二三十年后才会在身体上显现出来。根据探测仪器的显示，他们已经身处在地下700多米的位置，事已至此，跑肯定是跑不掉了，即便跑掉也已经无济于事，面对这进退两难的尴尬局面，只能走一步看一步。

赵珏的目光聚集在这流水上，这里的水流虽然蹊跷，却没有因为人数的增加而感觉到窒息，空气没有想象的稀薄，指尖也能感受到微风，地下的通风系统显然被人为地改造过。

陈尘也感觉到了微风，这风吹来的方向并不是水面，而是从一堵黑暗而封闭的岩壁里吹来的，可是这风吹来的方向就在岩壁之中，福冈亚美身后一个膀大腰圆的大个儿老外，抡着铁锤冲着晶莹剔透的墙壁砸了上去，一阵刺耳的回响就像小女孩的尖叫，震得每个人都头疼欲裂，平静的水面荡起的涟漪加剧蠕动，扑向岸边，在冰晶上五颜六色的藻类植物特别艳丽、斑驳，几处边缘上的晶石逐渐地显现出裂缝，随着刺耳的叫声，突然变得忽明忽暗。

那一堵晶体的墙壁也裂开，五颜六色的粉尘散发着荧光，四处飘散，落在地上化成灰色的尘埃，这些不规则的晶体之间是有细微缝隙的，潮湿的风从洞开的裂缝中涌现出来，吹得人仰马翻，这洞裂缝恰是一处风口，在峡谷的地下深处连通着地下河，穿过裂缝是一条延伸至黑暗中的走廊，脚下的甬道上铺设有整洁有序的彩砖，几束灯光照射在墙上，看不到顶棚，甬道尽头一眼望去漆黑一片。

韩欲拿着手电筒趴在地上盯着地上的砖头看了很久，用袖口擦干净巴掌大的一块地儿，信手挖出来一块松散的砖块，用嘴仔仔细细吹了个干净，李沌怕他把这砖头给吃了，拍了拍他的肩膀，说：“这玩意儿能吃吗？”

韩欲摆了摆手，不让他打扰自己，说：“这就是传说中的摸印画砖，是唐代特有的彩绘砖，纹路栩栩如生，色彩五彩缤纷，美奂绝伦，这是一个盛世的颜色，它奠定了盛唐的基石。”

“你怎么判断它是唐朝的呢？”赵珏问。

“这你就不懂了吧，这需要极其复杂的专业知识，根据绘制的图纹，砖块的形状、构造以及砖块烧制的炭化时间、分量、铸造工艺等等，最终推演出他精准的年份。”李沌故意卖弄，信口胡诌，福冈亚美也深感意外，凑过来听了几句，李沌怕自己说的没人信服，拉扯上了韩欲教授说，“我说得没错吧，韩教授。”

“这彩砖是贞观22年烧制而成的。”韩欲扶了扶眼镜，掂量着手中的那块彩砖说，在砖块的一角果然用隶书刻着一行小字：贞观22年。

李沌悻悻地看着所有人，这行字写得清清楚楚，但凡读过两天书的人都认识，他不屑置辩地说：“瞧你们那没出息的样儿，就这玩意儿遍地都是，家里有养猪、养羊的，有需要的搬几块回去。”

“贞观22年，也就是在唐太宗李世民去世的前一年修的，可是远在洛阳的盛唐为什么要跑到这鸟不拉屎的地方修建这么一个地下走廊，甚至可能是建了一座地下古城？难道这跟李世民的死有什么关系？”陈尘喃喃自语地说。

“唐代帝王建陵有一个习俗，便是依山为陵，利用山川河流，寻龙定穴，倚山海之势，借洞天之巧，凿山而建，这里出现唐朝的彩绘砖不足为奇。”福冈亚美饶有兴趣地说。

“这里是一座唐朝古墓，那这里埋葬的是谁？”赵珏惊愕地问。

“我记得在贞观22年的夏天，一个王姓使节，将一个‘洋术士’那罗迩娑婆寐进献给了李世民，据说这位术士已经200多岁，有长生之术。”福冈亚美娓娓道来。

“你说的可是王玄策？我曾经研读过这个人，曾创造一人灭一国的神话战绩，在当年轰动一时，广为流传，诡异的是其生卒皆不详，没有人知道他来自哪里，死在哪里，在历史上虽然有所留名，然而他凭空出现，凭空消失，成了一个历史悬案。”赵珏在一本野史上看过这个故事，难以置信地说道。

“这牛皮吹得稀碎，鬼话连篇，鬼才会信！”李沌搓着手，略带嘲弄地说。

“李世民信了，所以李世民成了鬼，那罗迩娑婆寐用了一年的时间炼丹，李世民吃了术士以药石炼制的长生丹药，两个月就暴毙了。”福冈亚美冷漠地说。

“难道这里边葬的是那个洋人术士那罗迩娑婆寐？”赵珏问。

李沌调侃着说：“怎么可能！这事儿肯定是玩砸了，皇帝都被他当小白鼠给玩死了，他还能活蹦乱跳地死回老家？你还真当大唐的文武百官没一个会喘气的？”

福冈亚美这次并没有反驳他，赞许地点了点头，说：“当年这个洋术士就在朝门外的闹市上被乱刀砍死，死状惨烈，在东都洛阳城外暴尸街头，朝廷追究问责之时，王玄策早已不知所踪。”

“我就说嘛，200多岁的半仙儿，就这么活生生地被砍死了，这只能说明两个问题，其一，这个老家伙虽然号称自己活了200多岁，还是缺心眼儿，没有忽悠皇帝的经验。其二，王玄策这孙子眼力还挺好，早知道要出事，一拍屁股撒脚丫子跑路了。”李沌沾沾自喜地说。

这事儿越分析越迷茫，兜了一圈子回来还是落在了这地下几百米唐式的古城建筑上，这走廊过于高大，光线无法触达，在周边隐约可以看到道路上铺装的模印莲花纹的砖块，色彩与墙壁、廊柱、门楣上的花纹相谐相合，浑然一体，宛若天成。

一行人沿着走廊走出半个时辰，可能是眼睛适应了黑暗，昏暗的甬道四周在灯光盲区之间依稀也能够辨识到大体的轮廓，空间越走越大，已经深入到了山体之中。这一路上走来，都有一些零落的尸体，这些人的死状都很诡异，潦草地倒在甬道旁，看得出来好像在躲避什么，从着装上看，徽章和遗留下来老式的探测设备、通信设备，应该和溶洞里的僧侣是同一伙人，所有的尸体都是由内向外朝着同一个方向的，全部都保持着逃跑的姿态，死状凄惨，仿佛瞬间被某一种力量致命地摧毁。几个小同志停住脚步，犹豫不决，不敢再往前走，这些人不知道在同一瞬间同时遭遇到了什么，每一个尸体的四肢、皮肤、内脏都被大火烧焦了，而他们的四周并没有被火烧过的痕迹，衣物除了长时间的腐朽也没有烧灼的痕迹，难道这世上还真有一种东西只燃烧皮肤和血液，并不会烧毁衣物？从皮肤的燃点来分析，这几乎是不可能的，看他们的死状肯定不是好事。陈尘和李沌瞥了一眼福冈亚美，原来她真正怕的并不是水，而是水下的东西，这里才是真正开始涉足危险的地方。

几个同志去搬动一具尸体，秀梅和李雪看着尸体害怕，不敢去解剖整理尸骸，陈尘一把扳过来一具尸体，看着焚烧的痕迹沉吟了良久，赵珏也在一旁也看得呆住了，尸骸的内部已经碳化，外部的烧痕较轻，赵珏不解地说：“这火是从身体的内部往外开始烧的。”

如果是倾泻而下迸发出的岩浆和洪流，是不可能造成这样的情形的，四周并没有任何山体塌方的痕迹，如果是小的个别案例，衣物也难以幸免，即便在特殊的情形之下，造成这么大面积这么多人集体的死伤，也是一件匪夷所思的事情。

“这些人同时遭到了某一种力量的袭击，甚至是无形的力量，难道是这里的矿物质散发出来的辐射造成的？”韩欲疑惑地问。

赵珏检查了尸骸的骨骼，摇了摇头说：“从他们的骨骼密度受到辐射的情况来说，确实是受到轻微的辐射，可是这种辐射并不足以瞬间毙命。”

一行人来不及深究这些腐朽的尸骸，这些对于福冈亚美来说就如同路边的稻草、砖块，没有丝毫的兴趣，她的目光落在了漆黑的远方，但凡有一丝人性尚在，没有人可以做到如此冷漠，除非她清清楚楚地知道这一切是怎么发生的，甚至亲眼看过比现在更恐怖十倍、百倍、千倍的惨烈状况，福冈亚美强行催促着向前走，这些尸骸在路边一直都有出现，越往前腐朽的程度越严重，一些骨骼已经发生了畸变，福冈亚美驾轻就熟地在前带着路。

人群突然驻步不前，前方甬道旁林立着一群阴森可怖的人群，一动不动地挡住了去路，几个人心生胆怯，腿上像长了钉子不敢再往前踏入半步，和前方的人群对峙着。

福冈亚美接过来一只火把，掷入到甬道旁的沟渠中，沟渠中残留的液体突然从星星之火迅速地燎原，蓝色的火焰照亮了道路，这火烧得让人不寒而栗，四周的粉尘闪烁着微光，飘浮在空气中，从指间划过竟然一种刺骨的寒意，在沟渠的边缘上多出来一重冰霜。在道路的尽头，献殿、偏房、回廊、阙楼、玉宇琼楼赫然从黑暗中初露峥嵘，耸立在远方，一览无遗。

看着燃起的蓝色火焰，空气中的尘埃凝结成霜，冻得众人直打哆嗦，这火围绕着地宫的城阙，用冷火铸成了一道护城河，李沌拿了一枚硬币抛入到冷火中，硬币迅速凝结成了冰晶，在沟渠的磕碰中跌成了粉尘，以肉眼可见的速度被分解，消失在深不见底的沟渠中。李沌瞠目结舌地说："老子还真第一次听说冰与火的状态可以这么融合，要是被一场大火给冻死了，这死法够新颖，万一真死了，这牛足够你吹上好几年，甚至吹上半辈子。"

陈尘指着火焰中隐约可见的那枚硬币碎片，竟然在火焰中飘浮，他说："它只是跟火的形态比较像，在绝对零度的界点，甚至超越宇宙最低温度 –273.15 摄氏度，原子能量得到激发，会以光子的形态释放，发生蓝移现象，在极限状态下一切物质都会停止运动，量子的震动频率波长发生长短、粗细的变化，通常所说的'火'的极限形态被称为红移，相对冰的极致形态下被称为蓝移，也就是通常说到的蓝光。"

李沌看着陈尘，一个字都没听懂，问："几个意思？这是唱的哪出戏啊？"

"也就是我说冰与火的极限状态都是可以发光、发亮，以光的形态呈现，就是组成物质的分子、原子、量子的两种极致状态下的状态。"韩欲教授试着解释，立即又摇了摇头，难以置信地说，"疯了，不可能，在这个星球上怎么可能存在绝对零度，这是不可能被操控的力量，而且还被人类捕捉并控制，眼前的这一切一定是幻觉，即便在文明的尽头都难以想象，在认知的极限以外可以人为地控制这些物质，难道是特殊环境中偶然的巧合？不对，这也不可能，附近的生物，或者接近这一状态的生物都不可能存在。”

这一切就摆在他们面前，虽然难以置信，令人匪夷所思，至少看上去很像真的，所有人都被眼前的一切震惊到瞠目结舌。只有陈尘一脸疑惑地在看着福冈亚美这个女人，这蹚浑水暗潮汹涌，远比他想象的更为复杂，在这山体中一座宏伟的地宫耸立在眼前，依山而建，山城合一，如果不是在地下，这些建筑在千百年的岁月中绝对难以得到如此精致的保存，时光停驻在千年前的那一刻，这华丽多姿的盛世如梦似幻，让人忍不住举手碰触，这一切触手可及。

地宫门前的神道上站满了石人俑，分别傲然屹立在神道两旁，和真人的大小比例无异，走进细看这些石人俑，精雕细琢的肢体和服饰确实是唐代的装束，可是这每座石像上都不是人的脑袋，而是雕刻着山海异兽，每个异兽的细节都惟妙惟肖，似马非马，似鸟非鸟，千奇百怪，竟然没有一个可以叫得出名字的生物，这些怪物形态各异，脑袋安插在人形的躯体上，看上去似人非人，似神非神，似鬼非鬼，说不出来的诡异。

李沌一语道破：“这里的石人俑什么都像，就没一个像人的。”

一行人都在这些石人俑中穿梭，猜测这些石人俑的脑袋究竟是什么，福冈亚美和陈尘同时注意到了这其中有一座人俑没有了脑袋，这座人俑的脑袋被人从脖颈处斩断，不知所踪。他们还注意到这具被斩首的石人俑在摆列的位置上也很蹊跷。

他们遍寻了地宫前所有的地方，都没有找到这座人俑的脑袋，为什么会有人只把这一座石人俑的脑袋斩了去，这里每一座石人俑都已经超越了人类的想象范畴，反而显得这一座更加特别，莫非唯独这一座石像隐藏有更大的秘密？韩欲清点了石人俑的数量和分布后，也注意到了那座没有了脑袋的石人俑。

单独把这无头的石人俑拿出来，韩欲觉得有些眼熟，啧啧称奇地说：“这些石人俑如果把脑袋全部都斩掉，根据他们的分布，一侧 29 座，一侧 32 座，是不是很像陕西咸阳乾陵神道上的番臣石像？”

赵珏惊出一身冷汗，也看出了一些端倪，惊愕地说：“也就是说，这里的石像和乾陵的如出一辙，乾陵的番臣石像是因为这些诡异的兽首，才被全部斩去了脑袋？”

“有人究竟在隐藏着什么？”韩欲一头雾水地问。

李沌也眯着眼走过来，感慨地说：“这个没脑袋的哥们儿看上去舒服多了，更像一个人。”

“能隐藏什么？肯定是不能为人所知的秘密，乾陵作为李治与武则天的合葬墓，武则天身上最大的谜团是什么？”李沌疑惑地问。

“武则天晚年由佛转道，身边不乏李淳风、袁天罡等奇人异士，在乾陵的铸造上，风水格局之巧妙更是空前绝后，史上无人能出其右，这里的格局和乾陵有异曲同工之妙。”陈尘沉吟道。

“妙不妙我不知道，可是我知道这路是走到头儿了。”李沌依靠在一尊石人俑上，幸灾乐祸地埋怨道。

“这里看上去确实是一座陵寝，与地宫隔海相望，能有如此恢宏的规格，比起乾陵有过之无不及，乾陵尚且如此，那这里葬的是谁？”韩欲不解地问。

陈尘看着那一座没有脑袋的石人俑发呆，完全没有听到他们在说什么，他重复着李沌刚才无心的一句话，这一座没有头的石人俑比其他人俑更像人，在这里所有的石人俑都不正常，兴许只有这一具才是正常的？把一个正常人放进精神病院里，反而显得格格不入。在都不正常的人俑面前，反而唯一正常的人俑会显得特别突兀。陈尘站在这一座石人俑的位置，试着去分析当前的人俑摆列方式，恍然大悟道："这里的石人俑一共有 61 座，唯独这断头的石人俑处于一个诡异的位置，这里的布局深涵奇门遁甲的奥义，在古历法中用干支纪年，六十年为一甲子，俗话说六十一甲子，九转一轮回，天空为乾，大地为坤，雷为震，风为巽，月亮为坎，太阳为离。根据这些人俑的摆列，用精密的时间、空间、数理模拟出一个多维的立体运动机关，一时一变和周围的环境相互渗透，相互关联，通过架构中的九宫、八卦、二十四节气、上中下三元、阴阳十八局、天干、地支、五行、八门、九星来隐匿真正的地宫大门，所有的东西都在变化中变化。推演进入地宫的关键所在就在于某一个石人俑上，作为参考唯一不变的事物，相互依存排列，而这断头的石人俑所处的位置正是中宫，位于轮回之外。"

"太牛了，老实说这番话我连标点符号都没听懂。"李沌拍了拍陈尘的肩膀，肃然起敬地看着他，问道，"谁方便跟我解释一下，那奇什么门什么甲是什么玩意儿？"

陈尘无奈地看了他一眼，想跟他解释清楚这件事情比较困难，说："至于什么门什么甲的，不太适合你，你体格太大穿上不合身儿，没必要知道了。"

"多出来的这一座断头石人俑，既然是在轮回之外的异数，那我们就从这断头俑上或许能找到线索。"韩欲摸了摸这断头的石人俑，李沌靠在了另外一座石人俑上，这石人俑竟然轻微地在晃动，李沌惊讶地说："吓老子一跳，以为这玩意儿活了过来，没想到这玩意儿还可以移动。"

陈尘拿出来一块罗盘，依照五行八卦，九宫，八门，试着让人重新排序这些石人俑，推演说："乾纳甲壬，乾位有亥……生门属土，居东北方艮宫……"陈尘抬头看到自己手指的方向，正是一处空地，位置和地宫的方位刚刚相反。

所有人都噤若寒蝉地看着即将发生的奇迹，然而一切都没有发生，福冈亚美失落地咳嗽了两声，场面一度陷入尴尬，多少有些令众人失望。

李沌一脸茫然，疑惑地问："应该是这个效果吗？"

"宫殿所处的位置明明是死穴，这只是一个诱饵，真正的地宫入口应该另有他处。"陈尘举棋不定地说。

"你当我们瞎吗？"赵珏反问道。

福冈亚美笑吟吟地看着所有人，她应该吃过这方面的亏，她完全赞同陈尘的说法，沉吟着说："有时候眼睛即便睁得再大，也未必看得到真相。"

陈尘拿着罗盘又仔细看了一遍，一座突兀的石人俑背后传出来"飒飒"的声响，这座石人俑的位置错立在原来的方位上，所有人围观上去，在这座石人俑的背后，有一个人偷偷摸摸地在旁跪着扣头，这个人正是一路上神神道道的哈里克。众人围着他站了一个圆，哈里克抱着那座石像磕头，脑袋撞在青石板上嘣嘣作响，那张脸呆滞地看着石人俑，完全没有留意到身边的人，口中默念着："请乾达婆原谅，香阴之神原谅这群无知的人……"

福冈亚美挥了挥手，几个人强行拖拽着哈里克的脚踝把他从石人俑的方阵中拉开，哈里克疯疯癫癫地破口大骂："完了，一切都完了，你们这群愚蠢的人。"

几个人在哈里克的嘴里塞进了一只袜子，结结实实地捆在了一处华表上，将最后一座石人俑移动到了对应的阵位，屏住呼吸，翘首以待地看着这些石人俑，寂静让这寒冷的地下显得更像坟墓。

李沌用手指触碰了一下石人俑，又拍了两下，想必是不是这机关存在了上千年，会有接触不良或迟钝的现象。他感慨了一声："这大冬天的，老整这些尴尬的局面，在唐朝难道也有豆腐渣工程，也有偷工减料的奸商？"

福冈亚美把目光投向了陈尘，陈尘摇了摇头，在想自己究竟忽略了什么，听到李沌说到这大冬天的，陈尘站在断头的石人俑前恍然大悟，说："这里的局数随时都在发生着变化，一时一变，奇门遁甲的排局与二十四节气相辅相成，冬至一宫坎卦，上元为阳盾一局；立春八宫艮挂，上元为阳盾八局；春分三宫震卦，上元为阳盾三局；立夏四宫巽卦，上元为阳盾四局；夏至九宫离卦，上元为阴遁九局；立秋二宫坤卦，上元为阴盾二局；秋分七宫兑卦，上元为阴盾七局，立冬六宫乾卦，上元为阴盾六局；以各节所居的宫数得出的一个图案，是一颗无以穷尽周而复始在轮转的五芒星……"

"轮转的五芒星，那就是一个'卍'字符。"福冈亚美补充说。

众人以断头的石人俑为中宫，稍作调整，脚下顿时传出来一阵嗡鸣，顷刻间天旋地转，脚下的岩石在地面上错落有序地轮转，头顶上的岩石崩塌下来，粉尘弥漫在空气中，剧烈的震动让人摇摇欲坠，几个人都摔倒在了地上，只有被结结实实捆绑在华表上的哈里克还在歇斯底里地狞笑。

那一座断头的石人俑在缓缓下降，众人在这天翻地覆的崩塌中乱成一片。

不知道过了多久，等到一切尘埃落定，在原来的空地上凸出一个圆丘状的祭坛，祭坛的中央耸立着一尊巍峨的石碑，石碑用一块完整的巨石雕琢而成，浑然一体，碑首雕刻了八条螭龙，鳞甲分明，筋骨裸露，活灵活现地攀附在石碑上，相互交织缠绕在一起，静中寓动。

韩欲从地上爬起来，戴好了跌落的眼镜，啧啧称奇，在石碑的两侧是两条升龙图，龙腾若翔，凤舞九天，龙凤呼应，栩栩如生。

这座石碑上没有碑铭，碑侧镌龙凤形，其面及阴俱无纹无字。看着这无字碑，韩欲的眼中闪烁着光芒，这石碑和乾陵武则天地宫前的无字碑如出一辙，只不过这块碑更巨大、更宏伟，耸立在天际之间，这块硕大的朴石比起武则天的那块碑有过之无不及。韩欲、李沌和陈尘等人手指触碰到石碑之际，感受到其极寒，极阴，冰凉刺骨。

“你说这武则天立无字碑，难不成是从这里学去的？”李沌打趣地问。

“这是一块无极碑。”陈尘解释说，“后世又有人叫它武极碑，武则天晚年根据李世民留下来的几卷经文顿悟到归藏于山海之中的一个秘密，深谙知道得太多会招惹灭顶之灾，遗祸无穷，殃及后世百代，所以立下无字碑，不刻一字，不留一文，称之为无极碑，自古龙为日阳，凤为月阴，武则天曾自创了一个字‘曌’，意为日月当空，明极之处即为虚空，天地之间，空极万物，武则天拿这个‘曌’字作为名字，便已经说明了一切，多一字便是累赘，千秋万代的盛世，又何尝是史书中几句浓笔冷墨可以说得清楚的。”

“这石碑看上去比武老板那块可气派多了，这阵式可不是你那三言两语可以形容的，那会不会是有些东西不可说或者根本说不得，所以才会立了这么一块无字碑。”李沌摩拳擦掌地说。

“你说这无极碑像个什么？”赵珏一直站在远处，冷漠地观察着此处发生的一切。

“这座无极碑更像是一扇门。”陈尘看着巨大的石碑说。

Ⅳ 五藏山经

“没病吧！你管这玩意儿叫门？”李沌觉得难以置信地说。

韩欲恍然大悟，说：“我们的知识是以所看到的现象为基础来判断的，也就是经验和物质，物质反而限制了你的想象力，如果你把走投无路当作墙，把这空气都当作是一堵无形的墙，那么这座石碑就是一扇门。”

“真正能够困住一个人的墙，往往都是无形的。”陈尘点头说道。

“一群疯子！”李沌觉得眼前的人都疯了，没一个正常的，继续说，“别胡诌了，这哪算个门，一脑袋扎进去，脑袋准得开瓢儿！”

“如是吾闻，有些门会让你头破血流，即便如此，有些路还是需要有些人来走。”福冈亚美早有预谋地说，“我这个人晕血，所以你们才会站在这里。”

“这一切你早就计划好了？”赵珏疑惑地看着福冈亚美问。

福冈亚美冷漠地看着所有人，说：“打不开这扇门，所有人都要死。”

李沌举起右手，挥动了两下，怯懦地问了一句：“这所有人，包不包括你？”

“当然包括，除非……”赵珏四顾张望着，看了看所有人，目光落在了福冈亚美身上，说，“除非这里有人不是人。”

“你的意思是这里并不是每一个人都是人？”韩欲好奇地问，“不是人，那是什么？”

“闹够了没有？”福冈亚美怒不可遏地看着他们。

“我记得初唐三杰中的一个诗人骆宾王，曾经写过一篇《帝京篇》长诗，写道‘山河千里国，城阙九重门’，其中九作为最大的基数，乃是无极至尊之数。”陈尘说着用手指抚摸着无极碑，刺骨的冰冷仿佛触电一般。

李沌也凑过去看着空白的无字碑，掐着腰说：“这九重门指的就是这无极碑，如果这是一扇门，那就指的是无极门？又或许九重门，是不是华夏九州有九座这样的无极门？”

“门不是重点，重要的是门里的东西。”福冈亚美循循善诱地说。

“有意思，问题就在这门内，我也听过一句明代的诗人说过一句歌谣：‘髭龙蜕骨咸阳陌，玉匣千秋閟神迹’，这髭龙是李世民的别称，李世民脱胎换骨是其次，重点线索在这玉匣和神迹，其中一个‘閟’字就有意思了，神迹在某一个门内。”韩欲兴奋地分析说道。

“你说的是王世贞的《定武兰亭序真本歌》？难道玉匣中的神迹所指的不是兰亭序？”韩欲疑惑地问。

“玉匣里装的从来都不是兰亭序，而是一把钥匙，唐太宗李世民的玺印，或者说是一份地图，只是这把钥匙以密码的形式藏在兰亭序的真本里。唐太宗李世民费尽心思得到兰亭序后，无独有偶，获得了兰亭序的密码线索后，激情洋溢地亲自挥墨创作了十篇《帝京篇》长诗，其中线索就藏在诗文中一句‘玉匣启龙图，金绳披凤篆’，这龙图我们都知道，是夏朝禹从龟书上继承下来的龙图，从此被作为天授皇权的象征，皇帝御极，十有七载，凝龙图于黼座，其中凤篆在道家字曰云篆，既是天书又是龙章，曰凤文，留给世人无尽的遐想。”陈尘叹息地说。

“也就是说唐太宗李世民的玺印藏了一本天书，再大胆一点的猜想是李世民将开启天书的钥匙做成了玺印，兰亭序背后最大的秘密是探寻遗失的龙图？”韩欲问。

“龙图只是后人对它的称呼，无数先祖们保守着这个秘密，尽量用形形色色的载体来藏匿传承它。”福冈亚美说。

李沌脑子反应慢了半拍，咬文嚼字地问：“我就不信了什么印章这么金贵，哪怕是金子做的，玉做的，我就没听过什么事儿盖个戳就与众不同了。不对，完全不对，先打住，玺印，唐太宗的玺印，那岂不是秦始皇搞出来的传国玉玺？”

“那古往今来的帝王岂不是拿着钥匙在找宝藏？每日握着钥匙在找锁？”赵珏说了一句玩笑话，可身边的人都当真了，陷入了沉默，所有人的脸上都没有了笑意。

李沌的问题问住了所有人，没有人能够回答他的问题，这个问题僵持了一会儿没有人能够提出一个像样的意见。

“既然被你们说得这么玄乎，那就找出一份兰亭序来看看？”福冈亚美身边的一个日本口音的助手提议说。所有人都目瞪口呆地看着他，这历朝历代多少人梦寐以求的宝物，随随便便从他嘴里说出来的话简直匪夷所思，兰亭序又不是报纸，还能大街小巷随时找一份来看看。

李二叔在一旁捯饬着破旧的帆布背包，从背包里掏出来一只晶莹剔透的玉匣，玉匣用一块完整的和阗青白玉雕琢而成，落脚深浅，收笔细尖，纹路走向都彰显出盛唐的特点，李二叔从玉匣中拿出一份泛黄的卷轴，纸张已经枯黄、残旧，他信手将卷轴的背面向上，平铺在地上，小心翼翼地拿出一小瓶鼻烟壶大小形状的玉瓶，晶莹剔透，瓶内装有小半瓶淡黄色的液体，宣纸上稍微沾染液体，正面的笔墨渗透，背面若隐若现的呈现出山海地图的轮廓。韩欲教授从地上撅起一角，看了一眼卷轴的一个角落，他整个人变得不知所措，指尖都在颤抖，他将地上随处摆放的那张旧书卷视若珍宝。

韩欲谨小慎微地看着卷轴，又看了看李二叔，声音都在颤抖地问："你知道你手上的这张纸叫什么吗？"

李二叔继续忙碌着，将玉瓶里的液体在卷轴的几个位置涂抹均匀，敷衍地说："我认字。"

韩欲疑惑地问："那你不认得兰亭集序几个字？"

李二叔满不在乎，轻描淡写地说："祖上传下来的赝品，这地图世世代代就藏匿在帖子的背后。"

赵珏也凑过去，看着卷轴上的文字，这薄如蝉翼的宣纸，肤卵如膜韧而能润，洁白稠密，纹理纯净，细看竟然多达十几层有余，只有陈尘和李二叔在盯着背面密密麻麻的符文，这些标识星散在宣纸的纹理之间，和正面飘若浮云，矫如惊龙的文字相互呼应。

李沌呵呵地笑道："二叔，你这赝品也太赝了吧，家里糊窗户的纸张又被你拿出来现眼了。"

李二叔笑而不语，赵珏摸了摸纸张，眉头紧蹙，问："俗话说纸寿千年，绢保八百。这纸张让人惊叹，难道是后唐澄心堂的宣纸？"

赵家可是书香门第，也属于书画鉴赏的大家了，对书画颇有研究。他的话立即得到了韩欲的印证，如果这纸张的年份无疑，这份《兰亭集序》的帖子也是唐宋时期的后人临摹的帖子，已经是国宝级别的文物，说起纸张也引起了陈尘的注意，他手指轻抚了纸面，疑惑地摇了摇头。

陈尘大惑不解地说："这并不是澄心堂的纸，澄心堂的造纸工艺还达不到这种水平，更像是失传已久的茧纸，这是一种用茧制作而成的纸张，工序极其复杂，可传承千年而不腐，在后汉、东晋曾经出现过两次，也只是传闻而已，苏轼的诗文里曾经记载'兰亭茧纸入昭陵，世间遗迹犹龙腾'。"

"既然这么说，那兰亭序的真迹此时此刻还安安静静地躺在昭陵之中，如果史书记载属实，这份写在茧纸上的帖子是怎么回事？又从何而来，莫非你们李家动过昭陵……"赵珏说。

"你也太高估我们洛阳李家了，淘沙官一门没有这手艺，即便是有，我们也懂得规矩，这就是祖上传下来的赝品，被你们说得这么玄乎……"李二叔没等他说完，立即抢过话茬儿推诿道。

几个人翻看着帖子的正文，更是一头雾水，这帖子处处透着诡异，虽然和失传临摹的仿本大致无异，却断字断句，所载的事情上大有出入。王羲之当年群贤毕至，齐聚会稽山阴之兰亭，两个帖子的内容虽然都是讲述的生死大事，可是讲的内容却大相径庭，传统帖子概述了一个把酒言欢活在当下的逍遥自在。而这个帖子的文本竟然是探索宇宙中长生的奥义。

韩欲说："既然真迹大家都没见过，你又怎么敢肯定你见到的就是真的呢？不敢说这份是真迹，如果这份帖子是接近真迹，那李世民当初费尽心思要找的并不是兰亭序的书帖，而是觊觎兰亭集序所记载的内容？"

"王羲之生活在一个求长生盛行的年代，上至君王，下至群臣百姓，信奉老庄神仙之术，与道教的隐士僧侣来往密切，在王羲之的帖子中浓笔重墨的多有体现。王羲之最终死于服用五石散，如此说来兰亭集序的内容，反而是这赝本更贴切真实的内容。传世的兰亭集序帖抹去了重要讯息，增删多次，才是现在我们看到满目疮痍的帖子？”陈尘看着他手中的帖子说。

李沌不知道什么时候已经绕到了无极碑的另一端，蹲在无极碑底座的一端，底座上若隐若现地雕刻着一幅密密麻麻的长画，雕刻的内容是东晋永和九年的某一天，群贤毕至，有 40 位学者名流齐聚兰亭，或站立，或席地而坐，或酌酒轻吟，各个人物的神情惟妙惟肖，一人在舞笔弄墨记载着什么，茂林修竹，清流激湍，会稽山阴处一座兰亭，藏于松林之间。

李沌百思不得其解地问：“这兰亭有点怪，你们看这些人的站位，暗合八卦阵法，还有这兰亭，是不是像一个祭坛？”

韩欲也戴上眼镜，欣喜若狂地看着这雕刻的石画，指尖轻抚，说：“这是兰亭图，当年修禊会晤的场景。”

韩欲轻拨了兰亭四周的粉尘，在兰亭中一位老者席地而坐，冠巾履靴异于常人，朱衣素带，头戴乌纱卷云，直领袍衫，手中一支尘尾，面容祥和。对比其余的 40 人，他最为引人注目，被藏于兰亭中。韩欲惊讶地说：“这就对了，史书记载当年王羲之、王献之、王凝之、王徽之，孙绰、谢安等有名有姓的 40 人，有一人姓名不详，生卒不详，不是 40 个人，而是 41 个人，这多出来的一人便在兰亭之中。”

陈尘也留意到了兰亭中的老者，说：“从这老者的服饰上看，是一位僧人。”

赵珏恍然大悟，说：“这些年困扰了很多史学家，为何定武兰亭序石碑中略有出入，其中不知老之将至，在石碑上多出一个‘僧’字，和李二叔家传的这份比较贴近，当年一众人听一个被隐去身份的老者僧侣讲述长生之道，在死去之前，仰观宇宙之大足以极视听之娱，虽趣舍万殊，静躁不同，当其欣于所遇，快然自足，僧不知老之将至，俯仰之间已为陈迹，况修短随化，终期于尽！一览昔人兴感之由，若合一契，一死生，齐彭殇，故列叙时人，录其所述，众人感慨世殊事异，分别由兰亭的图和文共同记录了一件历史事件，这或许便是兰亭序的由来？”

“那老僧究竟讲了什么东西呢？”李沌问。

陈尘黯然伤神，感慨地说：“讲了什么都已经不重要了，也无处科考，重要的是秘密藏在这兰亭帖载体的本身。”

“这兰亭序帖和这兰亭图有什么关系？”赵珏看着李二叔手上那张兰亭帖的背面，星星点点布满了符文，根本就是一卷无字天书，找不出一点头绪。

李沌目不转睛地盯着兰亭中老僧手中的双环，好奇地问：“这两个奇怪的环是什么玩意儿？”

“阴阳环！”陈尘解释说，“这阴阳环是《道德经》中的一个‘玄’字发展而来的，‘玄之又玄，众妙之门’，杳冥幽远，在卦象中干为天，为圜。巧合的是兰亭序文中开篇便有意隐去‘天干’的排序，天者，阳也。圜者，圆环也。隐含无中方能生有之意，想必打开这众妙之门的奥秘便在这图文之间。”

石刻中的老僧一手攥着阴阳环，穿过圆环的拂尘指向了天空，诡异的是在这幅石刻中，天空中日月同时存在，古人认为“易”为日月，太极图便是一个以日月代表阴阳的符文，太极图的本质便是在无极图的基础上，融以日月，易演出天地万物。陈尘盯着石壁发呆，突然抢过李二叔手中的兰亭图，口中默念着："自古都是一生二,二生三,三生万物，这便是天道，众多圣贤异士无非在做一件事情，那便是逆天而行，奢望轮转长生，唯一的方法就是从万物中寻找出起始之道，探寻万物的开源，三是万物的规律，从规律中寻找出藏匿在万物中的真相，可以是时间、空间、运动、能量和物质，便是由三到二的逆转，二即为阴阳，只要身处在'易'中，易之图变，就难逃万物的引力和运动，难以逃出时间变化的限制，轮转长生更是奢谈，只有完成从二到一的过程，才能躲避生老病死，立身轮回之外，所以追求无极，便是追求长生的唯一法门。"

"也就是说所谓的修仙，炼丹……都是扯淡，无稽之谈？怪不得当年李世民死都要拉着一同陪葬，那他究竟发现了什么秘密？"李沌听得目瞪口呆，蹙眉道。

陈尘手中帖子里星散的符文和石刻上的图像若合符节地交织在一起，在老僧手指的日月之间交汇处，星散在兰亭序中的符文和兰亭图中万物组成的八卦汇集成一轮太极图，在中心处一个若隐若现的凹槽形状赫然出现在眼前。

众人相互对视了一眼，李二叔用颤抖的手将玉匣插入镂空的石刻上，几声咯咯吱吱的机械运转声，严丝合缝地完璧归赵，除了无极碑上几缕尘埃飘荡在空气中，并没有发生翻天覆地的变化。

"是不是哪里搞错了？我说老陈，这么大的牛吹出去了，一点动静都没有？但凡有点风吹草动，也算给足面子了。"李沌看着硕大的石碑忍不住问。

这次并没有天旋地转的变化，众人尴尬地对视，福冈亚美小心翼翼地看着陈尘和一众人等，警告他们：“别耍花样。”

李沌无奈地说：“都他妈这么尴尬了，还能有什么花样可以耍？”

陈尘扭动玉匣，玉匣被石碑完全吞入，陈尘和赵珏转动兰亭图上的日月，相互位移，在无字碑上荧光闪烁，星星点点的点缀着几盏星图，星图链接成星象，无字碑底座上的兰亭图龟裂出一些图案，一层层地脱落，洞开出一扇黝黑的门，门内漆黑一片，犹如一望无际的深渊。

门内阴风阵阵，夹杂着一股略带着咸味的潮湿，福冈亚美面露喜色，李沌挠了挠鼻子，从地上捡起来破裂的石块，探着头好奇地问：“感情这玩意儿还是一次性的啊，这里边乌漆墨黑的，什么地方？”

韩欲激动得双手都在颤抖，欣喜若狂地说：“这……这是……五千年炙热的历史在黑暗而冰冷的深渊中注视着我们，我们终将成为历史的一部分。”

福冈亚美递了一只探照灯给他，蔑视地瞧了他一眼，冷漠地说：“恭喜你啊，我很欣慰你这么高度地认可这个深渊，我更乐意让你成为它的一部分。”

韩欲回过神儿来，看这阵势福冈亚美是铁了心让探险队当小白鼠，冲锋陷阵做牺牲品。他悻悻地接过探照灯，这深渊一般的门后是一个通往地下的阶梯。陈尘和韩欲一行人率先进入了门内，所有人都鱼贯而入，福冈亚美想到安全起见，让老牛的炊事班断后，等所有人进入到门内，这冗长而黑暗的阶梯迂回百转，穿过了地下河直通地宫深处。

走出了半个时辰，韩欲忧心忡忡，似乎忘记了什么东西，一时半会儿竟然没有想起来，忍不住回头张望，脑子昏昏沉沉地问了一句：“我们是不是落下了什么？"

李沌一拍脑门，说："坏了，哈里克还在石柱上绑着呢。"

赵珏看着前方的路生死未卜，感慨地说："还是先让他在石柱上拴着吧，这对他来说可能是一件好事。"

这黝黑的洞穴内，风吹得越来越急，韩欲毕竟年纪大了，走不了几步就开始上气不接下气地喘息着，手扶着洞壁上坑洼不平的凸起物，看着福冈亚美从自己身边走过，他苦笑着摇了摇头。他头顶上的探照灯无意间照射在手扶的凸起物上，顿时大惊失色，这墙壁上赫然出现了一个人头骨，一眼望去，在视野范围内触目惊心，这幽暗的洞壁走廊里凹凸的纹路竟然由森森的白骨堆砌而成。众人惊叫声不绝于耳，人群簇拥在一团，大惊失色地看着两旁的洞壁，望着无尽的深渊，腿上好像钉了钉子，不敢再向前迈进一步。

"这些尸骸都是哪里来的？都是些什么人？"韩欲用颤抖的声音问。

李沌说："这还用问吗，肯定是当年修建这里的工匠们。"

这些骸骨的颜色在灯光下有些泛黄，腐朽得严重，看上去已经有些年头。一阵微风拂面，空气仿佛凝固了一样，所有人屏住呼吸，这些墙壁上的骸骨发出咯咯吱吱的声响，仿佛化成了厉鬼幽魂，在挣扎着从墙壁上爬出来，它们破墙而出，墙体松动的尘埃、块状的壁砖零碎地跌落下来，从四面八方向人群涌来，头顶上那些泛黄、枯黑的利爪触手可及，几个女同志抱着头蹲在了地上，双腿发软，再也站不起来。韩欲惊愕地看着眼前的一切难以置信。陈尘在混乱的人群中大喊了一声："大家熄灭手中的灯，站在原地不要动，这一切都是幻觉。"

所有的灯都熄灭了，四周立即漆黑一片，伸手不见五指，鬼哭神泣的哀号声也逐渐平息，只有稀疏的风从人群中飘过，所有人都背靠着背，不敢去触碰墙壁。大家依偎着走出数百米，突然一盏灯亮了起来，福冈亚美拿着探照灯站在人群中，一脸茫然地看着所有人，那一缕光刺得眼睛生疼，却让所有人都蒙上了更深一层的恐惧，眼前的深渊仿佛凝固了一般，光线停滞在深渊的黑暗中，这黑暗仿佛有了固定的形象，一堵黑色的无形墙壁包裹了所有人，这条路已经走到了尽头。

再回头看四周和脚下，刚才的路和阶梯都已经不见了，来时的路也消失得无影无踪，所有人都站在这无影无形的混沌中。他们穿过无尽的混沌摸索着往前走，忘记了时间、空间和地点，走出半晌，预测已经深入到地宫的正下方。

韩欲不解地问："难道我们已经进入到了另一个空间里？"

李沌埋怨道："这鬼地方，鬼在里边都犯迷糊。"

陈尘抢过福冈亚美手中的探照灯，熄灭它，说："了解黑暗最好的方法，不是改变它、照亮它，而是融入其中。"

福冈亚美问："那你看到了什么？"

陈尘"嘘"了一声，顺着风的方向走入黝黑的深渊中，一把将探照灯打开，扔向了混沌中，探照灯的光柱在空气中仿佛撞到了什么东西，跌跌撞撞地摔在地上，摔了个粉碎，四周再次陷入混沌的黑暗中，一行人都跟了上去。

"刚才这探照灯跌落的线条很奇怪，这混沌中有虚有实，说明这混沌里有东西。"赵珏走过去抚摸眼前的空气，空无一物，这探照灯实实在在地跌成了碎片，从粉碎性跌落的情况来看，确实受到了多重的撞击，这混沌中的气流仿若流水，感知有物，抚之若无。陈尘拿出罗盘，众人所在之处位于天汉之处。

陈尘收起罗盘，说：“出口就在这里，隋唐时期，隋炀帝曾迁都洛阳，引洛水贯都，以相天汉，天汉即为银河，帝国宫阙的中轴线与天阙遥相互对，以天上的七星方位，在都城内建设‘七天’建筑，刚才我们所在之处便是天汉之中。天阙顾名思义，天然门阙，它有另一个名字你们一定听过，那就是龙门，又叫天门。天上的阙、丘二星正好也在银河之南，为天子之双阙，想必时隔千年，水流已经干涸，只有风口依然保留，在混沌中根本辨识不出来眼前的地形差异，此地便是风口之南，这才是地宫的真正入口。”

李二叔愁眉不展地说：“隋唐建筑我倒是听老一辈的人说过，由一位僧侣从一卷遗失的天书上推演而得，可保国运昌盛，世代民安，费尽历朝数代人的心血修建而成，主要建筑在隋唐时期兴建动工而成，贯穿隋唐都城的南北，以紫薇垣为中心的，天上三垣在人间的呈现，分别对应七个星座，由南至北依次为天阙、天街、天门、天津、天枢、天宫直至武则天修建引得天雷焚烧殆尽的通天塔，作为帝王权力中心的终极秘密，与三星堆、始皇陵、埃及金字塔、巴比伦通天塔、巨石阵等诡异地在同一纬度上，异曲同工，你的意思这里才是真正维度中轴线上的奇迹？可这里什么都没有啊。”

众人听他说完，又看了看空无一物的混沌，哪里有什么门阙？

陈尘在混沌中凭空踏步，竟然走向了混沌深处。只见一缕一缕的混沌散去，更准确的说法是混沌被抽离着色，光明涌现，眼前凭空地多出一道天阙之门。在陈尘的脚下竟然长出来熠熠生辉的青砖玉瓦，拱桥两旁有神兽镇守，身着玄衣，蛇身人面，其鼻如豕，口衔夜明之珠，其光如烛照亮天门，穹顶之上的晶状岩石散发出荧光，组成璀璨星河，宛若一座通天桥梁，一缕一缕的薄雾萦绕在空中，悬浮于混沌之中。

“这便是古人口中的飞天？”韩欲看着腾空的陈尘感慨地说。

老牛拍了拍脑袋，手中拎着酒壶，晃晃悠悠地看着眼前的一切，揉了揉眼睛，感慨地说：“又喝多了。”

赵珏冲着人群大喊了一声：“这里的一切都不要乱动，别乱走动，这一切都可能是幻境中幻化出来的东西，如果迷失在这里，就再也别想出去了。”

众人接踵而至，试探地把脚放在这些悬浮的阶梯上，几个年轻的小同志站在阶梯上腿脚就开始发软，脚下雾海翻腾，薄雾如缕如烟，光透过层层的云雾汇聚成川，从指间流过。

一座宏伟的天门，雕龙附凤，耸立在云山之巅，天阙尽头楼阁簇拥。李沌压制住自己紧张的神情，搀扶着韩欲走上几个台阶，硕大的神兽吞云吐雾，他望了一下来时的路，早已是深不见底的深渊，忍不住叹了口气说：“这些东西长得都挺吓人的。”

韩欲心潮澎湃地站在天阶上，用手轻抚栏杆，热泪盈眶地说：“《墨子》和《水经注》记载禹凿龙门的传说，神女授受卦图，列于金板之上，授予玉简给禹，长一尺二寸，以合十二时之数，使度量天地，开凿天门，自古以来，登龙门者，不过七十二。”

李沌问：“这玩意儿谁定的？为什么是七十二？不是三七二十一，或者三十八？”

韩欲循循善诱地说：“在奇门中的定局里以二十四节气论算，一节为上、中、下三元，全年二十四节气的元数便是七十二，七十二在推演排局的时候在时间和空间中为最大数，故宇宙间万物有七十二般变数，上古有七十二诸神，古有七十二宫，孔子有七十二弟子，埃菲尔铁塔上铭刻着七十二个改变世界的名字，人体中有七十二种矿物元素……”

李沌好奇地问：“西游记里的孙猴子也有七十二般变化，感情孙悟空这猴崽子是由七十二般变数组成，是根据易经中用奇门遁甲的元数推演出来的，也就是天地万物规律中最大的变数？这猴子是第一个登上龙门的物种？”

李沌看了看身后的人群，福冈亚美习以为常地一只脚踏在石阶上，李沌看到了她腰里的配枪，板着脸笑道：“古往今来才七十二个人，咱们这次算是组团跃龙门了吧，还是被枪杆子逼着跃龙门。”

一行人站在天阙之上，峻岭阔谷，别有洞天，一条楼阁簇拥的天街映入眼帘，两旁山石叠嶂，东山呈嶙峋之态，一座天宫建筑在云端之上，上具天文，下具地理，天街的中间耸立着一株金碧辉煌的天枢，有承天之势，高达数百丈，一条金光闪烁的蟠龙缠绕着柱子，腾云附绘，石镵怪兽环绕其中。陈尘、韩欲等人仰望着天枢，金盘中一个球状的物体悬浮于天枢之上，悬浮物犹如一块玉球，清莹通透，令人啧啧称奇。

韩欲感叹之余，疑惑地说：“这是遗留下来的隋唐风韵，雕琢的纹图和兽首，简直鬼斧神工，这建筑群却明显早于隋唐……”

“这建筑群却又异于隋唐的风格，或许是这些建筑群影响了隋唐的建筑风格。”陈尘沉吟道。

赵珏恍然大悟，说：“或许这里的建筑本就不属于任何朝代，不应该存在历史上，被后人发现了这个秘密，隋唐时期的帝王开始争相效仿？”

韩欲点了点头，问："那究竟是谁大兴土木在这里建造这些建筑群？在入口处确实有盛唐时期修缮过的痕迹，那些尸骸，想必也是为了这里的东西。"

赵珏说："根据史书的记载，大禹曾经丈量天空，测绘幽冥，以鬼斧神工之力在一处神秘的天山深处开凿天门。难道是上古时期大禹建造了这里？在历史的洪流中，有不少人曾经发现过这里，它作为统治者一个无上的秘密被封存？"

"这一块石碑，一座无极门内，方寸之间的位置竟然别有洞天，有这么多的奥秘？"韩欲疑惑众人是不是在一块石碑中，或者是在石碑内的另一处空间里，从物理科学的空间角度分析，这一切都无法想象。

"嘿！这玩意儿是纯金的。"众人回首，李沌已经趴在高达百丈的天枢上用嘴在撕咬一块金灿灿的雕塑，韩欲想去制止，这是在亵渎流传千年的文物遗迹。

"好吃吗？瞧你那没见过世面的样儿。"赵珏无奈地说。

"这是什么玩意儿？"李沌突然从天枢旁跌到了一旁，在天枢的柱体上有符文若隐若现地散发出微光，一些人看得蠢蠢欲动，忍不住七手八脚地凑上前去。人群中突然一声枪响，福冈亚美从人群中款款走来，面带微笑地看着李沌，提醒道："如果你敢再动这里的任何东西，我完全不介意立即把你打成筛子。"

此时，这一声枪响带来的震动，使得天枢上金盘中悬浮的玉球微微震动，远离天枢的几个人率先捂着耳朵跌倒在地上，身体扭曲成一团，头疼欲裂，瞳孔里布满了血丝，口耳眼鼻中都流出鲜血。李沌一行人最初觉得胸闷，感觉五脏六腑都像是移了位，韩欲最早忍不住趴在地上吐了出来，随着声音的震动频率，感觉身体里的血液和每一寸肌肤都在与其共振。

一众人在地上挣扎着，福冈亚美擦干净嘴角的血渍，有气无力地说了一声："这是次声波……"

大家都尽可能地聚集在天枢下，几个人挣扎着爬到了天枢附近，不知道过了多久，这种共振的声波逐渐停歇。陈尘率先站了起来，那无形的声波已然消失，几个人心有余悸，尾随着卑躬屈膝地站起身来，见无大碍，侥幸捡回了一条性命，茫然地张望着四周，看大家有惊无险，彼此脸上都沾满了灰尘，各自忍不住笑出声来。

这笑容还没有来得及完全展开，所有人的笑容都僵持在了那一瞬间，空气中传来一股血腥的恶臭，四面八方殷红色的东西犹如潮水一般向他们涌动，速度越来越快地向他们聚拢过来，顷刻之间已到眼前。站在最外围的一个外国人好奇地蹲下来去查看，从地上捡起来跑在最前方的一只小虫放在手心里，小虫犹如一条小蛇在他掌心里蠕动着，这些小虫头上还有一个"九"字，尾巴上发出"吱吱"的声响，那声音由远递近地传来，韩欲、李沌他们看上一眼顿时大惊失色，这正是之前他们遭遇过的九阴尸魃，他们边跑边喊："跑！是九阴尸魃。"

他们话音刚落，那只小蛇一样的东西受到了惊吓，突然钻入到那个外国人的皮肤中，在一阵惨绝人寰的叫声中，那人被追赶上来如洪水般的九阴尸魃围得水泄不通，活蹦乱跳的一个大活人瞬间变成了森森白骨，白骨依然保持着挣扎的狰狞姿态。

炊事班的老牛看到那些森森的白骨，酒瞬间醒了一半，一屁股跌坐在地上，连滚带爬地跟着人群逃命。

陈尘组织着队伍里的人从天街向天宫的方向撤退，把身负重担的老牛从地上搀扶起来，老牛抱着铁锅跑向了人群，陈尘又拍了拍身旁李沌的肩膀，说："照顾一下老人和女孩，你扶着韩教授，他年纪大了腿脚不好。"

两个人转身发现韩欲教授已经一瘸一拐地跑出了几百米，撇下了人群几十米跑向了空旷的天街尽头，基本上所有同志在韩欲的带领下跑光了，李沌从地上捡起来一只鞋，疑惑地问："队伍里的同志身体素质都这么好吗？这叫腿脚不好？没有鞋子牵绊他，都要起飞了。"

福冈亚美一行人拿着枪冲着这些九阴尸魃扫射，打完了弹夹里的子弹不见起效，几个人来不及换弹夹，已经被虫子埋没，福冈亚美身边的几个人点起了火把，逼退了身边的这些小蛇，踉跄地跟了上去。

一行人踉踉跄跄地跑出了半个时辰，突然觉得炙热难耐，身后火光冲天，几个人站在天街尽头的阶梯上，回头看到福冈亚美一行人一把火烧了天街，这天街除了青石、砖瓦，大部分都是木质建筑，火光照亮了每一个人落魄的脸，所有人目瞪口呆地看着这一切。韩欲捶胸顿足地感慨着，他看着这一切，这千年的历史文明毁于一旦，眼睁睁地看着艺术瑰宝化为灰烬。赵珏和几个同志气喘吁吁地瘫坐在地上，汗迹斑驳的脸上沾满了污渍。

福冈亚美一行人刚刚追上来，还没有来得及站稳脚步，那股血腥的恶臭再次扑面而来，潮水般的九阴尸魃前赴后继地扑到烈火中，火光涌动。

空气中"吱吱"的声音越来越响，鬼哭狼嚎地从天街的另一端传来，天街的青石板上瞬间被染成了血红色，在灰烬中，火光的缝隙处竟然被它们用同伴的尸体铺出来一条血路。这一场大火并没有阻挡住这些小蛇，只是延缓了它们的进攻，李沌惊讶地骂了一句："这是什么玩意儿？都不要命啦！"

还没有来得及喘口气的同志，只好彼此搀扶着重新站起来，从阶梯上爬向悬崖上的天宫，通向天宫的道路是一条木制的栈道，栈道修建在万仞绝壁上，岩石中镶嵌石钉搭木椽而筑，边缘的护栏由青铜锁链环环相扣，远处看去仿佛林立在云端，一行人手忙脚乱地爬向了栈道。

福冈亚美和身边的几个随从用枪逼退了李沌他们，找了几个人率先探路，其中一个人跌跌撞撞地踩断了一只腐朽的木椽，滑落到深渊之中，其他人小心翼翼地尾随在他们身后。

顷刻间，那些小蛇已经冲破天街废墟中的灰烬，抵达了栈道旁。陈尘和李沌断后，眼看着那些小蛇前仆后继地爬了上来，李沌擦了擦额头上的汗水，挥舞着手中的火把，怒不可遏地说："老子看热闹从来不嫌事儿大，就喜欢火上浇油的事儿！"

李沌说完把一壶汽油全部浇在了栈道上，一把火绝了后路，他看着那些小蛇如雨般跌落到深渊中，撸起袖子唾沫横飞地感慨了一句："痛快！"

栈道前方的人看见后边起火，熊熊烈火烧了上来，前进的步伐也加快了不少。韩欲和赵珏看了一眼身后，迷惑地问："这唱的是哪一出？"

整条栈道上的青铜锁链被烧得炙手可热的，几块木椽纷纷跌落深渊，石钉和岩壁也被烧的脱落掉一层石皮，大火、栈道、生命和时间在赛跑，所有人都忘却了周身的疲惫。

在陡峭的崖壁中，一座像是天堂里建筑从岩石上呈现了出来，这些石阶、玉雕就仿佛从岩石上生长出来的，严丝合缝地镶嵌在一起，整个天宫被凹凸有序的山峦簇拥着，横卧在一只利爪的掌心中，九曲回肠的栈道从指间盘旋而过，陈尘和李沌跨过天关门，栈道已经被大火烧得所剩无几，只有几根青铜锁链还坚挺地悬挂在万仞绝壁上。韩欲、赵珏几个人蓬头垢面，衣衫褴褛地停靠在一旁歇息，看着陈尘和李沌登上山峰，赵珏气势汹汹地冲了过来，扯住李沌的衣领，一拳打了过去，义愤填膺地指着道："这火是你放的？"

李沌被这突如其来的一拳打蒙了，木讷地看着所有人，说："你以为呢，难道你觉得那帮畜生自己有羞愧之心到自焚的觉悟吗？难道你想跟它们谈谈人生，谈谈理想，讲讲道理，让这帮畜生自惭形秽一股脑儿地全自杀了？"

赵珏又问："大家怎么回去？"

李沌说："你想太多了，这问题也太久远了，这不是现在该想的问题，先活着再想出路吧，命都没了更简单，压根儿就不用再考虑回去的事儿了。"

看着一望无际的火海，热浪翻腾，陈尘感慨道："还真是应了预言里的画面，但凡入龙门者，风雨随之，天火自后烧其尾，乃化为龙矣。"

李沌指了指下边，栈道旁已经是一片火海的青铜锁链上，那些九阴尸魃跃跃欲试，还在伺机爬上残留的栈道，两个人同时注意到了这青铜锁链还完好无损，作为一个临时的索道兴许还有一线生机，突然，他们眼中的青铜锁链开始微微地晃动，脚下一阵急促的震动，灰烬中的天枢顷刻间倒塌下来，山峦上的石块纷纷跌落，滚滚浓烟在地动山摇中倾泻而下，几根青铜锁链齐刷刷地铮铮断裂。

“你最好祈祷不要再遇见这些鬼东西。”赵珏束手无策，妥协地说。

“这话我就不爱听了，我跟它们又不熟，感情这些鬼东西就瞧着我一个人追？不关大家什么事儿。”李沌边走边跟他掰扯着说。

赵珏不想再理会他，李沌锲而不舍地追问：“你们做事儿一直都这么不讲理吗？这是你一个人的做事风格，还是所有人都这德行？”

赵珏一动不动地站在原地，并没有生气，脸上一点厌恶的神情都没有，只是举手制止他再说下去，所有人都看着同一个方向，李沌顺着他们的眼光看了过去，这一眼望去也被惊呆了。

一座九重的楼阁台榭耸立在眼前，碧瓦朱甍，宏伟至极，四周云雾缭绕，紫雾漾漾，贝阙珠宫若隐若现。惊叹古人在这地下创造的世界，其工艺之精湛，气势之恢宏，如若没有鬼神相助，实难相信古人徒手开山辟地成就这里的一切，至今也让人望尘莫及。

福冈亚美已经站在门前，心潮澎湃地看着眼前的楼阁，立身于通往深处的天门内，她欣喜若狂地说：“这些年终于让我找到了，这遗失在久远历史尘埃中的天堂。”

韩欲也站在了她身旁，疑惑地问：“难道天堂从来都不在我们遥望的那片星空中，而是安静地沉睡在我们的脚下？”

“这就是众神的栖息之地。”福冈亚美说。

“我读书少，你们别骗我，即便这里是你们所说的天宫，那天兵天将天神以及那些七仙女呢？随着众神的时代拉下帷幕，难不成都死绝了？”李沌好奇地问。

赵珏看着李沌，觉得匪夷所思，疑惑地问：“你的家庭教育只有这些讲给3岁小孩的神话故事？”

“年轻人，怎么说话呢？什么叫‘只有’？”李沌听完气不打一处来，看着这个满口仁义道德有教养的人，义正词严地说，“我们家压根儿就没有家庭教育，也没听过什么叫家庭教育，但我们懂得什么叫规矩。”

李沌是在一座春秋楚国的古墓中出生的，李三爷带着李沌父母以及李二叔，在一次淘沙滤坑的时候生下了李沌。当时被南派的同行长沙刘家栽了“活种”，堵了盗洞，墓穴的侧室积水严重，流沙层坍塌，母亲在棺椁中生下了李沌。大家在李三爷的带领下另辟新径，耗时三天才绕过流沙层逃出了地宫，李沌的母亲也因为难产死于那场淘沙的灾难中，李三爷从此退出江湖，不再过问江湖上的事情。多数时间里李沌是由李三爷一手带大的，说到家教，李沌回忆起了那些童年往事。

陈尘不苟言笑地说：“确实除了口耳相传的神话故事，没有只字片语流传下来，只因为那时候人类文明还没有出现文字，直到很多年后才有了结绳记事。”

韩欲问：“你是说神话故事有可能真实地发生过？”

李沌释然地笑着，说：“神话里的东西未必不存在，也许是遗失的历史真相，比如说尸魃，如果不是它活生生地出现在我们面前，我们死都不会相信《山海经》里的动物是真实存在的。”

一阵沉闷的嗡鸣声，福冈亚美一行人已经推开了沉重的天宫石门，顿时四周尘埃飞扬，几缕扯断的蜘蛛网如游丝一般藕断丝连地挂在石门上。

天宫的楼台殿堂内几根雕龙附凤的金柱巍峨地耸立着，一尊法相婀娜的三眼飞天佛陀矗立在金殿中央，乐伎人俑形态各异地分布在四周，神情、动作惟妙惟肖，一颦一笑时隔千年依然音容宛在，熠熠生辉。佛像前是一个阶梯式的圆状舞台，东侧陈列着三层硕大的编钟，编钟上刻有一些图案，装饰错金铭文，乐伎手中的琵琶、芦笙、箜篌、腰鼓、竖琴等已经蛛网暗结。

福冈亚美对金殿中的一切视若无睹，这恢宏精妙的天宫乐伎，在她眼中如同粪土，从进来就没有好好瞧上一眼，她完全没有停下，径直绕过飞天佛像，拨开了一层蜘蛛网，从后院的悬梯上走向一处长廊，无色彩玉雕砌成台，四周水清如镜，色彩瑰丽，陈尘一路尾随着福冈亚美，这瑶池玉台在他眼中都黯然失色。

福冈亚美一路走过了凌云阁、中天阁、降霄阁、太一阁等，陈尘躲躲藏藏地紧跟其后，直到第八重楼阁前，福冈亚美突然在门庭外停下了脚步，她察觉到了身后的脚步声，佯装要推门进去，突然转身说："出来吧！"

陈尘从一块石碑后探出头来，假装无所事事地看着四周，看见匾额上写着"龙图阁"三个字，心中一震，指了指身后避重就轻地说："他们腿脚不太好使，可能是我走得太快了，看你一个人怕出什么状况，跟上来想必有个照应。"

"这里不需要你！"福冈亚美说着要推门进去，一群人气喘吁吁地蜂拥而至，推着陈尘和福冈亚美两个人挤进了龙图阁内，赵珏几个人进来后紧闭门窗，用衣物挡住了门窗的缝隙，老牛一行人惊魂未定，趴在窗子上张望，惊惶万状地说："那些无孔不入的鬼东西又上来了。"

"是那些尸魃！"赵珏解释说。

陈尘透过窗户望去，那些九阴尸魃犹如洪水般涌来，空气中的血腥味越来越浓郁。一阵器皿跌落的声音，福冈亚美一行人在翻箱倒柜地寻找着什么东西，在龙图阁内陈列的经卷、书画、宝端、玉石琳琅满目，目不暇接，一尊青铜炉耸立在金殿中央，布满了灰尘。韩欲看得欣喜若狂，阁内藏书不计其数，历朝历代的御书卷、轴数十万套，细分经典、乐礼、史传、子书、文集、天文、数学、图画、医药……

韩欲翻看了几卷经文，感慨地说：“这龙图阁自唐宋以来，直至清末，都有笔墨存世，在北宋初年更是以龙图为名，作为宋太宗的御用藏书阁。”

“龙图我刚听你们说过，可是这龙图阁是个什么？”李沌对这些书卷没有兴趣，随手翻了几本觉得索然无味。

韩欲笑而不语，拍了拍他的肩膀说：“龙图阁你可能没听过，可是在北宋年间这龙图阁里出来的人你一定听说过，包拯、司马光、苏轼、范仲淹等人都是出自龙图阁，其中在历史上包拯又被称为包龙图，学识渊博，让人望而兴叹，你便知道这龙图阁里的藏书之丰富可见一斑。”

李沌听得一头雾水，疑惑不解地问：“这北宋的宋太宗的御书房，跑到了盛唐时期的建筑群里，这说不通啊！”

“江山代有人才出，各领风骚数百年，参破这龙图的人不在少数，窥探天机者每隔数百年都会出现一两位，唐太宗李世民是第一个昭告天下龙图真实存于世间的人，并且作为皇权统治者最高的机密流传于世。相传唐玄宗李隆基在杨玉环的沉香筵席上，一曲霓裳羽衣后，李隆基酒后曾将龙图示与众人，诗人李白和宰相张九龄有幸一窥龙图，从此李白便只身一人仗剑出蜀，寻仙访友，散尽家财一心求道，度过了他放荡不羁的一生。”赵珏翻看着一幅卷轴解释说。

福冈亚美突然嘲弄地说：“老李不过是一个心高气傲，自恃过高的孩子，初窥门径，便自称谪仙人，自以为是、一意孤行的蠢材。”

“老李？蠢材？你们很熟啊？”李沌看不惯她一幅惺惺作态的样子忍不住问道。

陈尘看在眼里不明觉厉，福冈亚美的脸上除了睥睨，竟然有一丝动容，就像在谈及自己的恋人。福冈亚美身边有一卷画轴，画轴在地上攒动，一幅盛唐时期的玉真美人图的一角缓缓打开，画卷里的女人曲眉凤目，面颊丰腴，身着锦绣红裳，身姿飘逸。李沌捡起地上的画卷，觉得这画卷中的女人甚是眼熟，眉宇之间透着几分似曾相识，说不出来在哪里见过。

画卷左侧提题写着一首《玉真仙人词》，李沌念出了几句：“玉真之仙人，时往太华峰。清晨鸣天鼓，飙欻腾双龙。弄电不辍手，行云本无踪。几时入少室，王母应相逢。”

“落笔犹如天纵，苍劲中挺而秀之，意姿万千，顾盼有情。”赵珏凑过来看了一眼李沌手中的画卷，又看落款为太白，再去看画中的美人，全身不寒而栗，就像触电了一般，不觉得身体向后趔趄了几步，他好像见鬼了一样目不转睛地盯着翻箱倒柜的福冈亚美，福冈亚美竟然和图中的玉真美人长得一模一样，除了比起画中人脸颊消瘦，那举止神韵，眼神散发出来的沧桑如出一辙，赵珏顿觉毛骨悚然，问：“你究竟是人是鬼？”

韩欲也注意到了赵珏神情异常，去看了一眼李沌手中的画，看到画中的玉真美人，也不禁蹙眉道：“这难道就是李白痴迷一生的玉真公主？”

“玉真公主？”赵珏苍白的脸上恢复了些许血色，追问道。

“你不知道？武则天的孙女，唐玄宗的妹妹，玉真公主李持盈，厌倦了后宫错综复杂的血腥斗争，年幼时慕仙学道，及笄之年在沉香筵席后随一位扶桑的僧人离宫做了女道士，号无上真，听说去了蜀地，从此以后杳无音信。”韩欲循循善诱地说。

“李白多次入蜀就是为了找玉真公主？”李沌疑惑地问。

福冈亚美嗤之以鼻地说：“他没那么高尚，三番五次入蜀只为了满足他的一己私利，寻仙问道，几次差点死在途中，还写下蜀道之难，难于上青天。”

“你又知道？”李沌不耐烦地说。

陈尘沉吟道：“你就是在沉香筵席后带走玉真公主李持盈的扶桑僧人，那个女道士？”

“那已经是很久远的事情了，贞观二十一年，我四处游历到葱岭之南的古国天竺，在那里遇到了一位叫王玄策的人，他进献天竺的僧人那罗迩娑婆寐，宣称能配制金石秘剂，深谙长生之道。我满怀期待踏上前往长安的路途，第二年才知道这是一场骗局，王玄策深知我每年受痼疾困扰，曾目睹我病发时候生不如死的模样，一众人以探病为由，取我血液炼制丹药，被我知晓真相后索性将我秘密地关押于城外的地下水牢中。我在几个友人的掩护下逃脱了牢狱，他们炼制长生丹药的计划最终功亏一篑。逃出水牢后前十年，我沿秦岭遍访名山古刹，近半个世纪的岁月深入蜀地，探访人迹罕至的西域昆仑山脉，试着寻找夏商时期五藏山经中记载的西王母山。我把这一切都想得太简单了，踏遍了深山中的每一寸土地，获得的信息寥寥无几，与西王母同时期的轩辕氏、神农氏几个族群亦是音讯全无，那个时代的文明彻底从这个世界上消失了，在这片土地上找不到任何蛛丝马迹，好像从来都没有存在过。在迷惘之际，我曾经一度虔诚地笃信道教，听闻古往今来的帝王手中都有一份龙图，此图和五藏山经的核心秘密息息相关，于是千里赶到洛阳赴宴，想一睹龙图的风采，沉香筵席上我与持盈一见如故，收了她做弟子，远赴蜀地，直至南宋，再未涉足中土。”福冈亚美回忆道。

赵珏满腹狐疑，问：“我实难相信，以你的性情，龙图如果放在你面前，你岂有不抢夺的道理？”

福冈亚美坦然自若地说：“我确实动过抢夺龙图的念头，只是李隆基的宰相张九龄却没有给我接近龙图的机会，如果说李太白是个蠢材，那张九龄颇有道行，我夺图心切被他一眼识破，借机表演墨砚幻术的时候抢了先机，他手持一支墨砚，取了一盏清水，施展幻术在墨砚上，墨砚混入水中，酒水中的颜色变化竟然和天空的色彩遥相呼应，直至清水完全变成墨汁，天空已然遮天蔽日。张九龄将墨汁泼洒出去，天空中顿时大雨倾盆，我早听闻大唐中期有猫鬼、蛊毒、厌魅、野道之家，却不曾见闻如此仗势的巫术，弹指间墨砚动天，待我回过神儿来，张九龄伺机呈上了龙图，当场吟诗作赋一首《龙池圣德颂》：‘浩浩洪水，包山襄陵，舜亦命禹，夏氏以兴，龙图龟书，二王是膺……’他推诿圣物折煞众人，自惭形秽，唯恐亵渎天书，将龙图草草锁入玉匣之中。”

陈尘无可奈何地笑着说：“很久很久以前，久到时间已经不能用简单的数字来计算，神与人一同生活在这个世界上，神与人的距离越来越近，近到举头三尺，太多人看到了神迹，越来越多的人想成为神，人也就越来越像神。神与人的界线开始模糊，贪婪和欲望充斥在这片大地上，突然有一天人类已经满足不了被神明掌控命运，开展了灭神运动，神族最终离开了这片土地，为人类套上了一个逃脱不了的枷锁，那就是终极的宿命——死亡。没有人可以逃脱死亡的枷锁，没有人可以从这个世界逃离，更没有人可以欺骗死亡。这个世界成了人间地狱，成了一座牢固的监狱，神族看着涂炭的生灵，用一场大洪水终结了一切的苦难，可是在大洪水后依然有一卷天书散落人间。”

这些神话故事是陈尘的祖母小时候哄他睡觉时听来的，小时候背诵祖上传下来的残卷时也有寥寥文字记载，福冈亚美听得心潮澎湃，情不自禁地抓住了陈尘的臂膀，问：“你从哪里听来的？”

李沌看着福冈亚美认真的表情，好像第一次听闻这些神话故事，忍不住笑出声来，将手中的画卷递给了赵珏，谆谆教诲说：“这事儿除了你，恐怕所有人都知道吧，这故事我可门儿清，从小听到大的中国的神话故事、印度史诗、玛雅圣书、梵书、奥义书、《山海经》几乎所有的人类种族都有记载，任何种族的历史都有他们的传说，无论怎么删减，文字怎样变化，大概意思基本相同，你要想听我给你讲几段吗？什么精卫填海、女娲补天、哪吒闹海、大闹天宫……对了，如果你想听长生不老的故事，王母娘娘的蟠桃会，或者我逮几个唐僧给你炖炖，或者撸成串，烤得外焦里嫩，搁点盐，放点胡椒……”

赵珏拿着手中的画卷，依然百思不得其解，问：“可是李白赠送给玉真公主的诗词，为何写在你的画像上？”

福冈亚美点了点头，诡异莫测地笑着说：“这确实是我的画像。”

“怎么可能？太白是个瞎子？会认不出玉真公主的样子？在这卷画轴上题写诗词。”赵珏陷入了更大的谜团，一头雾水地看着眼前的这个女人，画卷上栩栩如生的人确实和眼前这个女人是同一个人。

陈尘接过来画卷，笑着说：“秘密就在于太白不是瞎子，这画也没有画错，诗词也没有题写错，错的是世人，世人总是把玉真和公主联系到一块儿，玉真是玉真，公主是公主，我说得没错吧？”

福冈亚美顿时对陈尘刮目相看，点了点头，说：“我觉得你越来越可爱了，有时候还真让人恨不起来，这半个世纪里我做的最明智的事情，就是当年没有一把火烧死你。”

“那我还应该感谢你喽？”陈尘把牙齿咬得咯咯作响，攥紧了拳头，咬牙切齿地说。

赵珏追问道：“玉真和公主是两个人？你是玉真，李持盈是公主？让李白终日郁郁寡欢，一生求而不得的人是你？”

福冈亚美摇了摇头说：“他求的是道。不是我，亦不是任何人。”

“既然这龙图是历代帝王讳莫如深的秘密存在，为何在北宋初年的时候才大行其道，公然设立龙图阁这样的机构？”李沌看着龙图阁的匾额抓耳挠腮地说。

福冈亚美再次看向陈尘，说：“你这问题问得好，在这里有一个人再清楚不过了。”

所有人都看向了福冈亚美目光所视之处，陈尘看到众人都在看着自己，他游弋的目光不知道该安放在何处，突然有一种不祥的预感，完全不知道发生了什么，疑惑地指着自己问：“我？”

福冈亚美循循善诱地说：“你们陈家的家务事，难道这里还有谁比你更清楚吗？老祖宗传下来的东西都丢光了吧，当年在巫镇祈禳苍天，逆天改命，你不会真的以为一个瞎婆婆点几盏青铜古灯，就可以忤逆上天吧。世间岂能容得下这样的术法，你的巫祖婆婆和姜儿在天坑初现时，我血洗姜氏满门时，也没见她这个老东西有什么撼天动地的术法，看来孟姜氏这巫术也是浪得虚名。陈抟传下来的经文残卷，你幼时倒背如流的经文，难道都没有印象了吗？”

陈尘看着福冈亚美得意的神情，嗅了嗅手指，指尖似乎还残留着孟姜一族的鲜血，陈尘震惊地看着眼前的女人。这事儿自从父亲去世以后就再没有人知道过，唯一知道的人便是早已经故去的妻子周沫，妻子早在战火中身患重病走失，凶多吉少，唯独流失在外的女儿，这些年给了他一直活下去的勇气。陈尘的身世背景福冈亚美了如指掌，从挑起战争到自己祈禳天命，又到川滇古寨巫镇的遭遇，如果连自己入伍被送往战俘集中营都是被人一手操纵的，那妻女的失散、地狱般的人体实验，这一切岂不是都是被人安排好的。陈尘不敢再想下去，眼前的这个女人就如同鬼魅，比蛇蝎更恶毒，实在是太可怕了，陈尘冲过去抓住她的肩膀问：“你究竟还知道些什么？”

福冈亚美的朱唇微动，诡异的笑容挂在脸上，从她口中一字一句地说：“我知道的比你想象中还要多。”

福冈亚美挣脱了陈尘，示意让剑拔弩张的众人放轻松，面对着众人微笑，友善地提示道：“看来你记性真的不太好，如果你忘记了，我帮你科普一下，兴许你能记起来点什么。”

“你们知道的故事有很多，即便发生在你们身上的故事，你们也未必知道真相，故事的版本因为视角的不同可能会变成另一个完全不同的故事，你们甚至会怀疑自己存在的意义。”福冈亚美得意地看着茫然的众人，孜孜不倦地教诲说，“陈抟一生横跨了唐末、五代十国、宋朝三个时代，一生痴迷于天文和道术，根据盛唐遗留下的资料，北宋期间大兴龙图和陈抟息息相关。天下初定，基业未稳，宋太宗多次召见陈抟探索龙图的下落，研究黄老之学，对陈抟推崇至极，太宗赐陈抟为‘希夷先生’。取自老子《道德经》中‘视之不见名曰夷，听之不闻名曰希’。河上公注：‘无色曰夷，无声曰希。’因其以后‘希夷’指虚寂玄妙至极之人，太宗对陈抟寄予厚望，倾尽国力收藏先秦古籍善本，其中北宋官方成立的盗墓机构‘淘沙官’便是寻找龙图遗留下来的产物。宋真宗咸平四年，在会庆殿西侧大兴土木建设龙图阁，将宋太宗的御用藏书尽数收藏其中，遍邀天下学士群策群力研读，寻找龙图的下落，无意中成就了北宋年间学识渊博的奇才异世，不少龙图阁中的学士名垂青史，成就一番佳话。”

“那最后究竟有没有找到龙图？”李沌追问道。

福冈亚美叹息道：“最初我还是小瞧了那个迷迷糊糊整天睡不醒的老头，当年寻获归藏残卷的时候，在‘淘沙官’的配合下，一路斩荆披棘，踏遍九州，最后还真在归藏图残卷中找到了当年韩终留下来的蛛丝马迹，拼凑出当年归藏于山海之中的神迹所在。”

“一派胡言，既然陈抟已经找到了龙图，为何宋太宗依然郁郁寡欢，晚年心愿未了，含恨而终，直至宋真宗澶渊之盟后，还在遍邀天下名士，寻找破译龙图的线索，求而不得伪造天书，自造‘符命’，发生了历史上著名的‘东封西祀’‘天书降神’的丑闻，难道这龙图是假的？”赵珏疑虑重重地问。

福冈亚美感慨道：“龙图不假，北宋的帝王也没有什么错，错就错在陈抟太聪明，绝顶聪明。要不然诸位也不会此时站在此地探寻龙图的秘密，历史的车轮总是在不经意间拐角，发生意想不到的奇变，所有人都忽略了一件事情，那就是龙图本身的魅力。陈抟的聪明之处就在于一个痴字上，根据‘淘沙官’第一任统领的燕王口述记载，他们穿越了蜀地，从昆仑、葱岭一带沿山脉深入，后归来，陈抟整个人都痴狂了，对于龙图讳莫如深，从此闭口不谈，终日惶恐，殚精竭虑地生活在恐惧之中。没有人能从他口中问出什么有用的信息，他每日惶惶度日，饮酒为生，世人误以为他在龙图中获悉的长生之道奥秘在于长睡不起，养生的法门在于一个‘睡’字，反而得了个‘睡仙’的名头。”

赵珏惊讶地问："陈抟疯了？他是被吓疯的？那他究竟看到了什么？"

"如果真的疯了那倒好了，不至于后世风云再起。他在弥留之际没忘记留下龙图传于后人，掀起血雨腥风席卷这个世界。"韩欲摇头叹息道。

"他虽然痴迷于龙图，当他打开禁忌的大门，发现了终极的神迹，他那些让他引以为荣的世界观竟然顷刻间崩塌，他所看到的神迹是一个已经陨落的、被人们遗忘的文明，是被人们刻意藏匿起来的历史，龙图天书中所载的东西可以瞬间造成人类物种灭绝的灾祸，如果重现天日将会遗祸万年。这些文明不属于人类，更不应该作为权力斗争的工具，就应该沉睡在地下，归藏于属于它的那个年代。"福冈亚美嗤之以鼻地补充道，"他这个满目虚伪，自私自利，虚情假意的伪君子。"

李沌疑惑不解地问："咱且不说老陈家祖上的情操有多高尚，拯救苍生于危难之中也好，又或者中饱私囊把这天大的秘密占为己有也好，陈抟既然装疯卖傻躲过了一劫，那这龙图究竟是什么呢？"

"没有人知道。"福冈亚美摇了摇头，失落地看向了陈尘。所有人的目光再次聚集在陈尘身上，陈尘压根儿不知所云，关于他祖上的这些事情，他也是第一次听闻。一些耸人听闻的细节，他自己都瞠目结舌。

韩欲看着陈尘一脸茫然的神情，打破尴尬说："据我所知，关于龙图目前存世最早的记载，依然可以到古籍中查阅，应该是东汉年间，法学家应劭的《风俗通》中，河者，播也，播为九流，出龙图也。这龙图想必指的就是夏氏禹的洛书。"

李沌听得犯困，依偎在书阁上忍不住打了个盹，整个书阁犹如一堵墙一样倒了下来，牵连着落兵台一侧金殿内的书卷、画轴、瓷器、兵器跌落在地上，七零八落地碎了一地，顿时混乱不堪，一片狼藉。李沌觉得自己可能惹了祸，从地上捡起几片破碎的瓷器，踢散了几卷开线的竹简，聊以慰藉地看着眼前的一切，猜测说："历史上有很多东西都传说得神乎其神，事实上抛去吹牛的成分，可能就是一堆破铜烂铁或者地摊上几毛钱一斤的破书。"

赵珏看着地上凌乱到无处下脚，踮着脚尖绕了过去，讥讽地说："干得不错！"

李沌看不惯他的嘲弄，故作从容地说："我一直在努力！"

韩欲帮他从地上捡起来几份书卷，被瓷器的碎片划伤了手，劝慰他说："休息会儿吧，你已经做了很多，做得已经很好了。我们都不想让事情再糟糕。相信我，这烂摊子已经足够烂了，我实在想象不到它还能再烂到哪儿去，你就别再掺和了。"

负责医护的秀梅和李雪看韩欲的手指被划破，李雪到一旁拿医护箱，突然大声疾呼，龙图阁外的石阶上已经爬满了红彤彤的九阴尸魃，红褐色的尸魃在门外蜿蜒蠕动，有几只试着从门窗的缝隙中往里爬，门外的廊道、柱子上黑压压的一片，尸魃已经将殿门重重围住。

藏书阁内顿时一阵骚动，所有人都坐立难安，只有福冈亚美沉着地看着一片狼藉的地板。陈尘留意到这一路走来，只有福冈亚美一个人对这些九阴尸魃毫无忌惮，她知道这些东西怕火、怕光，好像对这些尸魃的习性了若指掌。

福冈亚美站起身连续推倒了几面书阁，顿时杂乱的声响不绝于耳，福冈亚美疑惑地看着四周书阁后的墙壁，书阁后空无一物。福冈亚美的行为直接吓到了众人，李沌看着她，揉了揉眼睛说："这姐们儿是被吓疯了吗？"

福冈亚美失落地看着空白的墙壁，疑惑不解，说："没有理由啊，走进来的时候确实看到的是九重楼阁，为何到了这第八重的龙图阁后，第九重却消失不见了，难道眼睛也会骗人？"

李沌茫然地问："有这么多吗？我怎么觉得进了门，就到了这儿了？"

赵珏无奈地说："屁股后边给你拴两条疯狗，你都能一口气儿跑回老家了。"

陈尘和韩欲也努力去回忆，来的时候确实在印象中有九重楼阁，而且看到的第九重阁楼凌烟雾缭绕，凌驾于所有建筑之上，庄严肃穆，这一路走来再也没有见到那栋楼阁，韩欲说："你的意思是，有一栋楼阁在这万仞绝壁上凭空消失了？"

李沌解释说："一定是你们看花了眼，明明只有八处。"

赵珏说："中国的古建筑规制是极其讲究的，一砖一瓦不得擅动，哪怕一个钉子的数目都讲究一个纵横九数，其中皇家的建筑和'九'字更是息息相关，历来严格按照九梁十八柱的规制，天安门就是极具代表的九楹重楼，按照天关外所属开山而建的天宫，我们看到的第九重楼阁，便是以某种方式藏在了这八重庭院之中。”

门外的声响越来越近，一些九阴尸魃已经从梁栋上爬了进来。

大家齐心协力又推倒了几面书阁后，一无所获，几面洁净的墙上哪里看得到什么出口，一些同志点燃了火把驱除闯进来的尸魃，阁楼中顿时被火光照亮，火光并没有掩饰住每个人脸上的焦躁，汗如雨下。

老牛手里的火把不经意间点燃了行囊，一只铁锅噼里啪啦地掉落在地上，老牛随手把火把插在一旁的青铜炉中，重新收拾了行囊。火把的火焰滴落在青铜炉中，顿时点亮了炉火，陈尘和福冈亚美同时注意到了那一尊青铜炉，青铜路上有两条螭龙盘绕在两侧，两条螭龙的眼睛注视着脚下的一块青石板，这尊螭龙青铜炉摆放的位置极其诡异，龙图阁里的物件摆放得错落有致，对于风水布局严谨的龙图阁里，这尊螭龙青铜炉显得格格不入，出现在不该出现的位置。

陈尘推算道：“这青铜炉有蹊跷，相当诡异，天一生水，地六成之；地二生火，天七成之……古代木质建筑中最为讲究的就是防火，以一些物件镇宅，调和风水，螭龙寓意可避火灾，驱除魑魅，然而这螭龙青铜炉出现在了完全不应该出现的位置。”

空气中弥漫着被烧焦的血腥味，众人慌不择路，福冈亚美让人把这尊青铜炉移开，几个身高体壮的大汉一把推了过去，顿时惨叫连连，那青铜炉早已经烧得滚烫。

李沌推开了老牛，说：“这火是你点的？”

老牛退让到一旁，李沌撸起袖子，一脚踹在了青铜炉上，一阵嗡鸣，青铜炉中火光四溅，点燃了附近的书籍，而青铜炉却纹丝未动。众人趴下来看着这坚如磐石的青铜炉，蹄形的四足竟然深入到石板中，立足于石板上一个“卍”字的浮雕上，并且打透了青石板直入地基，和房楼阁的建造构架融为一体，难以撼动，这青铜炉推是推不开了，炽热的炉壁、炉子附耳处已经无从下手。陈尘从落兵台上捡起一根铁棍插入到炉足中，用力撬动，竟然有粉尘掉落，赵珏立即从地上捡了一把枪戟从另一端插入，众人合力转动青铜炉，岿然不动的青铜炉竟然犹如船舵一样转动，周围粉尘四起，只觉脚下地动山摇，几个人闭着眼睛竭尽全力地推着青铜炉转动，直至粉尘散去，一切尘埃落定。

青石板上洞开了一个地下密室，一股藻类的腥味扑鼻而来，等了片刻，密室里的气味挥发散尽，腥味也逐渐转淡，福冈亚美让人扔了一支火把下去，火把并无异样，很久没有熄灭，密室中有微风浮动。

火光熄灭之处，那些九阴尸魃立即围了上来，众人迅速鱼贯而入。李沌将携带的汽油泼洒在密室的入口处画了一个圆，轻车熟路地点燃了汽油。尸魃围着火圈飒飒作声，这些尸魃尾巴发出来的声音让人头皮发麻，李沌最后将一支火把掷入到尸魃群中，顿时烧焦的恶臭扑鼻而来。

李沌转身准备进入密室时，看到老牛躲在一旁瑟瑟发抖，扭扭捏捏地看着密室入口，又转身看了看李沌，犹豫地徘徊着，李沌问：“你还愣着干什么？”

老牛难以启齿说：“你先走吧，我怕黑，我不想走这条道。”

李沌看着四周的火光逐渐变暗，那些尸魃随时可能逾越过火圈冲进来，情急之下忍不住笑出声来，打量着他问：“你这一路走来也没见你怕黑啊？”

老牛掰持着手指，讪讪地说道：“那是因为喝多了，忘了这回事儿！”

李沌一把揽过来老牛，亲切地攀谈道：“咱们哥俩谁跟谁啊，你不走，我也不走了，好兄弟讲究的就是一个义字，咱们跟这些畜生们决一死战。”

“真的？”老牛看着大义凛然的李沛，觉得难以置信，信心满满地点了点头。

“我倒是有一个好法子，咱们哥俩能活下来，还能克服你的恐惧，尤其是怕黑这种病。”李沛关怀备至地帮他整理了衣角，捋顺了鬓角的头发，然后拍了拍他的肩膀，让他侧耳过来，老牛把耳朵凑了过去，只见李沛嘴巴蠕动着，却听不清声音，老牛完全把耳朵贴了过去，只听李沛大喊了一声：“我去你的，老子专治矫情！”

老牛还没有来得及站稳，李沛一脚踹在了他的屁股上，整个人连滚带爬地跌进了地下密室中。

V 时轮乘

一束光照进密室中，密室的墙壁上攀附着藤萝状的类似青苔的植物，有微风拂面，整间密室是挖空了地下的岩石在龙图阁下开凿出来的，密室中的摆设，墙壁上雕琢的鸟兽比起地面的建筑更为质朴。风格与唐代相比质朴中透露着成熟、圆淳，在岩石中搭建横梁，用一斗三升组合的结构支撑，在密室中又设直棂窗，密室之间有台基，台基中暗藏散水导流的管道，用整块的磐石打磨出须弥座。

李沌加快步伐追上了人群，感慨地说："古人真会玩儿，是什么样的动机让他们在宫殿之下又挖空心思建设了这么一间密室？"

老牛踉跄着跟过来，怀恨在心地看着李沌。

韩欲看着四周易经腐朽栏杆和横梁，分析说："这密室中的建筑确实要早于地面阁楼很多年，是唐朝的人把阁楼刻意建设在了石室之上。"

这残垣竟然是一扇碎裂的石门，石门上雕凿着一些花鸟，石门旁的门柱上莲瓣狭长，石门是外力人为破坏造就的，碎落的石块已经被人为地清理干净。

李二叔蹲下来仔细观察一处残垣断壁，道："这石室开拓得规整，犹如长坑，石室两侧有水淌过，应该是排水的沟渠，甬道通风良好，在石室内排水通风防潮都做得很巧妙，让人望而生叹，内设石门，如果没猜错应该还有一重石门，这石室不是简单的一座密室，而是一座魏晋时期的古墓。”

“那唐朝的人费尽心机的在魏晋时期一座古墓上建造楼阁，究竟有何用意啊？”赵珏百思不得其解地问。

李沌喝了口水，挽起袖子说：“肯定是为了更好地掩饰他们获悉的秘密，不想让人知道有这么一座古墓，实干兴国，空谈不止浪费口舌，浪费的还有唾沫星子，咱们一不做二不休，直接进去看看。”

众人刚走出几步，前方果然有一扇硕大的石门挡在石室前，李沌几个人喜出望外，正要去打开石门，福冈亚美队伍里的几个学者手中的仪器嘀嘀作响，福冈亚美看到仪器上的数字正襟危坐，用日语说了几句。

李沌点了支烟，依靠着石门“啐”了口唾沫，跟一旁的陈尘讨论说：“这帮孙子捣鼓什么呢？眼看要动真格的吓破胆儿了，瞧他们一个个那没出息的样儿。”

陈尘看着他们手中嘈杂的仪器说：“他们应该探测到了这门后有东西。”

“探测个鬼啊！”李沌说完，突然心中一震，一股寒流渗透脊背，忍不住站起身躲开了石门，低声问，“不会真的探测到这门后有鬼吧？”

福冈亚美敲了敲手中的探测设备，又对比了其他的几个不同型号的设备，几个人用日语争吵起来，赵珏走过去用日语问：“怎么了？”

他们简单地交流了几句，赵珏走到韩欲身边说：“没事，没事！”

李沌不耐烦地说：“这像没事的样儿？”

赵珏解释说：“他们的勘探、探测几乎所有的仪器都同时受到了干扰，一大半直接坏掉了，这扇门后的磁场有异常。”

李沌不屑一顾地说："我还以为什么呢，原来是辐射脉冲异常，这古墓里边不发生几件异常的事儿，那还能叫活见鬼的地方吗？一帮尿货，瞧把你们吓成了啥样，我就搞不明白了，啥叫辐射脉冲？"

赵珏拍了拍他的肩膀，这事儿一言难尽，完全没必要跟他再解释了，李沌看他们喋喋不休地在争吵，几个戴眼镜的日本地质勘探人员打起了退堂鼓，拒绝再往前走。

李沌看老牛的体力恢复了一些，精神好了很多，怂恿他一起去打开这石门，为刚才的误会一再道歉赔不是，递了支烟给老牛点上，循循善诱地说："瞧那日本小娘们儿，再瞧瞧队长赵珏，就没一个拿得上台面的，我呸！一群尿货，咱们队伍里我最看好你，论雄才伟略，运筹帷幄，队长远不如你。论身宽体胖，体格健硕，我远不如你。放眼队伍，跟你比那都是老弱病残，你不当队长那真是暴殄天物，可惜了。你用一把铁锅喂饱我们所有人，鲁迅同志怎么说来着？'俯首甘为孺子牛'，你就是那头牛，还是头喂奶的公牛，了不起！"

老牛听得精神奕奕，顿时神采焕发，故作谦虚地说："过誉了，过誉了。"

李沌叹了口气自叹不如，悲天悯人地说："呜呼哀哉！丢脸哪！"

老牛疑虑地问："咋了？"

李沌悲痛欲绝地说："眼瞅着群龙无首，一群大活人被两扇石门给吓住了。"

老牛攥紧拳头，看了看石门，又看了看茫然的群众，福冈亚美、赵珏、韩欲几个人还在争吵，壮志凌云地说："不就一扇门嘛，办它，给它开了！"

说时迟那时快，两个人已经虎虎生风地一个箭步跑向了石门前，老牛一脑门子撞在了石门上，立时昏了过去，只见那石门纹丝不动。李沌立即刹住了脚，贴在了石门上，脸贴着石门上的青铜螭龙首门环，他一只手拉着门环，稍微用力便拉开了一条缝，一扇石门咯咯吱吱地拉开，李沌看着晕倒在一旁的老牛，情不自禁地感慨道："老牛委屈，撞得这叫一个冤哪！"

所有人都停止了喋喋不休的争论，看着洞开的石门，李沌和陈尘率先进入了石门，石门后果然是一间墓室，墓室中央的石阶上摆放着一只青铜棺椁。

有风吹来，墓室中的陶瓷、壁画瞬间褪去了颜色，散落在一旁的帷帐辅修成灰烬，密室中的环境和氧气接触瞬间氧化，帷帐座中有一似鱼虬，尾似鸱、四足状如狮蹄，肩有羽翼，臀部之后是长尾，臀部有卷穗状纹饰，卷于背上围成圆孔，螭吻的兽雕栩栩如生地静坐在座础上，两口相吻，四目相对视。

"这螭吻跟我们平时见得不太一样。"韩欲扶了扶眼镜，蹲下来问。

李沌解释说："这事儿还真不等怪人家螭吻，这龙生九子，九子长成什么样连龙他妈都不知道，除了不像龙，九子没一个长得一样的，你怎么会知道他该长什么样？在上古但凡有面镜子，九子都得怀疑自己是不是亲生的。"

"终于碰到个明白人！"赵珏对李沌赞不绝口，这话听在李沌的耳朵里觉得异常刺耳。

几个小战士在秀梅和李雪的帮助下把晕倒的老牛抬进了墓室内，昏迷的老牛额头上起了个大包，又红又肿，李雪拿出来棉棒帮他消毒，轻轻擦拭了几遍，秀梅完全没有接触过病人自己把自己撞昏迷的状况，在一旁束手无策。

老牛身上酒气熏天，全身臭烘烘的，平时嘴巴也臭，没少调戏辱骂医护队的两个小姑娘，李雪有些嫌弃他，队伍里就这么一位厨师，无论出于仁道还是出于私心，都应该立即抢救，万一他撞死了，怕队伍里没有人可以走出这深山老林了。

一个小战士提议说："掐人中。"

李雪学的是西医，完全不知道人中在哪儿，在电视上好像看过有老中医这么干过，在老牛嘴上一顿乱掐，掐了半天李沛终于看不过去了，在一旁叹息道："姑娘，别掐了，老牛这嘴都被你掐秃噜皮了，人中没掐着，门牙都快被你抠出来了，牙花子都肿了。"

李沛弯下腰，在老牛耳边轻语了几句，老牛顿时精神焕发，坐起身拍了拍屁股，四顾张望，完全看不出刚刚还是个重度昏迷的角色。医护队的两个小姑娘围在李沛身旁雀跃不已，好奇地追问他究竟说了什么。

李沛故弄玄虚，笑而不语。

所有人都目不转睛地盯着墓室中央的青铜棺椁上，福冈亚美一行人已经准备好了工具，正准备撬动青铜棺椁。李雪见李沛不肯把秘密说出来，索性探着头去围观开棺的热闹，棺盖缓缓地被推开，突然李雪"啊"的一声尖叫，跌倒在地上，指着虚掩的棺椁大喊了一声："诈尸啊！有鬼！"

几乎在同一时刻福冈亚美拔出手枪，一阵急促的枪响，打在了棺椁中一个顺势坐起来的干尸身上，干尸的头部中了一枪，左右胸口各中了枪，每一枪都打在了要害上。

所有人都心惊肉跳地看着寂静的青铜棺椁，虚掩的棺盖死一样寂静，空旷的墓室中传来一阵孤独的掌声，吓了众人一跳。陈尘从人群中走出来，看着青铜棺椁中面目全非的干尸，鼓掌说："这具干尸又被福冈小姐枪毙了三回，还有一枪没打着，福冈小姐开了四枪。"

福冈亚美确定是虚惊一场才收起了枪，让众人继续把棺盖取下来，等到棺椁彻底被打开，青铜棺里是一具禅座的干尸，干尸的眉心中枪，半边脸已经模糊不清，多出几分狰狞，干尸朱衣素带，头戴乌纱卷云，直领袍衫，一支尘尾摆放在青铜棺中。

原来这青铜棺中葬着一位僧人，僧人还保持着死去的模样，盘膝而坐。

李沌和李二叔拜了棺椁的主人，又拜了四方，说："各路神仙见鬼莫怪，打扰了各位清修！"

赵珏走向前去，拨开一旁的李沌，说："别糊弄鬼了，你家大仙儿都躺在棺材里清修呀！"

"看这僧人的打扮很眼熟。"韩欲看着青铜棺里的干尸半边脑袋都被打开了瓢儿，实在难以确认，回忆道，"难道这里埋葬的僧人就是兰亭序中抹去的那位僧人？看着僧人的衣着确实和我们在无极碑上所看到的兰亭图中的僧人一致。"

李沌问："这僧人究竟是谁？为什么会被刻意地从历史上抹去。"

陈尘自言自语地喃喃道："这个无名的僧人从魏晋时期就被人为地抹去，到了唐朝又不惜重金修建亭楼玉宇来掩盖他的葬身之处，这个僧人一定有蹊跷。"

"莫非这是一位妖僧？"李二叔道。

韩欲点头称赞，说："在魏晋时期确实有妖僧乱政的传说，黄初五年的冬天，魏文帝曾下诏：'自今，其敢设非祀之祭，巫祝之言，皆以执左道论，著于令典。’无独有偶，在晋武帝泰始元年再次颁布诏书，‘末世妖孽相煽，舍正为邪，故魏朝疾之。宜按礼为制，使妖淫之鬼，不乱其间。’魏晋时期玄学鬼神成风，屡禁不止，一再被列为禁忌，王羲之有意将一位僧人隐晦地藏于书画作品中，可想当年魏晋时期对巫祝打压极为苛刻，这位僧人对历史的影响意义深远。”

众人翻遍了青铜棺椁，棺椁没有留下只言片语，亦没有铭文、印章，眼前青铜棺中的干尸身份成谜，福冈亚美从始而终都盯着眼前的这一具干尸，看得如痴如醉，眼眶泛红。

陈尘在她耳边低语：“遇到了老熟人？”

“不可能！一定不是的。”福冈亚美失魂落魄看着干尸，疾步走向前去，一手抢过干尸的右臂，干尸的臂膀坚如磐石，整个干尸在她的扯动下几乎被拉出棺椁，众人合力抬出了干尸，福冈亚美拔出一把唐刀，挥刀斩去了干尸的右手。

“你跟他有仇吗？一具好端端的尸体，被你杀了四次。”李沌说。

陈尘这次并没有开口说话，他注意到福冈亚美失控的情绪，这是他第一次见到这个心如钢铁，毒如蛇蝎的女人竟然也会流泪，也会有柔软的一面，他再仔细去看福冈亚美从干尸上斩下来的手掌，那只打坐的手掌上竟然有六根手指，看到这只右手福冈亚美仿佛坠入了万丈深渊，置身于冰窟之中，那种感觉陈尘亲身体会过，是对世间一切的绝望。

福冈亚美的泪水夺眶而出，悲痛欲绝地说：“这不是他，我找了他两千多年，他没那么容易死的。”

“他是谁？”所有人的脸上都写满了疑惑，福冈亚美口中的“他”很显然就是这具干尸，她不但知道这具干尸的身世，而且还是她曾经熟悉的人。

“看着日本小娘儿们哭得这么伤心，这不会是她亲爹吧？”李沌猜测道。

“历史想完全干干净净地抹去一个人，也没那么容易，总会有蛛丝马迹在坊间流传，我们之所以还没有找到任何头绪，只因为这个人太特殊，或许这个人说出来如雷贯耳，又或许这个人根本也名不见经传。能在历史上掀起腥风血雨的人，肯定不是个无名之辈，一个时代可以抹杀掉一个人，可是在历史的洪流上，随着时代的变革，当权者的更迭替换，不可能所有的权力阶层携手共同去抹杀一个人，毕竟仅仅是一个人，一个名字，一个事件也不可能影响这么多年。”韩欲分析说。

“有些人，有些事可能是例外。”陈尘看着福冈亚美，福冈亚美的精神世界已经崩塌了，神魂颠倒地看着那只断手，这是一个令她无数个夜晚魂牵梦绕的人，此时的福冈亚美竟然像一个懵懂的小女孩儿一样。在冰冷的历史经历中，人总有脆弱的一面，她倾诉说：“在这世间生存，逃脱了生死，也逃脱不了无尽的孤独。经历第一个十年是庆幸，带着好奇和一丝喜悦上路，觉得自己是上天的宠儿；第一个百年经历了生离死别、流离失所、战争之后，剩下的只有迷惑和痛苦；第一个五百年经历了无数次战争，一切都在一次又一次的重复，留下的只有孤独，无尽的孤独；第一个千年见证了整个历史，习惯了血腥的味道，这一切都变成了诅咒，面对无尽的时间，开始渴望死亡，无数个瞬间曾经想过放弃，真假难辨的记忆便是这诅咒的源泉，可是连死都是一种奢望，像一个尸体一样的活着，被死亡遗弃，被生存反噬，有些时候，生，不如死。”

看着神志不清的福冈亚美，她的话听得众人云里雾里，完全不知所云，只有陈尘有所触动，她所说的每一个字都像子弹一样打入了陈尘的心中，他呆若木鸡地站在原地，感同身受。

李沛感慨地说：“这日本小娘儿们疯了，彻底疯了。”

赵珏看着陈尘和韩欲一言不发地站在那里听得很认真，疑惑地说：“这风凉话让她说得凉飕飕的，你们不会相信她的鬼话了吧？”

陈尘如痴如醉的神情已经不用再回答赵珏，韩欲深思熟虑地看着眼前的这具干尸，也听得津津有味，韩欲设身处地地说：“且不说一个人怎么能够活得过千年的岁月，把自己隐遁在历史的背后而不被人察觉着实比较荒诞。如此惊世骇俗的人和事简直闻所未闻。当年彭祖长年八百，绵寿永世，已经是震烁古今，自尧帝起，历经夏商，已然成为千古佳谈。”

“彭祖在史书上多有留名，皆因他那接近800岁的寿命，在他身上最引人瞩目的，是被妖魔化的巫彭，在《山海经》海内西经中记载，‘开明东有巫彭、巫抵、巫阳、巫履、巫凡、巫相，夹窫窳之尸，皆操不死之药以距之’。让古往今来无数人心驰神往，梦寐以求的无非便是这皆操不死之药……”陈尘说。

韩欲释然地说：“问题在这后半句，皆操不死之药以距之，这些人未必有多高尚，夹窫窳之尸，窫窳并不是重点，这里拒绝的并不是窫窳，而是不死之药，这些人之所以拒绝不死之药，肯定是这不死之药有问题，带来的副作用和后果比长生更严重，怕最终落得个非寿终也。”

赵珏对他们所述不屑一顾，说：“如果一个人经历了千年，而且不让所有人察觉，历史上绝对不可能有这么一号人，即便真的有，史书或许没有记载，总该有人见过有人提及吧，那这人岂不是成了神仙？”

陈尘脑海里立即闪现出一个人的身影，迟疑地说：“还真让你猜对了，历史上还真有这么一号人，成没成仙我不知道，不过很多人都认为他成了仙。这个人在历史的每个时代都有目击者见证过他的存在，碰巧他真的是一位僧人，这人还和彭祖有莫大的关系，最早出现在司马迁《史记·秦始皇本纪》的一位大仙，‘因使韩终、侯公、石生求仙人不死之药’。在洪兴祖补注引旧题刘向《列仙传》曰：‘齐人韩终，为王采药，王不肯服，终自服之，遂得仙也。’后世传闻赵高曾受韩终丹法，冬月坐于坚冰，夏日卧于炉上，不觉寒热。直至西汉时有人见到韩终从东海而归，朝廷设立‘祀韩馆’，被称为司寒之神，祀于城阴。东汉时在《后汉书》中刘根与黄景华再次遇到韩终，获得丹道之法，《蜀中广记》中曾经详细地记载过目击者遭遇韩终的全过程：‘秦韩终为祖龙采药使者，既而入蜀，炼丹于德阳之秦中观，遇京兆刘根，授以神方五道，乃服九节菖蒲十二年。体生白毫，以端午日骑白鹿上仙。’多次记载韩终炼制不死药的丹法，屈原、王羲之、李白等人多有名篇记录他的奇闻趣事，魏晋南北朝时，有韩终采药诗与韩终梨的传说。其中关于韩终的传说已经位列仙班，对于不死药的描述中多有见证，煎服之可延年久视，立日中无影。北宋张君房曾为宋真宗在龙图阁中编撰道藏名录，在《云笈七签》所载‘黄景华者，汉司空黄琼女也。景华少好仙道，常秘修至要，后师韩君，授其岷山丹方，服之得入易迁宫，位为协晨夫人，领九宫诸神女，亦总教授之’。不过……”

韩欲有所迟疑地看着青铜棺中的干尸，左顾右盼地说：“不过如果这一座魏晋时期的古墓中埋葬的是韩终，这说不通啊，在宋、元、明、清各个年代依然有人目击到韩终活跃于历史的舞台上，人称‘韩君丈人’，掌握济拔幽冥，渡人生死之责。韩君丈人开朱陵右府，出拔幽魂符。”

陈尘凝望着四周，猜疑道："像这样久经世事的人，会不会在历史上安排不同的死亡来终结自己在某一个历史时期的任务，又或者以死亡的方式来抹去自己存在的证据。即便这青铜棺里埋葬的真的是韩终，可是在盛唐时期大费周章地来埋葬一个僧侣，这不合乎常情，这一具无名的尸体究竟有什么好藏匿的？"

韩欲说："那会不会这里本来葬的就不是韩终，韩终为了寻找某一样东西，比如说龙图，最后寻找到这里，死在了这座古墓中？"

青铜棺椁中的尸体是真的，这具干尸究竟是不是韩终没有人知道，福冈亚美的眼泪是真的，众人多么希望福冈亚美能够站出来求证一下众人的猜测，哪怕是一个表情，一个眼神，也不至于让众人陷入重重的谜团之中，直到陈尘说到可能这一切都是故意而为之，刻意安排自己死亡的证据，众人才动了恻隐之心。陈尘说者无心，福冈亚美却听者有意。

赵珏听得头皮发麻，觉得这队伍没法带了，在他眼中所有人都疯了，难以置信地说："疯子，太可怕了，一群疯子，你们简直不可理喻，我一个堂堂拿了四国博士文凭的高级知识分子，一个地地道道的无神论者，一个唯物主义者，竟然站在这里跟你们讨论这种无稽的事情。"

"不用再猜测了，这具干尸就是韩终，韩终当年曾受命与徐福等人遍寻良方，依照先秦遗留下来的经卷，追溯到上古时期的秘术，为祖龙炼制丹药，韩终又名韩六指，因出生时右手有六根手指，和青铜棺中的干尸一模一样。"福冈亚美擦干眼泪陈述着，她眼睛里再次闪烁出冷峻的凶光。

"那就对了，这具干尸死前所保持的姿态确实不像是被安葬的，更像是自己坐进去的，问题又来了，这里本来葬的是谁？让盛唐时期的当权者不惜用一切手段抹去掩藏的一个人，甚至是这座古墓。”陈尘说道。

“难道传说是真的？”韩欲难以置信地看着福冈亚美和地上的干尸，眼角忍不住在抽搐。

赵珏困惑地问：“什么传说？韩教授，难道你也相信这帮骗子信口开河？”

韩欲没有回答他，默默地低下了头。

赵珏再次厉声追问：“你是搞学术研究的，你不会真的相信历史上有韩终这个人吧？”

韩欲觉得这一言难尽，看着那一具干尸，说：“我们韩家的族谱上，确实有一位叫韩终的道人。”

赵珏一把扯过来干尸，推到在地上，歇斯底里地说：“骗子，一帮骗子。”

福冈亚美并没有制止他，一个人的世界观瞬间崩塌，濒临崩溃。赵珏抢过来一把铁锤，抡向了青铜棺椁，一声沉闷的巨响，锤子跌入到青铜棺椁中，众人的目光再次看向了青铜棺，这声音所有人都听得出来，这青铜棺下是空的。

福冈亚美让几个人勘探青铜棺下的情况，几个人拿着仪器刚接近青铜棺，探测仪立即发出刺耳的响声，所有的仪器在墓室中响成一片，几乎在同一时间失控，接近青铜棺的仪器直接被烧毁。

“这青铜棺椁下是空的，根据声纳探测出来最后的数据，这棺椁下有一个很大的空间，这个空间内有未知的东西，辐射值远高于人体能够承受的范围。”一个日本的探测员一脸愁容地用日语跟福冈亚美如实汇报。

陈尘喜出望外，说：“这青铜棺下的东西才是真正要埋藏的秘密。”

“花费这么多精力去掩饰的究竟是什么秘密？”韩欲振奋地说。

“甭管什么秘密，到现在或许早已经不再是秘密，至少即将不再是秘密。”李沌并没有那么乐观，怅然若失地说，“既然上千年前就发现了，早就被人拿走了，在历史的各个阶段都有人发现过这里，还有人不止一次地来过这里，盛唐时期还在这里大兴土木，哪里还会留下来什么秘密等着你来发现，后来又被他人扫荡了一遍，哪怕一只蟑螂都被他们逮走了，肯定荡然无存了。”

李二叔也比较赞同李沌的说法，对于淘沙官来说，这属于他们分内的业务，十墓九空的说法并不是空穴来风，既然史书上都已经求证了这里多次被人发现过，目前能够留下来的，一定是带不走的东西。

众人七手八脚地清理了青铜棺中的尘土，在青铜棺的底座上果然显现出一枚硕大的五芒星的标识，在五芒星的核心是一个“卍”字符的徽记。

“这是二战时期纳粹干的？”赵珏问道。

“不是，这个‘卍’字的徽记要远远早于二战，早于盛唐时期，甚至早于魏晋，最早追溯到一万两千年前出土的陶瓷、玉石、青铜器上，这个符号曾经在上古时代是一个超级文明的象征，宇宙的象征，上古神权的徽章，众神的胸标印记，一说‘卍’字源自河图洛书，也是宇宙中最神秘的符文，寓意为运动中的宇宙万物，以及铭记着万物守恒运转的规律，我们常见的‘卍’字符是左旋，这一个徽记却是右旋，和纳粹的徽章标识，以及本地的苯教徽记比较相像。在武周长寿二年，武则天曾给它起名‘万字符’，二战时期被纳粹发现了其中的奥秘，认为是祖先古雅利安人独有的神秘符文，作为精神象征被沿用。”福冈亚美说。

李沌嗤之以鼻，说：“话说得这么好听，偷图就是偷图，被厚颜无耻的纳粹盗用，还搞出个什么认祖归宗的鬼把戏，当祖宗是宠物呀，这祖宗是随便就能认领的吗？”

韩欲疑惑地问：“魔鬼披上神明的外衣依然掩饰不了它邪恶的本质，我有一点想不明白，《易经》所述：‘河出图，洛出书，圣人则之。’这个圣人我们都可以理解，是伏羲氏。传说伏羲氏时，有龙马从黄河出现，背负‘河图’；有神龟从洛水出现，背负‘洛书’，伏羲由河洛天书绘制的八卦，从河图洛书的出现距今，也就是六千年前的事情，在一万两千年前就出现了‘卍’字符文，何来出自天书一说？”

陈尘笑道：“六千年前只是第一次有文字记载河图、洛书的讯息，但并不代表它之前不存在，具有限的文字记载，龙马献图、神龟驼书，河图洛书便在历史上出现过两次，一次伏羲，一次夏朝大禹，在没有文字记载之前，想必这河洛天书出现在人类历史上的次数更是不计其数。”

韩欲恍惚地记起了一件事情，说道：“我参加过一次山顶洞人的考古活动，在龙骨山南侧，在一件兽骨上发现一件打磨着类似河图的骨片，在旧石器时代，将骨片以打孔的方式形成矩阵，圆孔大小截然有序，这些几何的数列被人为地打磨出现在骨片上，的确是一件不可思议的事情。顾虑到挖掘的遗址年代过于久远，距今在 2.7 万到 4.4 万年前，科考队当时对这些无法破解的未知‘小事儿’归档定性为偶然的巧合事件，便没有再深究。”

福冈亚美尝试了几次在徽记上和四周找出机关，这“卍”字符的徽记就像一个封印，死死地固定在棺椁的底部，使出浑身解数也没有把青铜棺移开，众人合力想推动青铜棺，这青铜棺和整个密室就像长在了一起，石阶、密室、青铜棺融为一体，面对着徽记束手无策，福冈亚美叫人在青铜棺的四周布上了微型炸药。

看福冈亚美想炸掉这青铜棺，赵珏上前劝阻说："你想死啊，你找死没有理由拉着大家一起跟你陪葬。"

福冈亚美眼神迷离地说："死这个词对我来说有点陌生，我很久都没有死过了。如果你想死，我现在就可以成全你，对于一个非暴力不合作的受虐狂来说，我很乐意出手帮助他。"

墓室里的氛围剑拔弩张，每个人额头上都挂着汗珠，在这一触即发的尴尬瞬间，墓室外甬道上方的青石板已经被烧穿，烧焦的岩石掉落了下来，在尘埃中有一个人从火里爬了出来，站起身从浓烟中走了出来，哈里克一脸乌漆墨黑地走进墓室，拍灭了屁股上的火焰看着众人。

李沌看着浑身还在冒烟的哈里克，以为自己活见鬼了，这会儿活见鬼都比见到活着的哈里克正常，又看了看甬道中还在燃烧的青石板，难以置信地问："你还活着呢？"

"我活着对大家来说都这么意外吗？"哈里克一脸茫然地问。

韩欲拉着有血有肉、刚出炉的哈里克，关切地问："你不是在无极碑外的石柱上绑着吗？"

"说到这我就来气，手都扭秃噜皮了才挣脱了那些绳索，还系了个死扣。"哈里克失落地看着众人，疑惑地说，"这一路走来，难道就从来没有人多问一句，就没有人察觉到队伍里丢了一个人吗？"

李沌举起右手，说："从无极碑走下来的时候，我立即就发觉了我们队伍里的同志丢了一个，时间紧迫，我当时马上就跟神灵祷告，在心中虔诚的向各路神灵做了严谨且详细的汇报工作，让他们保佑你。"

李沌的话完全没有说服力，虽然坦然以告，这话说出来在场的除了他自己和赵珏，没有一个人相信，赵珏坦诚地面对茫然的哈里克，脸上写满了歉意，说道："团队本应该是一个和睦的大家庭，我承认确实把你给忘了，作为团队里的一员，我觉得我们彼此之间还不够了解对方，比如说，我是说比如，当你发现一件很愚蠢的事情发生以后，你以为这是底线，结果还有更大的惊喜，那就是还有更多愚蠢的事情你连想象都无法想象，依然还在继续发生。"

"原谅你了，既然你这么坦诚，我不会介意的，你都说了团队是个和睦的大家庭，有错误坦诚相对，大家相互承担，互相在学习中进步。我了解，都明白。"哈里克推心置腹地拍了拍赵珏的肩膀，一笑泯恩仇。

"我想你还是不明白，团队是个和睦的大家庭，现在这个家庭不想为了你的愚蠢买单了。"赵珏向李沌使了个眼色，让他赶紧离开，希望他能够心领神会，离开这个是非之地。

哈里克失落地看着他，说："你的意思是团队要放弃我？"

赵珏愤怒地推了一下哈里克，将一张红色的纸条塞进他手中，厉声说道："不，是我在恳求你放过团队。"

哈里克用手中的纸条擦了擦眼泪，赵珏的意思是让哈里克立即带着这张纸条离开，通知其他的同事，立即启动红色预警，哈里克毕竟没有做过情报工作，完全误解了赵珏的意思。

"你就是一个浑蛋！"哈里克委屈地说。

赵珏无奈地摇了摇头，说："你别把我当成一个浑蛋，事实上，我比你想象的有过之无不及。"

哈里克刚反应过来这里的处境，为时已晚，福冈亚美一行人几十杆枪齐刷刷地把他们围住，福冈亚美拨开人群警告他们说："难道就没有人关心一下，此时此刻究竟正在发生了什么吗？”

青铜棺上的炸药已经固定妥当，哈里克栖身到人群中，看到五芒星和“卍”字的符文徽记，突然顶礼膜拜地跪倒在地上，乞求地说：“禁忌的大门开不得，有些禁忌一旦触碰，就不可挽回。”

福冈亚美拔出一把亮晃晃的唐刀架在他的脖颈处，再一次厉声地逼问：“你再说一遍？”

哈里克看着脖子上冷峻的刀锋，语气缓和了很多，柔声细语地说：“禁忌的大门就是这样，有些门之所以是禁忌，因为一旦打开，就可能再也闭不上了。”

“这门闭不闭得上跟你有关系吗？你更应该关心的是你这张嘴如果不闭上，可能再也没机会开口说话了。”福冈亚美笑吟吟地说。

老牛嘴巴被掐破以后，把李雪用来给他消毒的医用酒精稀释后喝了半斤，此时醉意微醺的从人群中走了过来，骂骂咧咧地说道：“你们都吃火药长大的吗？见火就着。”

福冈亚美看着满身酒气的老牛，说：“既然你火气这么大，那炸弹的引线就由你来点。”

李沌立即上前拦住了老牛，看着福冈亚美说：“看来大家都是性情中人！需要这么玩命吗？欺负一个喝多了酒的弱者。”

福冈亚美挥了挥手中的打火机，蔑视地说：“物竞天择，弱肉强食，与弱者为伍是对大自然的背叛。”

“放屁！”李沌为老牛打抱不平，指着老牛说，“你们一个个的都这么随便吗？特别是拿别人的生命完全不当回事，这哥们喝得烂醉如泥，等他酒醒了都不知道自己干过啥，你让他去点燃炸弹，那就是让他去送死。”

福冈亚美步步紧逼，刻薄地说："你现在就像一条疯狗，一条到处咬人的疯狗。"

李沌反驳道："你要知道，狗急了也会跳墙。"

福冈亚美咬牙切齿地说道："狗跳不跳墙我不关心，我更关心的是这条狗是在墙里边，还是墙外边。"

李沌和福冈亚美同时意识到身边的环境有些诡异，李沌手指之处的老牛已经不见了，福冈亚美手中的打火机也不见了，所有人都已经跑出了密室，青铜棺上的炸弹引线已经被点燃，老牛趴在引线旁睡着了，李沌转身迅速拉过老牛的腿就往墓室外的甬道上跑。

甬道上的石门来不及完全掩蔽，一声巨响响彻天际，甬道上一缕一缕的灰尘散落下来，李沌看着身子底下的老牛还在酣睡，还打起了呼噜。

几个人从甬道里探出脑袋，龙图阁里的藏书以及楼阁已经被烧成了灰烬，如潮水般围困过来的九阴尸魃也已经散去得无影无踪，除了恶臭的血腥味中混杂着烧焦的木炭，韩欲打量着哈里克，哈里克脸上流露出一丝狰狞的笑容，这笑容虽然很短暂，还是被韩欲捕捉到了，疑惑地问："栈道分明被李沌和陈尘一把火烧了个精光，你是怎么来到的这里，你来的时候没有看到那些小蛇一样的虫子？"

这个问题倒是提醒了众人，赵珏几个人也满腹疑虑地看着哈里克，忍不住躲开了他。哈里克看上去和以前确不一样，甚至可以说判若两人，看着大家茫然的脸，哈里克疑惑地说："什么虫子？你们从无极碑中下去之后，一座吊桥就落了下来直通地宫，我从地宫的密道里下来，就直接到了这里！"

"地宫里还有一条密道？难道我们集体都产生了幻觉？"赵珏拍了

拍自己的脸，让自己保持清醒，觉得这一切都匪夷所思。

墓室里的尘埃散去，墓室的中央被炸出了一块大洞，青铜棺被整块地炸到了墓顶上，牢牢地嵌入到墓顶石筑的天花板上，墓室中的洞穴深不见底，在洞中有呼啸的风声，犹如龙吟，这深渊一眼望去让人头晕目眩，这洞穴就像一头沉睡的怪兽，黝黑的深渊仿佛要吞噬一切。

打开了这禁忌的封印，所有人心中都有一种不祥的预感，他们看着深渊，就像一个玩火烧身的孩子，无助地看着这一切。

老牛醒过酒来，看到凌乱的墓室中嵌入石筑的天花板中的青铜棺，由衷地感慨了一句："这么大阵势，这次搞得动静可不小，这是谁干的？"

"你喝多了。"李沌用手指在他眼前晃了晃，老牛已经完全忘记了是自己点燃的炸药。

老牛昂着头看着天花板，说："没有！"

李沌提议道："那你再喝点吧，我怕你喝得太少，接受不了答案。"

老牛低头看到墓室废墟中的黑洞，顿时吓得蹲在了地上，双腿发软，再也爬不起来了。

福冈亚美准备了探照灯和绳索，已经做好了勘探下洞的准备。

韩欲望着脚下的深渊，自我安慰到："这次真的是捅娄子了，娄子不在大小，既然捅了，老命一条，我们注定终将成为黑暗的深渊中的一部分。"

陈尘、韩欲和李沌作为第一批先遣队，先将墓室中断裂的木栏、支撑帷帐的木条一股脑儿地扔进了深渊中，过了良久没有听到响声。几个人决定先下探到深渊之中，韩欲是自告奋勇作为第一批进入古穴中的老人，老牛怕黑，远远躲在了人群最后。

下探的过程足足用了半个多小时，绳索两次放到了尽头，重新拼接了新的绳索，才到达深渊的底部，福冈亚美和赵珏一行人在第二批进入深渊，医护队伍里的李雪和秀梅是最后下去的，老牛和几个老人不方便下去，在墓室中等待着接应。

夜幕终于还是降临了，在这里不要祈望光明，因为夜还不够深。

赵家老太爷讲到这里的时候，目光犹如一汪深渊，那种空洞是万念俱灰，他闪烁着泪光，枯槁一般的手指在颤抖，叹息道："直到今时今日，我都活在困惑和恐惧的梦魇中，每次面对漫长的黑夜，都有一种窒息的感觉。"

"那天你们在墓室的深渊中究竟看到了什么？"珠算子捻动着那几根胡须，好奇地问。

赵家老太爷苦笑道："如果连我们自己亲眼所见都不敢相信的话，我们还能做些什么？坦然接受自己平凡的命运，历史从来都不属于平凡之人，只有庸人才会自扰。"

"赵老太爷，您确实多虑了，您太谦虚，太客气了。看您这面相，天庭饱满，地阁方圆，不说您家财富可敌国，这面相也是人中龙凤，压根儿和凡人就不沾边儿。"珠算子这马屁拍的掷地有声，然而赵家老太爷无动于衷，脸上没有任何情绪变化，平静得有些过头了。

"先打住，我发现你这人有点不讲究，这马屁拍得咋一点都不走心呢？"胖三立即劝解着，伺机凑到了赵蝶七姑娘身边，眉飞色舞地套着近乎，说道："蝶七姑娘，你说是不是？"

“世间让人感觉到最恐惧的恶魔就是时间，谁又能够逃得掉生老病死呢？”赵家老太爷感慨着说，说话的时候目不转睛地盯着我，他走到我面前，问：“有一个问题一直困扰了我很多年，一个人在我面前死过两次，我亲眼看见他消失，亲眼看见他死了两次，算不算是巧合？”

我没有回答他，珠算子接过话茬儿说：“赵老太爷，您还真别被福冈亚美那个日本小娘儿们给忽悠了，什么长生轮转那一套，都是蒙人的，我曾经亲密地接触过她，个人认为，她就是一个装神弄鬼的大忽悠，就不是个什么正经人，一个连想死都死不了的人，你还能指望她做点什么正经事儿？”

赵家老太爷对珠算子的话置若罔闻，继续追问我：“同名同姓同样貌的人出现在不同的年代里，你说概率有多大？”

我低下头沉默以对，假装完全听不懂他在说什么。

赵家老太爷循循善诱地说：“我活了这把年纪，已经是将死之人，这一路走来敬畏之心和恐惧同行，可谓是饱经风霜。委实不知也好，故作从容也罢，真相对我来说反而没那么重要了。”

“您能这么想，那就太好了，人在这世间，无非就讲个天地人众生相，众生有十相，分别是色相、声相、香相、味相、触相、生住坏相、男相、女相，什么真相，假相，生死相，无论是人相，天相，地相，都只表于形体，流露于面，归根究底有道是众生本无相。真正的相乃是无相，我们天相一派，便是理绝众相、诸法悉空，故名无相。”珠算子说着便去摸自己的八卦袋，从里边掏出来一本皱巴巴的书，递给赵家老太爷说：“赵老太爷，您今天算是碰到正主儿了，今儿我们敢拿着这篇帖登门，那是有真家伙什的，定然不会白吃您这古董羹。实不相瞒，事到如今只能请出来我们压箱底儿的宝贝啦，我们天相一派祖传的天书秘籍——无相神功，目前市值至少也值个千八百万的，有钱您都买不着，请您过目。”

赵蝶七将信将疑地接过来他手中的书，珠算子紧攥着拳头，掌心里还攥着书籍的一角，刚好在他手中撕下来的是定价，赵蝶七付之一笑，说：“您这眼力劲儿可不怎么样，眼疾手快撕了定价，没忘了撕掉这封面上的六五折优惠，感情你们祖传的秘籍一直都在新华书店里摆着呢？”

珠算子一拍脑门儿，把这事儿给忘了一个干净，早上在地摊上买这本书的时候，忘了打折优惠这回事儿。

“这本书留给您做个纪念！赵蝶七小姐乃是咏絮之才，林下之风，闺门之秀，奇书赠美人，红袖又添香，一点小小的见面礼不成敬意，还望赵小姐笑纳。”珠算子灵机一动，巧舌如簧地说。珠算子说完转身想走，看今天在这里是讨不到彩头了，推脱说：“那今天就不叨扰了，改日再来登门拜访。”

赵家老太爷佯装打了个哈欠，也问不出个所以然来，看天色已晚，邀约道：“给几位贵客安排客房，略备些薄礼，不成敬意，蝶七好生招待，明日老夫再来讨教。”

珠算子和胖三本来已经迈开了步子准备开溜，听说还有薄礼相赠，顿时又停下了脚步，这脚下好像生了钉子。众人都知道这赵家的门槛儿有多高，所谓薄礼之厚重，足矣让人想入非非。

我们被安排在附近一家大酒店，赵蝶七安排了车子和司机，一路从古董羹护送我们去酒店，胖三看着婀娜多姿的赵蝶七，坐在后座上屁股就像一个拖把，左右逢迎，伺机找任何机会接近赵蝶七，一路上找话题搭讪。

我实在看不过去了，说："别挤了，再挤就把人家姑娘挤到车窗外头去了。"

珠算子坐在副驾驶点了支烟，吧唧着嘴说："赵家的热情可谓是臻臻至至，赵老太爷古道热肠，赵蝶七姑娘对我们也是关怀备至，老夫甚是感动，无以为报。俗话说'好命不过三两六'，待会儿到了酒店，我用压箱底儿的绝活周易古筮法，为你用鬼谷子摸骨术摸骨面相，推演吉凶，既然你有此机缘，老夫甘愿损阴折寿，为你指点迷津，也不枉我们相识一场。"

"我说你这一路上，除了拖后腿就是掉链子，我还以为你最大的绝活儿就是以绝妙的角度蠢破天际，感情这么多年你的绝活儿全压在箱子底下了，限制你前途和发展的并不是你的双手和大脑，而是一口神奇的箱子。"胖三调侃说。

赵蝶七冷若冰霜地说："热情谈不上，我们只是做了应该做的，那些断手断脚走出赵家大门的人，恐怕没有你们的闲情雅致。刚见面就劳您损阴折寿，怕不合适吧。"

珠算子没有听懂言外之意，说道："这有什么不合适的，人生在世无非讲究个缘分二字。"

赵蝶七面无表情，说："我们赵家的命格太硬，骨摸不得，面相不尽，就怕您损尽阴功，折尽阳寿，搭进去一条老命就太不合适了。"

"蝶七姑娘的胸……骨是什么乱七八糟的人都可以摸的吗？"胖三一如既往地看不惯珠算子。他深吸了一口气，闻着赵蝶七身上淡雅的香味，看着赵蝶七白皙起伏的胸部，凹凸有致的身材，一双手顿时不知道该如何安放，将手掌放在自己的膝盖上，不自觉地向赵蝶七一旁滑落下去。

一阵骨骼的断裂声，胖三疼得差点从车子里蹿出去，赵蝶七已经握住胖三的手腕，彬彬有礼地递到了胖三另一只手上，提议道："如果你不知道这只手该放哪，我帮你放进医院里好不好？"

胖三半张脸都在抽搐，气若游丝地说："不劳您大驾。"

赵蝶七跷着二郎腿望着窗外，胖三紧紧地依偎在我的身边，跟我挤在一个座位上，车子的后排顿时显得宽松了不少。车子开进酒店，停靠在大堂门外，门口早已经有两个赵家的人在等候，和古董羹中一样，各个西装革履，领带笔直，一双皮鞋擦得铮亮，恭恭敬敬地打开车门，赵蝶七没有下车，珠算子等人挥别了赵蝶七，啧啧地感慨道："瞧人这排面儿，局气。赵家七姑娘亲自送咱们回酒店，这也变相证明了咱们地位之尊贵。"

我不敢苟同，说："与其说亲自护送，倒不如说怕我们跑了。"

"这里好吃好喝的，还有……"胖三那看着赵蝶七远去的车辆，后半句想说还有这么漂亮的妞，手腕一阵刺痛，伤疤没好，疼还没忘。

我拍了拍他的肩膀，说："放心吧，这赵家可不是个善茬儿，有你想跑的时候！"

"这偌大的北京城，我们想跑难道还有人能拦得了？"珠算子说。

"你可以试试！"我建议说。

两个服务员一直站在他们身边，这些服务员跟古董羹里的人员如出一辙，连衣服的款式都一模一样，我暗示他们去看这些服务员的袖口，袖钉上果然有一个"赵"字图案，我、珠算子和胖三在两个服务员的引导下进了房间，看着富丽堂皇的酒店，两个服务员恭恭敬敬地退出了房间，等他们两个人走远，胖三惊奇地问："你是说这家酒店也是他们赵家的产业？"

我拨开窗帘，果然楼下走廊里所有人都假装若无其事地监视着这个房间，甚至楼下马路上停靠的出租车，以及收垃圾的清洁工，我苦笑着说："我们见到的只是冰山一角，恐怕还不止于此。"

"我有一种不祥的预感。"胖三说着转身开始在房间里收拾东西，拿了一只皮箱，把浴袍、衬衫、洗漱用品整理放入。

珠算子看着忙碌的胖三,一脸茫然地问："你在干吗？"

胖三把箱子放到床上，摊开双手，说："这还不够明显吗？既然这里被你们说得这么危险，收拾东西跑路呀！"

珠算子更加迷茫了，问："这里有你的东西吗？你就收拾东西。"

胖三看着皮箱里的牙刷、牙膏、沐浴露、洗发露、毛巾、拖鞋，解释说："酒店里的东西也是东西，既然我们住了酒店，这东西就是我的东西。"

"看来你的无耻，绝非浪得虚名。"珠算子不屑地说。

胖三扔了手中的东西，针锋相对地警告珠算子："我无耻？我还真就告诉你了，丢人现眼的事儿我干多了，今儿还真有一个丢人的事儿，说出来给您长长眼，某人拿着骗 3 岁小孩儿的一堆破烂东西，带着兄弟们去送死，您觉得您这张脸够大吗？多大号的？您这张脸放在任何地方他都是一个王炸呀，任谁也要不起，看看这脸是不是装裤裆里了。别人给你的东西你要学会珍惜，比如说脸。"

"你……"珠算子竟然无言以对，气馁地说，"我就想带你们去混口饭吃，火锅是你说要吃的。”

“好端端地吃一顿再平常不过的火锅，填饱肚子得了，还搞个什么篮帖，吃什么古董羹？自己几斤几两，心里没点数吗？”胖三埋怨道，看着闷声不语地珠算子，心想这话说得可能确实重了，转念问道，“你身边的人有没有跟你提过，或者暗示过，你的话真的好多，在你身上最大的问题就是你说得太多，做得太少。”

“你知道的，我是靠嘴吃饭的人。”珠算子解释说。

胖三不屑地说：“你近亲三代里有猪的基因吗？猪也是靠嘴吃饭的。”

珠算子站起身来，愤怒地说：“你这张嘴这么臭，是吃屎长大的吗？”

这问题还真把胖三问愣住了，我看着胖三发呆的神情，突然觉得似曾相识，胖三心想还真不一定，小时候他父母常说一把屎一把尿地把他拉扯大。胖三气得呼呼地坐在沙发上，两个人各自沉默了一会儿，胖三从地上捡起来袜子，说：“我有个不成熟的想法，真想用这只袜子勒死你。”

珠算子庆幸地说：“还好这想法还不成熟。”

胖三说：“本来多么简单的一件事情，你个老骗子，为什么多出来一个赵家，我觉得你们就是一伙儿的。”

珠算子争辩道：“我们是一伙的？那你什么时候见过要把同伙拉出去喂狗的？”

“这只能说明你跟那狗不是一伙儿的！”胖三强词夺理地说道。

“你不要本末倒置，我是有苦衷的，我们去不了的地方赵家能去，我们找不到的人赵家能找到，我们没有的资源赵家有，然而我们有的赵家没有，这才是找到赵家的契机和我的初衷。”珠算子苦口婆心地说。

“赵家有什么？”胖三脑海里闪现出赵蝶七姑娘曼妙的身姿，突然又想起赵蝶七秀眉微蹙，冷若冰霜的眼睛，动起手来又准又狠，忍不住打了个冷战，手腕还在火辣辣地生疼。

“赵家有赵蝶七姑娘，别当我们是瞎子，你对人家赵蝶七姑娘眉飞色舞的，那几根花花肠子全挂在脑门儿上了。”珠算子刻薄地说。

胖三问：“我有这么肤浅吗？”

“赵蝶七姑娘没把你直接送进太平间，已经够客气了。”珠算子看着胖三的手腕还能活动自如，想必伤得不重，讥讽地说，“人生最悲哀的事情，无非是看着好白菜被别的猪给拱了。”

胖三收拾好了行李，开门准备离开，亲了一下胸前的九罹天珠，说：“咱们就此别过，分道扬镳，俗话说不能在一棵树上吊死。”

“在一棵树上吊死的前提条件，首先是要有棵树。”珠算子纠正了他。

胖三毅然决然地拉着皮箱走出了房门，珠算子坐在床头数了三个数，数到三的时候，门外传来了敲门声，珠算子打开房门，胖三一股脑儿地钻进了卫生间，出来的时候脑袋上涂满了发蜡，抿了抿头发，严阵以待地徘徊着，在房间里依偎着房门摆了几个造型，练习了两个微笑，觉得半边脸都笑抽筋儿了，然后狠狠地在自己脸上抽了一巴掌。

赵蝶七站在门口看了半天，走进门说：“李先生还有玩自残的癖好？”

“一日不见如隔三秋，算起来咱们已经分开了两个小时四十七分钟五十八秒，换算成恋人模式，转个身儿有小半年儿没见了吧，这么快就想我了，我可想死你了。”胖三自作多情地说。

“我也一样，我可想你死了！”赵蝶七冰冷地说。

胖三看着赵蝶七走进房间里，一时半会儿没反应过来，不确定两个人说的究竟是不是一回事儿。

赵蝶七向我走来，亭亭玉立地站在我面前，问：“陈尘先生可否借一步说话？”

胖三冲过来拉开了我们，一把将我们两个的距离拉开，站在我们之间委屈地问：“你们两个什么状况？这小眼神儿眨巴的，有问题呀，是你想睡她？还是她想睡你？”

“你的手这么快就好了？”赵蝶七看着胖三挡在她胸前的手，胖三仿佛触电一般将手收了回来，怒不可遏地指着我的鼻子，目送着我和赵蝶七走出房间。

珠算子追上去问了一句：“那我们呢？”

赵蝶七说：“两位请自便。”

“什么状况？我就这么被忽略了？”胖三愤愤不平地说，珠算子垂头丧气地走进房间，不明所以地看着胖三，胖三补充道：“看什么看，你是顺带手被忽略的。”

我跟随着赵蝶七走进电梯，她在电梯中输入了顶楼的密码，电梯被锁定缓缓上升。

我说：“赵老太爷这么有雅兴，看来要彻夜长谈。”

赵蝶七莞尔一笑。看来我猜对了，真正要找我的是赵家老太爷，她看我荣辱不惊，说：“我喜欢聪明人，我现在相信了，为什么有人说你聪明绝顶，这么多人对你如此痴迷。”

顶层几乎是一座玻璃装饰而成的房间，几块巨石累积而成了框架，比起酒店的奢华，这里反而显得极为质朴，一盏孤残的青灯照亮了古佛，一尊坐北朝南的古佛依偎着整面墙壁，一张花梨木的桌子，四张禅椅和一张提供坐卧的木榻，青铜炉中燃着一缕藏香。

赵家老太爷站在落地窗前，心事重重地凝视着熙攘的街道，看着车水马龙霓虹闪烁的人群，将沉醉的夜色风光尽收眼底。

“你在看什么？”我走到他身边，眺望着这个城市。

“这个世界。”赵家老太爷低语道。

“世界怎么了？”我问。

“一如既往的混乱中带着荒谬。”赵家老太爷敞开双臂拥抱着眼前的一切，感慨地说，“我曾经热爱这璀璨的俗世，一刻都不曾停歇，留恋它的喜怒哀乐，狂热地爱着它的一切。”

我看着骨瘦嶙峋的赵家老太爷，他后半生与疾病为伍，紧攥着的枯槁的手指铿锵有力，这是一个老人在生命最后的时刻由衷的感慨。

我说：“这世间已知的越多，未知的范围就越大。”

“直到有一天我看到了这个世界的另一面，它躺在黑暗中沉睡着。我最近的感觉很不好，我感觉到自己的身体在失控，我的灵魂在被我的身体遗弃，我的时间不多了，在我濒临死亡的时候，那一刻我突然看到了我悲剧的一生，一事无成，甚至没有做过任何一件好事。”赵家老太爷突然转身看着我，眼睛里闪烁着不甘的神情，还有一种妒忌的神情。

我安慰他说：“人要学会认命，接受发生在自己身上的一切，得到的，失去的，都是命理机缘。”

“如果这命，我不认呢？”赵家老太爷激动不已，继续说，“如果我没有看到那些被禁忌藏匿起来的文明，也许这一生都会变得完全不一样，我也不会意识到自己的平凡，你看这街道上的每一个人，这是一个平凡的时代，平凡到所有人都在渐渐地失去希望，大地终将会吞噬这一切，吞噬生命，吞噬文明，吞噬万物，最终尘归尘，土归土。”

我不知道该怎么回答他，把目光转向了窗外，赵老太爷努力地让自己恢复平静，在一只禅椅上坐了下来，他突然问我了一个问题："你听说过少数 π 吗？"

我心中一震，这让我想起了福冈亚美，立即眉头紧锁地问："这是那个日本的女人福冈亚美告诉你的？"

赵家老太爷面露窃喜，叹息道："我们从上 20 世纪 60 年代初，就在秘密监视着这个叫少数 π 的组织，这个世界上有一种不安分的分子，就是 π。很多人日复一日，年复一年，机械重复着自己的生活。只有 π 有无限的可能性，生存在这个空间里，因为不安分改变了局部，甚至挑衅着神的法则，重新制定了规矩，改变了世界。其中福冈亚美便是这种组织的首领，一直宣称有一种人，是一组序列，龙的序列，后来被称之为 π。这个世界是从什么时候开始改变的？当第一个人开始坐下来沉思的时候，仰望着天空开始思考改变世界。人类就是在无数个错误的前提下演化过来的。演化的真正含义在于预演进化、淘汰。这个世界的真相就是由一个又一个的错误，一个又一个的意外组成的，从起源到毁灭，始终都会遵循着意外的规律，如果你自以为是地觉得自己可以掌控任何事情，那么你已经看不清真相了，这世间的一切是不守恒的，根本没有绝对的公平。"

我迫不及待地追问："我知道赵老太爷有难言之隐，顾及有外人在场，有些事情不方便直言相告，那天你们在墓室下的深渊中究竟看到了什么？"

"我们？"赵家老太爷难以置信地看着我，他狞笑着说，"不是我们，是你发现了那一切，难道你全部都忘光了吗？"

在我混乱的记忆中没有找到任何相关的画面，甚至那个探险队，也不曾记得自己曾经去过那里，我说：“我有一次跨越了世纪的长眠，等我醒来的时候已经在阿里地区的雪山深处。”

“你去了阿里地区？难道你们找到了上古时期的曲龙尸城？不可能的，那只是一个传说。为何我们的情报网没有捕获到任何讯息？一定是哪里出了问题，你又是何时去了阿里地区？”赵家老太爷细思极恐，这完全出乎他的意料，不在他的把控制中，他一张失落的脸疑惑地看向了赵蝶七。

我不经意之间的几句话，让赵家老太爷突然觉得有些事情早已经失控，他信誓旦旦运筹帷幄的事情，竟然出现了巨大的疏忽和遗漏，那种失落对他的打击似乎无以承受，我回忆说：“我也不知道为什么会出现在阿里地区，在雪山中醒来之后，一路走来都是荒原，依稀记得路经几个古刹，一望无际孤绝的湖泊，至于怎么到了阿里地区，为什么要去阿里地区已经完全不记得了。”

“从天山深处的龙门天宫，到罗布泊死亡之海中的逃生，你都不记得了，一点印象都没有吗？”赵家老太爷焦躁地问，赵家老太爷所说的一切我完全都不记得，听他娓娓道来，反而就像在听另外一个人的故事，这故事好像跟我没一点关系，莫非这个世间有两个我？

赵家老太爷咳嗽了两声，赵蝶七点燃了一面墙上的灯，墙壁上贴满了照片，绘制了一份详细的地图，这地图除了山脉河流依稀能看得到一些熟悉的轮廓，所标识的地点、名称，从未听闻过，在地图上有历史的时间轴线以及各个时间内发生的战争，福冈亚美和少数 π、战争、九次进藏的线路图纸，在地图资料的中心有一张褪色的老照片，拍摄于战争年代，照片上的人和我一模一样，而我竟然是第一次看到这些资料，从来都不知道有人拍过这些照片。

我说："这是你做的？"

赵家老太爷说："这是赵家三代人的心血。"

"三代人的心血？"我质疑地看着墙壁落满灰尘的关系图问，赵蝶七扭动了一下书桌上的青铜炉，整栋墙缓缓地移开，在墙后是一间密室，密室中密密麻麻的亮着电脑屏幕，有数百人夜以继日地整理着资料。

赵蝶七胸有成竹地说："你看到的只是一部分，天眼拥有全球最尖端的定位和监控系统，从打车软件、手机、外卖、导航、人工智能，甚至孩子的玩具、路边的 ATM 提款机，任何传播的通信系统，在大数据中几乎渗透到各个行业的区块链条中。"

从墙壁一旁的桌子上，我看到了档案中一张老照片，一眼便认出了赵珏，那是他年轻时候的样子，和赵珏站在一起的竟然是韩欲等人。看着这张照片我脊背发凉，站在人群中有一张侧脸，虽然那张侧脸有些模糊，被笔用红圈画了出来，这个人竟然是我，背景是乌漆墨黑的一个类似于青铜器的东西，这里存放的照片比我一生中镜子里看到的自己还多，最诡异的一张照片看得我触目惊心——我站在人群中，在我身边站着一个女人是福冈亚美。即便在我最恐惧的噩梦中都不会想象到和福冈亚美站在一起拍照，背景是沙漠中几座帐篷搭建的营地和一望无际的沙丘，照片的右下角写了一行小字：309 地质考察队于罗布泊。

我拿着照片追问道："这究竟是怎么回事？"

赵家老太爷看了一眼照片，意味深长地说："那是很久之前的事情了。"

“我是怎么参与到这次地质考察行动中去的？”我不解地问。

“时间不多了。”赵家老太爷看了看时间，说，“说来话长，不过还好，我们的路更长。”

顶楼的室外停机坪上，一架直升机早已经在等候，赵蝶七姑娘挥了挥手，一行人上了飞机。

我坐上飞机问：“我们去哪儿？”

“纽约。”赵蝶七将指尖玩转的一把飞刀丢在了地图上的纽约，简洁地说。

“我们的路这么长吗？”我一脸疑虑地问，她看我有所顾虑，说，“你的朋友已经在机场等着了。”

我们抵达国际机场的时候，胖三和珠算子已经兴高采烈地在登机口等待，隔着登机口的玻璃可以看见一架写着“赵”字的私人飞机，看我走过来，胖三探过来脑袋说：“这次着急去美国不像是去遛弯的，难不成这么着急出去搞代购？”

我也想知道答案，看了一眼赵蝶七，赵蝶七并没有要回答的意思。

我疑惑地看着珠算子和胖三，这两位的态度和之前判若两人，我问：“你们怎么来了？”

“人在江湖，无非讲究个义字，我们马不停蹄地赶过来，主要是想帮你化解危难，解救你于水火。”珠算子捋着胡子说，两个人对赵蝶七的态度也恭恭敬敬，老老实实，嘴上也放干净了很多，他们只字未提每人收了赵蝶七姑娘 20 万的事儿。赵蝶七咳嗽了两声，胖三还是没有忍住，把收钱的事情说了出来，推诿说：“我们都是小人物，见了钱眼就开，眼开大了脑子就容易短路。不过事先说好了，我这里有你一份儿，如果这里没你，别说 20 万，就是 100 万我们也不会收的。”

胖三信誓旦旦地伸了两个手掌，又收回去了一只说：“我给你 5 万，现金。”

珠算子鄙夷不屑地看着胖三，补充道：“你收的那 20 万，可是美金！”

我跟他们说没关系，钱就自己收着吧，能来就已经很感激了。刚坐上飞机，赵家老太爷已经眯着眼睛睡去，赵蝶七还在电脑旁整理一场拍卖会的资料，飞机在跑道上缓缓起飞，我说：“这次纽约之行，主要任务是什么？”

赵家老太爷眯着眼睛，却听得仔细，说：“拿回本应该属于我们的东西。”

“既然已经踏上了征程，路长不长我不关心，可是有些话好像还没有说清楚。”我侧耳问赵家老太爷，“这一切都是怎么回事儿？那天你们在墓室地下的深渊中到底看到了什么？”

“你真想知道？”赵家老太爷坐起身来，戴上了眼镜，赵蝶七端了一杯茶给他，赵家老太爷重新振奋了精神，感慨地说，“你有没有听说过一个叫时轮乘的秘密教会组织？那天我们看到了上古众神的禁忌！”

Ⅵ 暮归轮转

在幽暗的深渊中，陈尘、韩欲和李沌在黑暗中不知道过了多久，只能感觉到身体在下坠，四肢已经麻木，头顶上墓室的光亮最后变成一粒光斑，这深渊就像一只反过来的漏斗，越往下空间越大，最初的时候李沌还能用刀子划到身边的岩壁，最后完全的凌空，整个人被悬挂在绳索上，探照灯突然照在一张狰狞可怖的脸上，李沌在黑暗中舞动着刀子。

李沌的脖颈处在流血，大喊了一声："这里有东西。"

李沌割断了绳子，伴随着一声惨叫，他整个人被黑暗所吞噬，过了一会儿脚下才传来声响，李沌已经不知死活，陈尘和韩欲心急如焚，加快了下探的步伐。

两人又下探了三四米，脚下突然触碰到了着力点，两个人站在了一块岩石上，陈尘用脚尖踩踏了两下，确定了脚下的岩石足够坚硬，才松开绳索。

陈尘和韩欲将之前扔下来散落在四周的木头和木质的栏杆捡了起来，搭起了一个火堆，点燃了篝火，在他们头顶上纵横交错的全部都是巨大的青铜锁链，这些青铜链捆绑在他们脚下的一处青铜鼎上，他们所站之处竟然是青铜鼎的立耳上。

在他们脚下的青铜鼎的右下方不远处，传来一个人哀痛的呼叫声，用灯光照去，只看见李沌的一只腿卡在了青铜锁链的锁孔中，陈尘大喊了一声："你怎么样了？"

"从小练就的皮糙肉厚，没事儿！就是脚被卡住了，动弹不得。"陈尘沿着青铜锁链，帮他撕破裤角，把腿从锁孔中拔了出来，李沌的探照灯也跌落在深渊中，探照灯在他们脚下停了下来，距离青铜鼎 10 多米的地方已经见底，韩欲也沿着青铜锁链往下走，不小心将手里的篝火掉进青铜鼎中，巨大的青铜鼎中鱼油瞬间被点燃，韩欲顿时觉得脚下一片火海，大火顺着青铜锁链追逐着陈尘和李沌的方向，爬向了深渊底部。

第二波下探的队员，突然看见脚下成了火海，福冈亚美的一个手下手一滑，跌入到青铜鼎中，瞬间就化成了灰烬，青铜鼎内火海翻腾，热浪几乎烧断了绳索，在福冈亚美脚下的绳索已经被点燃，眼睁睁地看着几个人快成了火炉上的肉串，几个人手忙脚乱地荡到四周的青铜锁链上，才缓了一口气。

青铜鼎距离深渊的底部有数十米，巨鼎上的纹路清晰可见，两只螭吻龙雕琢于铜鼎之上，头部以跃于立耳处，在青铜鼎的下方是一个祭坛，祭坛的四周绘满了壁画。

陈尘站在祭坛的中央，仰头看着头顶上的螭吻鼎，喃喃地说："这难道就是当年大禹留下来震慑九州的九鼎之一？"

韩欲也踮着脚，扶着眼镜去看青铜鼎上的纹路，说："根据《史记·孝武本纪》所记，'禹收九牧之金，铸九鼎，皆尝鬺烹上帝鬼神。遭圣则兴，鼎迁于夏商。周德衰，宋之社亡，鼎乃沦没，伏而不见。'这九鼎已经遗失了数千年，历代帝王无不踏遍九州寻找它们，难道它们一直都深埋在这黑暗之中？那其他的八个鼎又在哪里？"

李沌走下祭坛的石阶，看着这巨鼎说："你说这古人把这鼎做这么大，先不说怎么做出来的，他们搞出这么个玩意儿是用来干什么的?千万别说是用来吃饭、祭祀的，这鼎放在水里就是一艘超重的轮船，灌满水就是一个游泳池，填满土就是一个足球场，你拿它干什么我都信，我还真就不信这玩意儿是用来祭祀鬼神的，这不糊弄鬼神吗，我要是鬼神，祭坛下这么多双眼睛盯着，都不好意思用这玩意儿吃东西，就不怕万一不小心把鬼神给炖糊了？"

陈尘说："五者以应阳法，四者以象阴数。使工师以雌金为阴鼎，以雄金为阳鼎，龙生九子，螭吻排行老六，在《易经》中有'阴六'、'阳九'之说、其中以九为老阳，六为老阴，七为少阳，八为少阴，九为阳极，逢九变一,六为阴极，逢六变阳，七为阳爻，八为阴爻，螭吻又生性喜水，看这鼎的纹路，这是螭吻鼎在九鼎中为阴极之鼎。"

李沌笑道："这九鼎难道还分公母，难不成这大块头也有生命? 你是说这大块头本来不在这里，难不成它还偷偷地跑到这里，把自己给活埋了？"

赵珏攀附着一根青铜锁链，纵身一跃，和福冈亚美几乎同时跳到了祭坛上，赵珏擦一把额头上的汗水，一阵刺股的寒意涌上心头，看着四周说："这鬼地方有多深？"

李沌走下祭坛，在祭坛下方的岩洞中四处查看着，危言耸听地说："足够深，怕已经穿过了地壳，深到出了我们熟知的那个世界。"

韩欲说："在这天山深处，那我们岂不是身处阴极之地。"

陈尘凝视着螭吻鼎，说："在《易经》六十四卦中，第三十三卦就叫天山遁，意为：遁世救世，这个卦是异卦，下艮上乾相叠。乾为天，艮为山。天下有山，山高天退，阴长阳遁，浓云蔽日，光明归隐，为卦二阴浸长，阳当退避，故为遁。我们此时身处天山深处，天山位于西北艮位，这里光线绝迹，确是阴极之地。”

“被你这么一说全身都瘆得慌，如果你一定要把风凉话说得这么专业，我在天桥下边给你摆个摊，天天让你白话，还能赚点零花钱。”李沌拿着探照灯照在洞穴四周的墙壁上。

众人点燃祭坛四周洞穴旁的青灯，点了几十盏灯，这青铜炉犹如繁星，在闪烁的灯光下，整个洞穴的轮廓若隐若现。

在李沌身边的洞穴壁画上，果然是祭坛下一帮赤身裸体的人，有男有女地交媾，形体各异，画面不堪入目，这祭坛和洞穴中螭吻鼎下的祭坛很像，祭坛上的人上身半裸或着布衣，腰裹重裙，肩披红色大巾，一众人围着一只点燃的巨鼎在欢庆，在螭吻鼎旁有一个一身青衣的老者席地而坐，亦是赤裸着半身，显得有些格格不入，李沌指着那个眼熟的僧人支支吾吾了半天。

“这不是上边墓室中青铜棺里的那个老头吗？”李沌疑惑地说，福冈亚美听完立即走过来，擦干净壁画上的灰尘，怅然若失地看着壁画点了点头。

李沌撇着嘴说：“这什么画风？怎么哪儿都有他，一大把年纪了，自己身子骨几斤几两心里没点数吗？”

福冈亚美看着壁画上的老僧，说：“这壁画上所记载的是时轮教当年祭祀的情况，时轮教又叫时轮乘，在中原地区叫他们‘俱生乘’，7世纪的时候初次兴起，到了11世纪才初具规模，从外地传过来的一个教会，自称他们一派源自香巴拉，汉译为香格里拉，教派便是发源于香格里拉的众神殿堂之上，曾在时轮经文中扬言‘凡不知时轮，就不知佛法，不知时轮，更不知密法’，教会中的人认为时轮是被过去、现在、未来三时所限制的“迷界”，而以超越时间空间的本初佛的思想来解脱此迷界，通往第四维度甚至更高的维度。他们相信在这世界上有一座可以超越时间、空间、生死的法门，叫时轮门。教会中的圣物便是男根女阴，崇尚月亮，通过修炼外时轮、内时轮、秘轮、别时轮的法门，提倡的人体五行气脉，和黄帝内经书出同源，如出一辙。时轮是由‘时’和‘轮’两个概念组成，时轮者，清净身、语、意作为左、右、中脉的气息因而成就的大命……”

“我说姐们儿，门儿清啊，莫非你也在这儿练过？”李沌好奇地问，福冈亚美铁青着一张脸，被李沌搅和得说不下去了。李沌怕她生气一枪把自己崩了，立即讪讪地笑着说：“其实这都不是我关心的，我最关心的是这光着膀子的男男女女，这不穿衣服也是他们的教规吗？”

“他们口中的这个时轮门，会不会就是我们来时的无极门？”赵珏问道。

韩欲说：“应该不是，无极门也只是存在于三维现实世界中的东西，他们所说的第四维度的时轮门，应该是无实体，超越空间，超越时间本身的一种理想中的思想境界。”

“中国自古民间传说有三十六重天，道家认为太一之初，宇宙万物有 36 维度，第三维度是由时间、空间和运动组成的世间万物。之后的年代，根据超弦理论推测出宇宙的 11 维度空间是由震动的平面构成的。再高的维度目前还无法以科学的方式推算，根据神话传说中物质和反物质生命质能的高下，在宇宙中存在的空间有 36 维。已经超越了目前想象的极限，只能停留在神话故事中。”陈尘进一步猜测道。

“这么有学问的一帮人，难道解决不了他们为什么不穿衣服的问题？”李沌看着几个人觉得索然无味，自己一个人在洞穴中闲逛，喃喃自语，“这么大个世界还不够你们嘚瑟，还想蹦跶出这个世界啊。”

第二批进入到深渊中的人已经把祭坛四周所有的青铜炉点亮，韩欲瞠目结舌地看着眼前的一切，四周的洞壁和弧形的苍穹之上，绘满了五颜六色的壁画和彩塑，云中飘逸的飞天，白雪皑皑的山脉，肃穆的佛影。这漫天的神佛，描绘了一场战争，神秘而庄严地在灯光下微微晃动，这些技艺精湛的壁画色彩浑然天成，五彩斑斓，喷浆的火山，血液，红色占据了壁画的底层，黑褐色的洪水，白皑皑的雪山填充了整个洞穴。陈尘一行人站在祭坛下，屏声敛息，氛围可怖，看的让人有些压抑，又生怕呼吸声吹散了这精绝的古壁画。

“这是什么？”赵珏叹为观止地问。

“这是众神留下来的文明。”韩欲说。

福冈亚美也昂着头看了一会儿问：“你们没觉得这些壁画有问题吗？”

赵珏问：“有什么问题？”

“这些壁画上的人物画像，似佛非佛，似道非道，不属于我们已经认知的任何一种信仰派系，最重要的是这壁画全无常见的祥和、慈爱，而是血流成河的杀戮，这飞天像上的佛陀手上沾满了鲜血。”福冈亚美说。

“这不是神，是魔鬼！”赵珏说。

“你这么说还真是，我差点就误会了那老头，不好意思，我在这里跟你道个歉，刚才我还在琢磨着韩终这个老头，秦始皇那会儿好像干的是道士这行，没事儿整天混在一群尼姑堆里干什么？这老不正经的也不能天天耍流氓啊！被你这么一说，好像还真的有问题。”李沌恍然大悟地拍了下脑门，他移开手指看到一处灯火阑珊处，壁画上在一个画像的手中有一口金属钟，众生在他指尖犹如蝼蚁，李沌把手电照过去问：“这是什么玩意儿？”

壁画中一个圆柱形像个钟的物体悬浮在空中，金属钟体上刻着一个“卍”字符号，在钟内有两个反方向旋转的双螺旋图案，圆桶或鼓状物，就像太极中的阴阳鱼，一种暗红色液体填充其中，散发出来的射线瞬间将众生化为灰烬，壁画描绘的是一场人与神之间的战争，与其说战争，不如说是众神的杀戮。

“这是……”韩欲扶了扶眼镜，难以置信地说。

“死亡之钟。”福冈亚美也觉得难以置信，她恍然大悟地说，“我在‘X档案’中对这个东西有所了解，是某些人引以为荣最神秘的众神之力，远古已经消失的反重力空战武器可以控制时空，顺时转动可以带来无尽的死亡，逆时转动可以超维挠率，使区域范围内时空逆转，这些只是道听途说，还有更甚者说这口钟可以打开星门，没有人见到过，直到战争结束，也没有见到它出现在战场上。”

“日薄西山的敌人还想靠这破玩意儿扭转败局？这要是打急眼了，还不把祖宗搬出来咬死我们啊。”李沌问。

韩欲无奈地说：“甭管什么钟，最后都是丧钟。”

李沌疑惑地问：“我咋没听说过，上古的时候哪个大仙抱着一口钟跟人干架呢？”

“我还真听说过有这么一个大仙，抱着一口钟做武器的，据说这口钟霜降耳鸣，是力量之源，可以毁天灭地，吞噬诸天。在《山海经》里中山经所载：‘有九钟焉，是知霜鸣。’在钟体上有一个‘九’字，又叫‘九钟’，和壁画上这口死亡之钟确实有些相似。根据这壁画上所示，每到霜降之时，便有蛇虫为祸世人，九钟长鸣，驱赶邪祟，这邪祟难道指的就是九阴尸魃？”韩欲看着壁画说，壁画上确实有蠕动的蛇虫危害众人，山下尸横遍野。

李沌纠正他道：“这个九钟我是没听过，但是你也不要混淆是非，是死亡之钟盗取了‘九钟’，你这么一说，还真有点意思，九阴尸魃脑门上写了个九字，这钟上也写了个九字，古代也流行同款跟风吗？”

韩欲看了看陈尘，陈尘摇了摇头没有听说过。

福冈亚美看着这钟，目光落在了手持这钟的天神身上，说：“想知道这钟的来历，就要知道使用它的人是谁，此人蛇身人首，手持金帛天书，玉珥镶于长剑，璆锵琳琅，有黄龙相伴，神话中符合这个形象的人只有一个。”

一个震耳欲聋的名字出现在所有人的脑海中，陈尘说道：“远古的神祇，天地之主——东皇太一！”

李沌忍俊不禁地笑道：“那这九钟，岂不是后人口中所说的开天神器，混沌钟，还有人叫它东皇钟？你别告诉我混沌钟的技术含量被外国人搞过去，准备批量生产的就是它？我就搞不明白了，一个疯子领导着一群瞎子，竟然搞出来了这个世界上最残酷的战争，再说了天上的东西，怎么都深埋在地下？”

“归藏以坤卦为首，万物皆生于地，终于又归藏于地，答案就在这洞穴中的壁画上。”韩欲解释道。

众人从壁画上捋出了头绪，根据壁画的先后顺序拍照整理成册，壁画上所记载的故事，不少细节和耳熟能详的神话故事有些出入。

在一万两千年前，一场众神之间的战争导致天崩地裂，众神遗弃了这个世界，一颗陨石划过了天际，撞击在沙漠之中，散落于九州，撞击导致了地震，一场史前的大洪水以雷霆万钧之势淹没了一切，灭世的洪水席卷大地，四极尽废，九州俱裂，遮天蔽日的黄沙翻腾，天不兼覆，地不周载，火炎炎而不灭，水泱泱而不息，腾空而起的蘑菇云冲破云层，文明瞬间被摧毁，千万人流离失所，幸存下来的人躲避于高山之上，洞穴之中。

滔天洪水泛滥于天下，数年后才慢慢退去，山川河流浮出水面，期间长达四千年的冰河期，随着末冰河期的回暖，冰河融化，人们逐渐走出高山，回归大地。当尧之时，天下犹未平，洪水依然泛滥，尧帝命令鲧治水，鲧受命治理洪水水患，鲧用障水法，洪水依然无法平息，反而越长越高，治水九年而不得其法，禹受命治水，得天神赐洛书后遍寻九州，找到当年散落于九州的陨铁，受天命以铸造九鼎，将天书铭文铸于九鼎之上，作为皇权的象征，震慑九州。

“这些绘制壁画的人异想天开，完全不可信，这种生物灾难学说只是原始人类对未知的恐惧，泱泱大国，华夏文明也就是五千年，何来的一万两千年之说？”韩欲觉着这壁画荒诞不经，一派胡言。

“在地球四十六亿年的历史中，这短短的五千年只是一刹那，你相信人类是猴子变的？还是相信人类是泥巴捏出来的？”福冈亚美言之凿凿地问。韩欲无言以对，低头不语，显然这两种说法更滑稽，福冈亚美继续说：“五千年改变不了什么，石头还是石头，泥巴还是泥巴，树叶还是树叶，连一场洪水的泪痕都没有来得及风干，这两种你都不应该相信，不要低估了人类，人没有这么脆弱，人类曾千百万年栖息在这个星球上，年龄比你们想象的更老，老到足矣海枯石烂。也不要高估了人类的能力，文明经不起任何的波动和涟漪，在时间的洪流中，这只是刹那间的事情，这只是神打个喷嚏的事情。”

赵珏咳嗽了两声，低语道：“根据《山海经》等 120 余种文献实地科考，已经证实了有一场大洪水确实发生在一万两千年前，结束于八千年前，人类文明的足迹还在向历史的深处延伸。”

陈尘也感慨道：“所谓的史前文明，不属于人类，这一切可能会导致人类文明秩序的崩塌。”

福冈亚美和李沌持之以恒地盯着众神之战的壁画，两个人陷入了沉思，福冈亚美目不转睛地看着东皇太一手中的金帛天书，李沌目瞪口呆地盯着祭坛下赤裸的男女，两个人讳莫如深地相互对视了一眼，李沌直截了当地问了一句：“这远古的天神，咋就没一个长成人样的呢？”

福冈亚美无奈地摇了摇头，她走上了祭坛，拿了一只望远镜，仔细地去看着螭吻鼎。

赵珏疑惑地说：“禹用散落于九州的陨石铸造了九鼎，既然是受天命铸造九鼎，那就是有人告诉他需要去找回九牧之金，壁画上是说禹将天书铸在了九鼎上。也就是说，这九鼎存在的意义很有可能就是为了承载天书里的秘密！”

赵珏还没说完，陈尘和韩欲几个人疾步爬上了祭坛，陈尘和赵珏攀附在青铜锁链上，纵身一跃，试着爬向螭吻鼎，爬了一段距离，只感觉到脚下这青铜锁链炽热难耐，靠近螭吻鼎的时候更是无从下手，汗水湿透了脊背，靠近巨鼎一米的位置，无法再向前，只感觉到视线模糊，眼前热浪翻腾。

定睛细看这螭吻鼎上果然铸造着密密麻麻的符文，铸造巨鼎的金属黝黑，是一种密度很大的黑金，纹路细腻，更像是一种从未见过的航空材质。赵珏兴奋地冲着他们挥了挥手，韩欲在下边急得抓耳挠腮，大喊了一声："你们看到了什么？"

"我们看到了一个遗失的未知文明！"赵珏手舞足蹈地说，他的兴奋无以言喻，险些跌落下去，陈尘眼疾手快手抓住他的肩膀，赵珏继续欣喜若狂地说："我就知道，凭着几块破铜烂铁，怎么用以象征皇权呢？一定是这些铭文，我从来没有见过这种文字，这和我们已知的任何一种文字都不一样。"

"那你看得懂这些符文？"陈尘失落地问。

"看不懂！"赵珏完全没听懂陈尘在说什么，摇了摇头说，"看不懂不重要，只要有时间总会有人可以破译出来。"

"这些并不像是文字，更像是一些图。"陈尘说道。

赵珏听到"图"这个字眼，喜不自禁地说："对，是图，是龙图，这就是龙图天书。"

"这是五藏山经中的禁忌藏！"陈尘眯着眼睛去看螭吻鼎上的图，那些歪歪曲曲的符号，有一些他竟然似曾相识，在归藏残卷中禁忌卷的一些符号相似，可是这鼎壁上所铸造的铭文并不全，只是禁忌卷其中一篇。当年他祖母曾告诫他，这些五藏山经中的禁忌卷一定要全数尽毁，不可再现于人间，陈尘年幼的时候也只是一知半解地看过几眼，却从未被如此放大，铸成图案近距离一览无遗，在这全新的视角重新看这些符文，这些符文更像是一些元素。

陈尘看着这些元素序列，多重的方程式闪现在他眼前，这些几千年前被铸造在螭吻鼎上的元素符号：

$E=mc^2$……

……U+n → Nd+Zr+3n+8e+ 反中微子

U+n → Sr+Xe+2n

U+n → Ba+Kr+3n……

e^iπ+1=0……

N=R*×Fp×Ne×Fl×Fi×Fc×L……

F=10（z+Z）……

陈尘看得眼花缭乱，身体摇摇欲坠，让他无法喘息，仿佛有一双无形的手死死地掐住了他的脖子。再往下看，这禁忌藏中又分为能量、空间、生化等卷轴，他认出了一些简单的方程式，汗水低落到瞳孔中，具体的算法已经模糊不清，除了质能方程式、铀核裂变、磁场防护、超密物质、反物质、原子、质子、中子的武器运用，光能卷轴中的时空曲率，无限曲率，量子力学，引力方程式，白洞，黑洞，穿越奇点……与牛顿、爱因斯坦、费米、麦克斯韦等科学伟人的方程式有不同幅度的修正，一些元素闻所未闻，在人类文明中从未出现过，一些方程式更是诡思异想，这简直就是近百年来，也是未来数百年甚至千年的物理学科的大百科全书。每一个方程式都能毁天灭地，这些沉睡的元素、图纹、方程式沉睡了数千年，在人类笨拙的摸索中一点一滴地被记起，再一次出现在历史的舞台上。

陈尘看得眼花缭乱，惊恐万状地说：“这些东西不应该存在。”

“这是什么？”赵珏问。

“这是万物的起源，这是一切神话的基础。一定要毁掉这里的一切，这是众神的禁忌。”陈尘说。

赵珏板着脸，厉声道：“你在阻止人类文明的进步。”

陈尘脸色苍白，有气无力地说：“我在阻止人类文明的毁灭！”

“校准历史文明的时间线出了问题，我就知道，无数的先祖，无数的智者都求证过，牛顿、法拉第、莫尔斯、爱迪生、特斯拉、爱因斯坦……一切自然规律和法则都是神，神是一种遗失的文明，一种现象，一种一代又一代人在口耳相传中被忘记的文明。”赵珏欣喜地说。

福冈亚美也已经站在了螭吻鼎旁的一根青铜锁链上，看着螭吻鼎上的符文，她几乎看遍了每一个符号和元素，对其他人的对话充耳不闻。她对这些符号淡然置之，她还没有找到自己需要的东西，她失魂落魄地冲着赵珏和陈尘大喊了一声：“别吵了！”

赵珏和陈尘停下来，看着歇斯底里的福冈亚美。她的眼睛贪婪地看着这些图纹，一个字符都不愿意放过，可是这些字符都没有她需要的，她喃喃自语道：“不可能，怎么会没有，究竟在哪里？为什么只有禁忌藏。”

“这还不够多吗？难道还应该有其他的？”陈尘深感意外地看着福

冈亚美，眼前的这个女人如迷一样，对这些图纹竟然也了如指掌，甚至比自己更熟悉。陈尘疑惑地问：“难道你要找的是五藏中的巫古藏？”

福冈亚美突然停顿了下来，目光如炬地看着陈尘，问道：“你知道巫古藏？”

陈尘说：“我幼时在归藏中的遗爻残卷里看到过这巫古藏，只知道有记载轮回不死的术法，最重要的据说记载了生命的起源，时间尽头终极的奥义，却从来没有人见过这巫古藏。据记载归藏成书之前，这五藏之一的巫古藏就已经失传，从来没有载入归藏中，我在川滇巫镇向巫祖孟婆婆也求证过，归藏绝于东汉，其中巫古藏卷在夏初已尽。”

福冈亚美听完悲痛欲绝，在他们面前突然一阵白光闪烁，刺得眼睛生疼，李沌手持一台相机，站在祭坛上帮他们拍了张照片，挥了挥手说：“你们继续。”

李沌摩拳擦掌，捧着相机继续在洞穴中拍照，特别是几处赤身裸体的壁画，一连拍了几处，走进洞穴中的黑暗处后絮絮叨叨地感慨着说：“这工笔画得好，惟妙惟肖，你看这九阴尸魃画得跟真的一样，这身条，这纵目，这獠牙，这……是真的。”

李沌踉踉跄跄地从黑暗中跑了出来，撞到了一只青铜炉，黑暗中顿时血腥味扑鼻。一只硕大的九阴尸魃从黑暗中走了出来！体型四五米有余，凶恶的眼睛犹如灯笼，额头上一个“卍”字符，皮肤上长满了鳞片，褐红色的鳞片在灯光下被照得通透，满口獠牙，从口中流淌着红色的液体，尾巴共振而出的呲呲声不绝于耳。

“怎么这么大个头儿？”韩欲躲到了祭坛后，众人也都惊出了一身冷汗。福冈亚美立刻拔出枪，瞄向了九阴尸魃的头，连开了两枪，九阴尸魃出人意料地迅速闪躲到一旁，它体型庞大，敏捷程度却不亚于那些小型的尸魃。它的眼睛变得更加犀利，两声枪响算是惹怒了它。

李沌蹲在地上一动不敢动，埋怨道："怪不得这一路上，那些九阴尸魃玩命追我们，我们都跑到它们老巢来了，能不跟我们玩命嘛！"

赵珏从青铜锁链上爬了下来，气急败坏地说："小看这帮畜生了，本来以为是只小虫，原来是一只神兽，你怎么把它从牢笼里放出来了？"

李沌友情提示道："不是它，是它们！"

李沌话音还没有落下，这洞穴四面八方的黑暗处瞬间多出了几十双红彤彤的眼睛，各个犹如灯笼一般，凶相毕露，那呲呲的声音刺耳欲聋，声声都钻进了每个人的心中，流淌在血液里。

福冈亚美手下的一个年轻小伙儿吓得双手哆嗦，手中的枪跌落在距离李沌不远的位置，李沌想去捡起地上的枪，洞穴中立即陷入僵局。这尴尬的局势却没有能够阻挡那些怪物的行动，福冈亚美身边的一个人立即把枪指向了李沌，说："有些东西，不属于弱者。"

那只最先追出来的九阴尸魃步步紧逼，李沌手忙脚乱地从地上摸到一些石子，冲着怪物丢了几块过去，石子轻轻地砸在这如同巨无霸一样的九阴尸魃脑门儿上，这怪物冲着李沌就扑了过去。

李沌连滚带爬地闪躲着，九阴尸魃锲而不舍地追逐着李沌，赵珏抢过福冈亚美的枪，冲着那只九阴尸魃开了几枪，怪物迅速地躲避开，福冈亚美的人看情况紧急，也跟着一通扫射，几粒子弹都打入到九阴尸魃的身体里。不过这九阴尸魃好像记仇，几个人虽然开枪，它却只盯着李沌一个人，在洞穴中锲而不舍地追着他，完全不把别人放在眼里。

李沌连续闪躲，陈尘则站在不远处。面对九阴尸魃步步紧逼，李沌一把扑过去抱住了赵珏的大腿，他眼睁睁地看着九阴尸魃一步一步地逼近，并发现那青面獠牙的面孔正盯着自己，只好欲哭无泪地说：“这只怪物在看着我们。”

赵珏后退了一步，挣脱了李沌，推诿道：“不是我们，是你！”

这只九阴尸魃竟然视若无睹，任凭赵珏离开。赵珏满怀歉意地看着李沌，责问道：“你究竟怎么着它了？它一直追着你不放。”

“我哪知道，我还以为是壁画，画得太像了，就捏了捏它的脸，抽了它一巴掌。”李沌无奈地说。

赵珏一脸愁眉不展，叹息道：“人要脸，树要皮，更何况这家伙还不是个善茬儿，还是个活物，你没事儿抽人家大耳刮子干什么！”

“帮忙呀，还傻乎乎地站在那儿！”李沌叱责道。

赵珏被他一激，反而站在原地袖手旁观，说：“我觉得这属于你们之间的私人恩怨，别人不太方便插手。”

李沌听完赵珏的话，忙着低头道歉，冲着眼前的怪物作揖道：“大哥，我这人身体胖，没嚼头，有糖尿病，还粘牙。刚说话那哥们，身体壮实，嗓门还大，您要不跟他交流交流！”

“你……”赵珏后退了几步，那只巨无霸般的九阴尸魃看了一眼赵珏，立即扑向了李沌，李沌一个转身躲开了。那怪物扑了个空，愤怒地呲着獠牙，这下怪物彻底火了，气得全身都在颤抖。

陈尘夺过来福冈亚美的配枪，几个点射逼退了那只九阴尸魃，并没有打中要害。那怪物定睛看到祭坛上的陈尘和福冈亚美，一阵刺耳的尖叫后，以迅雷不及掩耳之势纵身跃上了祭坛。陈尘打光了手中的子弹，却全部被那怪物闪躲过去，只有些许的擦伤，完全没有阻止它雷霆之势的进攻。怪物直挺挺地向他们冲了过来，千钧一发之际陈尘本能地一把推开了福冈亚美，并抽出福冈亚美腰间的唐刀迎面冲向了那怪物，他举着唐刀双膝跪地从怪物身下滑过，刹那间，陈尘的脸上溅满了血渍，他手中的唐刀在滴血，那只九阴尸魃活生生地被他开膛破肚了，血渍染红了祭坛。

“我们胜利了？”韩欲问。

“才刚刚开始。”陈尘说道。

这只巨无霸毙命以后，陈尘和众人刚缓了一口气，其他群龙无首的九阴尸魃顿时从黑暗中涌了出来，步步紧逼，数量之多难以估计，这些九阴尸魃虽然不比死去的那只巨无霸，各个鬼魅的身形却也犹如蟒蛇一般，众人无奈退到了祭坛中央。

洞穴中子弹横飞，打得岩洞上的壁画脱落了一层。众人被逼无奈只得退避三舍，迫不得已全部都背靠背缩成一个圆，被围困在了祭坛上。螭吻鼎中燃烧的烈火犹如日炎，熠熠炽光，让它们不敢上前，这火光也随着时间的推移渐渐地暗了，祭坛下聚集的怪物越来越多。

“这些东西都从哪儿冒出来的？”赵珏开枪打穿了一只小个头的九阴尸魃，焦躁地问。他打光了弹夹中的子弹，便抡着枪去砸正在冲上来的一只尸魃，一直站在他身边一脸无辜的小兄弟戳了戳他的肩膀，说：“现在可以把枪还给我了吧！”

陈尘身上沾满了鲜血，挥舞着一把唐刀在这些尸魃中游走，刀尖上的血滴在空中挥洒，李沌掂量着手中的板砖，无奈地说：“这生存环境也太恶劣了吧，最锋利的武器怕就剩下自己这满口洁白的牙齿了，在这帮畜生咬死我们之前，我们先咬死它们。”

赵珏看见李沌楞在祭坛上一动不动，匪夷所思地问："你这么悠闲吗？"

"工欲善其事，必先利其器！"李沌扔了手中的板砖说道。

赵珏疑惑地问："你想先去找个地方磨牙？"

哈里克和老牛听到深渊中传来急促的阵阵枪响。老牛探着头向深渊中张望，发现深渊中火光闪烁，他却一个失足跌了下去，好在抓住了绳索，抱着绳索滑了下去。老牛十指紧扣着绳索，慌张失措地向哈里克求救，哈里克慢条斯理地蹲了下来，眼睁睁地看着老牛，他那张狰狞的脸上突然出现了一丝诡异的笑容，把老牛看得心惊胆战，心中一阵悸动。哈里克手中竟然多出来了一把亮晃晃的刀子！老牛骂了一声，这架势可能是要落井下石，他望着脚下的深渊，吓出了一身鸡皮疙瘩，哈里克也挥着刀子去拉扯晃动的绳索，不料他脚下也同样一滑，直接冲着老牛的头顶砸了下去，两个人在惨绝人寰的叫声中双双坠入深渊。

祭坛下，三只巨型的九阴尸魃将陈尘重重包围。陈尘用刀逼退了左侧一只尸魃，纵身跃起将刀刺进了另一只尸魃的口中，刀身整根插了进去，直没刀柄，不过那近在咫尺的獠牙却死死地咬住了唐刀，陈尘只感觉到右半身突然麻痹，一阵剧烈的疼痛传遍全身，身后的一只尸魃已经一口咬在了他的肩膀上，齿痕处立即血肉模糊。陈尘手中的唐刀几欲脱手，面对前后夹击的两只尸魃，顿时束手无策。突然，两个身影从天而降，砸在了两只尸魃身上，两只尸魃顿时血浆四溅，死状之惨烈，让人不忍直视，其他的一些尸魃见状纷纷避让，再次藏匿到黑暗深处。

"牛啊！哥们，够义气！传说中所谓的为朋友赴汤蹈火，两肋插刀也不过如此吧！"李沌看傻了眼，感叹道。

老牛和哈里克则躺在血泊中一动不动。老牛突然咳嗽了一声，从嘴里摸出来一颗摔断了的门牙，他被溅了一身血，一时半会儿没分清楚这血是自己的还是怪物的。他从血泊中揉着屁股坐了起来，看着一旁喘息的哈里克，抡起拳头砸了过去，两个人厮打成一团。

李沌一时半会儿没分清眼前的局势，完全不知道这一幕是什么状况，陈尘半只臂膀血肉模糊，齿痕惨不忍睹，断裂的锁骨已经穿透皮肤。李沌拖拽着陈尘上了祭坛，为他简单地做了包扎。

福冈亚美看了一眼，轻描淡写地说：“死不了！他想死可没那么容易！”

老牛和哈里克的打斗引起了众人的围观，韩欲在一旁把两个人劝解开，问他们这究竟是怎么回事儿。

老牛暴跳如雷地指着哈里克大骂：“这老小子有问题，他想杀了我，他想弄死我！”

“你为什么想弄死……”韩欲疑惑地看着哈里克，转念又改口道，“你为什么想杀他？”

“你们当我瞎吗？把我绑在无极碑外的石栏上，还怕绑不结实，那个死扣就是他系的。”哈里克辩驳道。

韩欲说：“就为了这个你要杀他？”

哈里克委屈地说：“我只是想给他点儿颜色看看。”

“你想给他点儿啥颜色看看？这哥们除了怕黑，还真的啥色儿都不怕！”李沌忍俊不禁地说道。

老牛站起身拎着哈里克的衣领，气急败坏地说：“我弄死你！”

“你现在还不能弄死我。”哈里克挣脱了他，理直气壮地说。

“凭什么？”老牛攥起拳头问。

哈里克昂首挺胸地说：“就凭我知道这里的唯一出路。”

“你是说这里还有其他出路？”韩欲紧握着老牛的手问，所有人都振奋异常地看着他。

赵珏将信将疑地看着他，逼问道：“你早来过这里！你早就知道这里将要发生的一切？”

“我这一路上都在警告你们，试着阻止这一切的发生，可是没人听我的啊！”哈里克无奈地说。

“这是一场阴谋！”赵珏看着身边每个人都遍体鳞伤，祭坛下的洞穴已经被鲜血染红。

“这会儿怪起我来了，这一路上你们把我的话权当耳旁风。”哈里克埋怨道。

韩欲做出检讨，说：“这发生的一切谁也没有预料到，谁也不想发生这种事儿，我们绝对没有把你的话当耳旁风。”

“我们绝对没把你的话当耳旁风，全把你的话当放屁了，还奇臭无比。”老牛补充道。

“这里真有其他出口？”李沌看着四周问。

几个人小心翼翼地查看了洞穴中的每一个角落，除了黑暗深处一些九阴尸魃的退避时候的溶洞，面对黑暗没有人敢再涉足。

赵珏突然调转了枪口，指向了哈里克：“你究竟是谁？”

“我就是一个普通人！”哈里克焦躁地说。

赵珏继续逼问：“说点我不知道的。”

哈里克委屈地拨开枪口，如实相告：“这里不远处有一个战时留下来的防御工事，当年在挖防御工事的时候发生了塌方，清理完碎石的时候有当地的民兵发现过一个绘满壁画的洞穴，在洞穴中涌现出很多蛇虫，咬死咬伤很多人，死状诡异。当地的民兵怕再次发生坍塌和流血事件，就让人重新填上了洞穴入口，久而久之防御工事便成了废弃的矿洞，渐渐地，知道这些事情的老人都死得差不多了，这个洞穴也就被人们遗忘了。”

“这件事情你是怎么知道的？”赵珏又把枪指向了他。

“当年我还小，年幼时没有人照顾，经常跟着父亲去山里下矿，我父亲就是当年发现洞穴的矿工当事人之一，我亲眼看见了塌方事件。”哈里克再次把枪拨开，并引导他把枪口对准福冈亚美。

“这么说你也曾经是一个有故事的小屁孩。”李沌调侃道。

“那你还记得防御工事具体在哪个方位吗？”韩欲殷切地问。

哈里克回忆道：“当年塌方的地方在地下洞穴的北方，需要走过迷宫一般的溶洞才能到达壁画的洞室，根据现在我们身处的位置，应该往南走。”

哈里克指着一个方向，可他所指的方向让众人立即又陷入了沉默，他所指的方向就是尸魃们退避三舍的溶洞。

“如果我们要穿过那些怪物们的巢穴才能够到达防御工事，那我们直接去死，是不是更容易些？”李沌看着黝黑的溶洞问。

“所以说这是一条血路！”哈里克左右为难地说。

福冈亚美庆幸地说：“还好这是一条血路，而不是一条死路。”

“这有区别吗？”李沌问。

“当然有区别，死路是走不通的，血路就不一样了，最大的区别是流谁的血！”福冈亚美狰狞地笑着，从地上拔出了插在尸魃口中的唐刀，擦干净血渍。局势已经很明朗了，福冈亚美以绝对的优势控制了话语权。

福冈亚美的人重新填充了弹药，不过这次枪口对准的是勘探队的人员。

韩欲率先带着队伍打了头阵，看着自己伤痕累累的队友，这些人是他带出来的，即便是死也要坦坦荡荡，他叮嘱男同胞要照顾好女同志和伤员。

进入溶洞后，并没有见到那些四处逃散的尸魃，那些尸魃消失得无影无踪，溶洞深处越来越开阔，走出几十米后开始出现岔路，犹如迷宫一般，赵珏用指南针辨识了方位，一路向南走去。

他们不知道在溶洞中走了多久，每一步都如履薄冰。他们的身后突然传来几声枪响，昏暗的灯光中完全看不到后边发生了什么，只觉得四周有无数双眼睛在盯着他们，所有人顿时健步如飞，晃动的灯光在惶恐的人群中显得更加的诡异，一阵凌乱地逃窜过后，韩欲几个人突然停住了脚步。

路已经走到尽头，碎石不断跌落，脚下是一望无际的断崖。在他们面前是一个辽阔的坑洞，所有人都难以置信地看着眼前的一切，在这四通八达的坑洞中央，一只体格肥硕的九阴尸魃盘踞在巢穴中，无数的尸魃围聚在它四周，那些灯笼般的眼睛在黑暗中灿如繁星，血红色的液体流淌在由尸魃组建成的蜂巢一样的网，成千上万的卵虫如同一条血河。

“这次真算是倒霉到家了，我们闯进了尸魃的大本营。”李沌唉声叹气地说。

韩欲观察着这些安静的尸魃，让大家放慢步伐，小心翼翼地说：“这只尸魃，应该就是尸魃王，所有的尸魃都在供养它，小心不要踩踏到这些虫卵，惊醒了尸魃王，我们瞬间就成了自己送上门来的开胃点心了。”

李沌故作神秘地使了个眼色，让韩欲看了看他包裹里装着的十几枚手榴弹，做了个“嘘”的手势。

韩欲惊讶地问：“哪儿来的？”

这些手榴弹是他从福冈亚美队伍里偷来的，李沌低声道：“我趁那日本小娘们不注意，顺手牵羊顺来的，我也不知道是这玩意儿，就随便顺了一个箱子。”

“那箱子呢？你当他们瞎啊，丢了这么一箱子东西，就没有人知道？”赵珏低声问。

“我把板砖装了进去，还回去了。”李沌说。

韩欲压低了嗓门说：“这东西危险，你这不惹事儿嘛！”

“这东西放在他们手里，对咱们才更危险。”李沌说。

“你要拿这些东西干什么？”韩欲突然神情紧绷，说，“你不会要拿着这些东西跟尸魃王同归于尽吧？”

“它多大的脸啊！跟这畜生同归于尽？”李沌把目光投向了福冈亚美一行人，说，“这些主子都不是善茬儿，一旦脱离险境，他们会毫不留情地杀光我们，自己种下的恶果，留几枚给他们吃，做人就要留一手。”

“你这不是留一手，你这是留一手榴弹。”赵珏说。

众人蹑手蹑脚地从蜂巢状的蹊径旁绕过尸魃王，踮起脚尖儿从虫卵的缝隙中走过，尸魃王呼之欲出的鼻息，犹如飓风，夹杂着一股血腥的恶臭，吹得人站立不稳，举步维艰。老牛闻到血腥味，鼻子有点过敏，一个喷嚏没打出来，几只手捂在了他的鼻子上，憋得老泪横流。福冈亚美的队伍紧随其后，屏息静气，小心翼翼地躲过脚下的虫卵，勘探队打头阵的人绕过尸魃王后，果然有一个被回填的洞口。

李沌一脸坏笑地看着福冈亚美全副武装的队伍，挥了挥手告别，冲着尸魃王手舞足蹈地大喊了一声："嘿！哥们，醒醒，开饭了！吃早餐啦！"

那尸魃王蠕动了一下身体，走到尸魃王鼻子前的两个外国退伍军人已经吓得尿湿了整条裤子，尸魃王竟然没有任何动静，只是瞥了一眼众人，睁一只眼闭一只眼，似乎不打算管这档子混乱的闲事儿，选择继续沉睡。这尴尬的场景和李沌想象的结果完全不一样，福冈亚美拔出枪骂了一声浑蛋，冲着李沌开了两枪。李沌抱头鼠窜，眼看再也无处可躲，拉响了一枚手榴弹，这手榴弹并没有扔向福冈亚美他们，而是扔向了犹如红海血河一般的虫卵中，一阵血海翻腾的爆炸后，彻底激怒了尸魃王。它起身犹如山洪暴发，坑洞中的岩石纷纷掉落，气吞山河，四面八方大小各异的九阴尸魃洪水般从四面八方向蹊径处涌现而来，福冈亚美的队伍面对尸魃王，刹那间溃不成军。

坑洞内子弹横飞，火光四射，在枪林弹雨中惨叫声不绝于耳。李沌将剩余的手榴弹全部塞进了回填的碎石中，一阵山崩地裂的爆破后，一束光照了进来，一座防御工事的入口出现在他们面前。

李沌灰头土脸地从坑洞中爬了出来，有条不紊地从坑洞中接过来几个受伤的同志，稍作整顿，李雪和秀梅为陈尘清理伤口，却惊讶地发现陈尘断裂的锁骨已经愈合，如果不是亲眼见过血肉模糊的陈尘倒在血泊中的话，她们断然不会相信一个人的康复速度竟然如此之快，肩膀上的伤疤也只剩下几颗齿痕。

“你身上究竟发生了什么？”赵珏也难以置信地看着陈尘。

陈尘没有回答他，回头看了一眼陷入苦战的福冈亚美，起身要折返回洞穴中，众人的劝阻都无济于事。

“她现在还不能死，还有太多的秘密需要答案。”陈尘踉跄地转身，再一次步履蹒跚地冲入到洞穴中，想去救回福冈亚美。

李沌想制止他进入坑洞，为时已晚，他指尖还残留着陈尘身上的血迹，又突然看到一只抽出了拉环的手榴弹还残留在碎石的夹缝中，碎石转眼间便滚落下来，李沌大喊了一声：“卧倒！”

震耳欲聋的爆炸声在众人的耳畔响起，嗡鸣一片，坑洞中顿时尘土飞扬。等到尘埃落定，拨开了缭绕的烟雾，坑洞已经被坍塌的碎石严严实实地堵上了。李沌跪在坑洞旁，抽了自己两个耳光，用双手去搬动石块，石块坚如磐石，十指扒出了血渍，李沌无能为力地看着眼前的一切，福冈亚美的队伍和陈尘一同被掩埋在这坑洞中，他们将面对无尽的死亡，这防御工事屡次受到剧烈的震动，墙体出现裂痕，坑洞的隧道已经开始坍塌，赵珏和韩欲拉扯着李沌，强行拉着他离开了隧道。

一行人狼狈地在崩塌的隧道中逃生，崩裂下来的石块砸伤了不少人，众人口耳眼鼻中都沾满了灰尘。在哈里克的带领下，众人穿梭在这迂回曲折的地下防御工事中，忽然，哈里克欣喜若狂地指了指前方的隧道，说：“走到这条隧道的尽头，就可以看到地下工事的大门了，出口近在咫尺。”

哈里克的兴奋并没有起到什么作用，所有人都胆战心惊，反而神情更加紧张，哈里克突然有一种不祥的预感，在他耳边传来断裂声，两旁隧道上的岩石崩裂出一条细纹，细纹以肉眼可见的速度在向外断裂，隧道中昏暗的灯光摇摇欲坠，忽明忽暗，脚下的石块也微微凸起。

大家一动不动地僵持着，如履薄冰，只能站在原地，一步都不敢迈出。老牛实在忍不住打了个喷嚏，隧道中的裂痕势如破竹地裂开，以雷霆之势坍塌了下来，众人躲进了隧道一旁的石室中，合力关上了铁门，一阵山崩地裂的坍塌后，眼睁睁地看着一步之遥的出口，瞬间成了废墟。

老牛儿欲撇清自己的关系，坍塌跟自己打喷嚏无关，推卸道：“这事跟我没什么关系吧？”

赵珏看了看大家的困境，现在谁也甭想出去了，安慰他道：“现在有关系了。”

众人还没有从惊魂未定的情绪中恢复过来，面对黑暗中未知的前路，比起坎坷的命运，目前的遭遇更为沮丧，死亡到来的时刻并不可怕，可怕的是死亡来临前的黑夜，你不知道它什么时候来，或者在什么地方等待着你。

计划失败了，出口就在眼前却无能为力，近在咫尺的希望被撕得粉碎，面对残酷的现实，那种凝固了的绝望令所有人都偃旗息鼓。

李雪和秀梅躲在黑暗的角落里，被吓坏了。真正的恐惧是失去希望，两个人相拥着痛哭流涕，看得赵珏、韩欲等人心酸不已，鼻尖一阵酸楚。

哈里克垂头丧气地说：“我们只能启动B计划了？”

李沌不解地看着众人，韩欲和赵珏也是第一次听说有这么回事儿，李沌忍不住问道：“什么玩意儿，啥时候多出来了一个B计划？”

“究竟B计划是什么？”韩欲问。

哈里克看着石室的结构说：“我还没想好，你们要相信我，毕竟我的童年就在这里，基本上就是在这里长大的，闭着眼睛都知道这地下工事里有什么。”

“那你还是先闭着眼睛，想想我们怎么出去吧。”李沛说。

“在燃料储藏室的隔壁有一个弹药库，穿过弹药库就有一个半封闭的飞机仓库，仓库以山坳为掩体，为了方便飞机的进出，建了一个辽阔的停机坪，还有一条很长很长的飞机跑道可以直接通往外界，现在最让人头疼的是……”哈里克还没有说完，众人喜出望外，仔细去看石室中的布局，幽暗的石室中果然是一间储藏室，墙壁的一侧堆放满了油桶，油桶中装满了刺鼻的燃料。大家熄灭了手中的火把，留了一只照明，哈里克找到了方向，清理干净一侧墙壁旁的杂物，一扇铁门出现在他们的视野中，铁门上了锁，李沛试着推了几下，厚重的铁门纹丝不动。

众人看着固若金汤的铁门束手无策，哈里克拍了拍铁门，一筹莫展地说：“这就是最让人头疼的事情。”

“你最好祈祷别再出任何问题，再有什么变故，我怕保证不了你的生命安全，如果 B 计划没了，我让你跟 B 计划一起没！”老牛来势汹汹地威逼道，他一直栖身躲藏于人群中，不敢独自面对黑暗，此时走出人群的老牛精神已经在崩溃的边缘。

“相信我，如果找不到出路，我就在你们面前一头撞死在这堵墙上。”哈里克发誓，焦躁地说。

“别许错愿望了，万一实现了就尴尬了。”赵珏安慰他说。

韩欲观察着石室中墙壁上的裂纹，这些裂纹深浅不一，像蜘蛛网一样遍布整面墙壁，韩欲抚摸着墙壁说：“目前的这个情况，拆了这堵墙，比打开这扇门更容易些。”

李沛也趴在墙上用手指去触碰墙壁上的裂纹，裂纹很脆弱，还在不断地延伸，老牛也学着李沌去看墙上的裂纹，在一旁指指点点，李沌招了招手让老牛过去，说："你把背上的铁锅拿下来借我用一下。"

老牛取下铁锅，小心翼翼地将自己的心肝宝贝递给李沌，疑惑地问："你是想把这堵墙吃了是吗？"

李沌接过来铁锅，在手里掂量着铁锅的重量，众人给李沌退让出一个发挥空间，围成一个弧形，看样子李沌是要抡着铁锅把这堵墙给砸了，他们翘首以待地看着他的一举一动。李沌抡着铁锅一把在地上摔得四分五裂，老牛心疼地看着地上已经牺牲的锅，不解地问："你腿脚不利索，眼神也不好使吗？墙在那边儿呢！"

李沌说："我只是单纯地看不惯这只锅，看着碍眼。"

还没等众人反应过来，李沌摩拳擦掌地走到了石室的中间，做了几个热身的动作，一阵助跑撞上了一侧的墙壁，墙壁轰然坍塌出一个洞口，李沌扶着脱臼的手臂，从废墟中走了出来，他撞上去的那堵墙纹丝不动，反而另一堵墙坍塌出一个出口。

李沌气愤地看着哈里克，哈里克一脸歉意地说："不好意思，时间过了太久我记错了方向，你撞的那堵南墙是实心儿的，不过效果是一样的！"

"你以前干过拆迁？"赵珏惊愕地看着李沌。

李沌义愤填膺地指了指哈里克的鼻子，压住了心中的怒火，韩欲看着摇摇欲坠、快要坍塌的石室说："此地不宜久留。"

众人清理了墙壁前崩裂碎石，鱼贯而入，走进了隔壁的弹药库，拨开蜘蛛网，地上散落着一些弹药，可以看得出来当年撤退的时候比较仓促，这些弹药物资还没有来得及搬运出去。李雪和秀梅两个女同志刚踏进弹药库，手中的火把跌落在了地上，李雪指着角落里两具风干的尸骸，声嘶力竭地尖叫着："有鬼！"

赵珏抢着捡起了地上的火把，怕引燃了这仓库里的弹药，看到角落里风干了的两具尸骸，催促她们说："赶紧走吧，再不走这里的尸骸就不止两具了。"

在弹药库里所有人都没敢逗留，也没有进一步发掘，唯恐留下来凑了数，变成千百年后被发掘的对象。打开弹药库沉重的铁门，光线照穿瞳孔，众人来不及遮蔽眼睛，短暂的致盲后，眼前是一座广袤的飞机仓库，一架运输机搁置在掩体内，几只落满了灰尘的油桶摆放在飞机旁，一条目测有五六百米的跑道，笔直地通往洞口。

众人欢欣鼓舞地行走在跑道上，一时忘记了疲惫，走到跑道的尽头，所有人都停住了脚步，这条飞机跑道的尽头是悬崖峭壁，四周危峰兀立，脚下是万丈悬崖。

李沌绝望地站在万仞绝壁上，气急败坏地一把抓住哈里克的脖子，厉声质问："这就是你口中直接通往外界的道路？你是让大家飞出去，还是让大家死出去？"

韩欲劝住了李沌，说："哈里克同志也是为了大家着想，出于一番好心。本来就是绝境求生，这事儿不能怪他，事到如今我们只能认命了。"

"或许我们还真的可以飞出去！"李沌和韩欲的目光同时落在了身后的那架运输机上。

赵珏坐在驾驶位上，身边围满了遍体鳞伤的群众，一种望眼欲穿的期待把所有希望都寄托在了赵珏身上，赵珏愁眉苦脸地看着众人，无奈地说："我真不会开飞机！"

"别谦虚，我相信你行的。"李沌从李二叔的口袋里掏了盒香烟，皱瘪的烟盒中只剩下一支，李沌递了支烟帮他点上，鼓励他说，“都到这份儿上了，您就别推辞了。”

“我没谦虚，这个真不行！”赵珏一脸难为情地说。

李沌怂恿道：“其实开这玩意儿很简单，就跟骑自行车一样一样的！”

赵珏站起身想走开驾驶室，无奈地说：“胡闹，你凭什么觉得我会开这玩意儿？飞机我都没坐过几次，我用什么开这飞机？”

“就凭你是一个一腔热血的唯物主义战士，就凭你是我们所有人当中，唯一一个堂堂拿了四国博士文凭的高级知识分子。”李沌鼓励道，“用你的四国博士文凭来搞定这架飞机！”

韩欲看着众人期待的眼神，与其留在这里等死，不如赌一把，“试试吧！”

赵珏低头看着成百上千个按键，抠弄了几下，李沌带了几个年轻人，搬了几桶燃料，充当后勤。赵珏根据留学期间对一本飞机科普读物残留的记忆，检查了电源、起落架、升降舵、操纵杆、空速……

没过多久，一架飞机摇摇晃晃地攀越云层，划破天际，机舱内传出了欢呼声。

Ⅶ 龙图

飞机迫降在库尔勒附近的一个湖泊中，众人沿着湖面走了一天一夜，终于看到了炊烟袅袅的人家。赵珏等人在三天以后和地方取得了联系，地质勘探队的人员一部分临时紧急被调往了青海地区，队伍在青海湖附近的一处草原基地稍作整顿，一部分人员则撤回了北京。

这次死里逃生就像做了一场噩梦。一些年轻的同志在营地里还时常被惊醒，在黑暗中惊出一身冷汗，以为自己还身处在深渊之中，梦境和现实的边界变得模糊不清。李雪和秀梅回到北京后，在天坛附近的一家医院的精神科接受了长达半年的治疗。

李沌和李二叔留了洛阳的地址给韩欲，叮嘱他一旦有陈尘的任何消息，写信给他们。

“一切就这么不了了之地结束了？”胖三躺在沙发上，手中的红酒溢了出来，难以置信地问道。赵家老太爷讲得兴奋异常，睡意全无。我望着飞机窗外的星空，陷入了沉思，我第一次距离星空这么近，这些繁星似乎伸手便可以触及。

“如果一切就这么结束了，反而天下太平了，我们也不会此时此刻坐在通往纽约的私人飞机上。”珠算子说道。

赵家老太爷笑着点了点头，称赞珠算子聪明，是个明白人。赵蝶七的沉着和冷静让我感觉到很意外，这些诡异的故事在她这个年龄的小姑娘听到后竟然无动于衷，一点都不感觉到惊愕。

珠算子追问道：“那日后，你难道又再次获得过福冈亚美和陈尘的消息？”

“有他们的消息，才是最可怕的事情。因为伴随着消息，同时带来的是更大的疑团和未知，在那次行动结束六年后，我再一次见到了福冈亚美。她和当初一样，一点都没有变，只不过这一次，她换了一个全新的身份出现，以一家美资外企高管的身份出现在我的视野里，堂而皇之地站在我面前，她也完全否认了我们曾经见过面的事实。”赵家老太爷说。

胖三问：“那你怎么能够确定你所见到的就是福冈亚美？就是当年的同一个人呢？”

赵家老太爷咳嗽了两声，断言道：“她可以粉饰真相，也可以伪装身份，但是掩饰不了那种贪婪的眼神。”

“既然你见到了还活着的福冈亚美，那天你们离开深渊中的坑洞之后，赤手空拳的福冈亚美和陈尘两个人没有能够活下来的理由，所以那坑洞中究竟发生了什么事情？”珠算子推测道。

“这一切都成了谜，这事儿只有三个知道，尸魃王、福冈亚美和陈尘。”赵家老太爷看了我一眼，我对他所说的完全没有印象，他继续说，“看样子现在只剩下两个人知道了，尸魃王已经见鬼去了，所以只有一个人知道究竟发生了什么。”

“当你看到福冈亚美这个女人的时候，所以你也猜到了陈尘可能也活着？”胖三问。

赵家老太爷说：“我当时并没有猜到，为了防止她再耍花样搞阴谋，我们赵家从她踏上国土的那一刻，便对她展开了严格的监控。然而，她还是偷偷地从我们眼皮子底下溜走了，踪迹全无。再次查到她影踪的时候，已经过去了半个月，在库尔勒当地的牧民发现了行踪可疑的人，30多个人，在10天前进入了死亡之海的荒漠之中，出发前那帮人用照相机和牧民换了几匹骆驼。”

“你说曾经亲眼看到我死过两次……”我突然觉得口误，也许这么说并不恰当，改口说，“你曾经亲眼看到过一个人在你面前死过两次，如果算上坑洞中与尸魃王苦战的一次，也就是说你在死亡之海中再次见到了，那个人，那个人既然跟福冈亚美有血海深仇，为何又跟着福冈亚美的勘探队伍，深入到沙漠的腹地？ 30多个人的队伍从你们眼皮子底下消失，又出现在西部的死亡地带，你们全然没有察觉？”

“这一切都是未解的谜团，更令人匪夷所思的是，这队伍竟然是我们的队伍。福冈亚美的人竟然混入了我们309考察队，也就是后来你所看到的那张诡异的合影照片，那是遗留在牧民相机中唯一的一张。我后来问过队伍里带队的专家同志，所有人竟然都没有印象。所以这让我更加好奇，那次他们独自面对坑洞中的尸魃王究竟发生了什么。”赵家老太爷说。

“队伍里神不知鬼不觉地多出来两个人，从来就没有人发现？难不成这两个人是鬼啊！”珠算子一脸疑惑地问。

“不是多出来两个人，是多出来了7个人！”赵蝶七说。

赵家老太爷说：“当时309的地质科考工作已经接近尾声，大部分人已经撤出了罗布泊，军事演习也进入到了倒计时阶段，我们已经接到上级的命令，所有人禁止进入沙漠。”

“你们还是进入了沙漠。”胖三说。

“这一切可能都是天意，我们私下里临时组织了几个队员，以个人的身份进入了沙漠。刚踏足沙漠，走了有一天的光景，在傍晚的时候就遭遇到了 30 年来最大的沙尘暴，沙尘暴持续了三天，遮天蔽日的沙尘暴让我们彻底迷失了方向，完全分辨不出来哪里是天，哪里是地，天地混成一线。我们躲在楼兰的古城遗址中，刮了一夜的沙尘暴才停息，第三天在昏暗的天光中遇到了 309 的同志，与 309 队伍会合的时候，队伍清点人数只有 23 个人，在三天前的沙尘暴中，309 队伍中有一部分人员走散了。”赵家老太爷说道。

珠算子说：“福冈亚美和陈尘便在这走散的队伍中？”

赵家老太爷点了点头，说：“我们沿着风暴侵袭的道路找了半晌，踪迹全无，只有一些躲避沙尘暴时散落下来的装备，由于沙尘暴耽搁的时间，此时已经超出了全员撤离沙漠的最后时间，所有人只好沿着沙漠撤离。”

胖三说：“如果走散的成员是福冈亚美一伙人，很有可能他们在沙尘暴的时候，伺机逃离的。那他们这三天去了哪里？究竟什么事情比生命还重要，让他们铤而走险用去探索？”

赵家老太爷说：“没有人知道，所有人都死了，这三天的空白一直是一个谜，一切都随着时间被深埋在了黄沙下。我当时也有过这个念头，所以果断地将考察队撤离沙漠，撤离的过程很仓促，可是耽搁的时间太久，即便以行军的速度撤离也为时已晚，空气如同这沙尘凝固了一般，远处传来了警报声，我们看到了……”

赵家老太爷的脸色苍白，眼神中那种面对恐惧的无力感，如同看到了死神。

胖三追问道：“你们看到了什么？”

赵家老太爷用微弱的声音胆战心惊地描述道：“一道白光划破苍穹，穿透了一切，让一切都无处遁形，连空气都无法逃脱，耀眼的强光维持时间并不久，一团蘑菇云撕裂了天空。一瞬间，冲击波席卷了大地，风化的石块、枯干的树干被撕成了碎片化成了灰烬，我们看到拔地而起的火焰直上云霄，天空成了一片火海。一团黑云袭面而来，黑云在风沙中散开，落在队伍后面的骆驼和远处的牲畜立即被蒸发、汽化，所有人都连滚带爬地挣扎着，绝望地嘶吼着跑向远方。突然，我们的身体像是被一只无形的大手抛向了空中，在气浪中犹如断了线的风筝。大地被烟尘笼罩，我们被黑云甩在了5公里外的沙丘上，强光中释放出来的伽马射线和红外线让考察队的队员都患上了皮肤病，一些队员还出现了干呕的情况。”

“你们目睹了……”珠算子和胖三敬畏地看着赵家老太爷，赵家老太爷却在看着我，这种眼神儿看得我全身发毛。

我坐起身问：“那你最后是怎么发现了福冈亚美和那个人？”

赵家老太爷说：“我们不知道在黄沙下躺了多久，在黄沙弥漫、黑烟滚滚中穿着防护服的队伍将我们营救了回去。我们在特护房内躺了一周，做了数百次的检查，每个人身上都有数百种放射元素超标，经过一周的观察才脱离危险，我的伤势较轻，一周后走出了病房。特殊防护的队伍每天都去沙漠中回收实验的物资、动物尸体，腐烂的恶臭萦绕在营地四周，有一天在深埋在沙丘下四散的动物尸骸中，找到了六个人的尸骸，尸骸被烧焦，一些尸体内部也有严重的灼伤。”

“是队伍中走散了的福冈亚美他们？”胖三问道。

“他们身处在核爆的中心，虽然深埋在黄沙下，根本无法幸免于难，完全没有存活的可能。”赵家老太爷点了点头，说，“根据分析，这六具尸体全部都是男性，这其中并没有找到福冈亚美，这六具尸骸里其中就有一具是……”

赵家老太爷把目光又落在了我的身上，机舱里所有人都跟活见鬼一样看着我。

我说：“那你是怎么确定的呢？”

赵家老太爷说：“只有你的尸骸握着一把刀，那是福冈亚美的刀，除了你，没有人敢碰那把刀，我也只见过你使用过！”

胖三笑着说：“赵老爷子，您这就有点扯了，那刀既然是福冈亚美的，福冈亚美都不见了，谁都可以拿着，凭这个断定死者的身份，也太儿戏了吧。”

赵家老太爷一脸严肃地看着胖三，说：“你不会懂得的，因为福冈亚美的那把刀，一般人也用不了，她是绝对不会允许那把刀离开她的视线的，而这次她竟然把刀遗落在荒漠中，是绝对不可能发生的事情。”

“一把破刀被你说这么玄乎，感情这把刀对福冈亚美来说，别人还不能碰，那为啥陈尘就可以用呢？还得天天供着呗！丢三落四是常有的事儿！”胖三调侃道。

“因为除了福冈亚美，这把刀我只见过陈尘使用过！”赵家老太爷说，“这不是一把普通的刀，而是一把鄂钢。”

“难不成这把刀还长牙了，会咬人？”胖三继续笑着说，但他发现机舱内只有他一个人在笑，所有人都板着一张脸。

珠算子也严肃地说：“就是那把邪恶至极的鄂钢？我听说这刀很邪性，是用一种稀有的陨石合金炼造的，刀长三尺，外形介于中国的唐刀和日本的武士刀之间。挥刀犹如鸣鸿，又若厉鬼嘶嚎，据说在江户时代曾作为天皇的佩刀，日本平氏战败后，天皇用此刀切腹自尽，此刀极其嗜血，刃下亡魂无数，最重要的是，它是世界上十大诡异的兵刃之一，这把刀的每个持有者都死于暴毙，被此刀饮尽鲜血而亡，这是一把饮血弑主的刀。”

“有这么邪性？”胖三打了个哆嗦，细思极恐地问。

“恐怕还不止于此，传说被此刀所杀之人，杀人诛心，斩灭灵魂，永生永世不得转世。”珠算子说。

“下手这么黑，这简直就是一把杀人灭口、顺带自杀的绝世好兵刃，自带同归于尽技能。”胖三兴奋地感叹道，又立即陷入了疑惑问，“那为什么只有福冈亚美和陈尘可以使用？难道这两个人压根儿就没有灵魂？”

赵家老太爷说：“我最初也有所顾虑，每一具尸骸都已经被灼烧得面目全非，这六具尸骸在基地停放了16个小时，便装车运往了北京，做详细的解剖分析。早餐的时候，我无意间听到做尸检工作的同志说起一件怪事，在那种当量的核裂变现场，毛发断然是不可能留存的，有一具尸骸长出了指甲、胡须，八成是自己看花了眼。我才意识到这其中定有蹊跷，果然在尸体运往北京的途中，火车停靠在一个偏僻的站点，有一具尸体和那把鄂钢都不翼而飞。”

“那具尸骸经历了这么残酷的毁灭性打击，这种放射性损伤是永久不可修复的，你怀疑这样的一具尸骸在短短的运输途中自己痊愈了，还站起身大摇大摆地走了，这个世界上怎么可能存在这样的事情？”胖三觉得这事儿说起来都很可笑，让人难以置信。

赵家老太爷说：“如果真的有这种事情发生，也只可能发生在一个人的身上。”

珠算子点头道：“就是你所说的那个人？”

“所以我穷尽一生的精力和时间，都在试着找到他。”赵家老太爷目不转睛地盯着我。

我听起来也觉得这些事情很荒唐，说：“你确实找错了人，我还是祝愿你可以早日得偿所愿。”

赵家老太爷打了个盹，叹息道：“没时间了！”

胖三支支吾吾地“呃”了两声欲言又止，赵家老太爷闭着眼睛问：“还有什么问题？”

胖三好奇地问：“您真的拿过四个国家的博士文凭？”

赵家老太爷说：“那会儿还年轻，我这辈子拿过 9 个国家的 12 个博士文凭，包括医学、生物学、物理学、化学、文学、计算机科学、能源学、天文学和……”

胖三追问道：“包括开飞机？”

赵家老太爷不耐烦地说：“开飞机不需要文凭，需要的是驾照。”

胖三问：“那您有飞机的驾照吗？”

“没有！在那种情况下开一次飞机，这辈子都不想再进驾驶室了！”

抵达肯尼迪机场的时候，是第二天上午 11 点，大家都昏昏沉沉、睡意蒙眬，胖三和珠算子几乎是睁一只眼闭一只眼下的飞机。机场早已经有 6 辆车在等候，车子马不停蹄地开往洛克菲勒广场附近的一家酒店。

赵蝶七刻意叮嘱了我们，可以四处逛逛，放松下心态，明天一早还有重要的事情要做，唯一需要谨记一点，就是要低调。

我们并没有急于进入酒店，看着下凹处的小广场上，铜像旁四溅的喷泉以及周边摆放着那几张露天的小桌，众人顿时心生惬意。一轮圆月挂在头顶上，珠算子摘下来墨镜，看着熙攘的人群，胖三眼神迷离地盯着几个金发碧眼的长发美女，两个人猥琐的眼神一拍即合。

珠算子龇牙咧嘴地说：“此情此景，不小酌两杯，都对不住这美国的月亮。”

一个穿着牛仔短裤的洋妞从胖三跟前走过，冲他抛了个媚眼，胖三盯着女孩，情不自禁地跟了上去，眼睛都看直了，感慨道：“都说外国的月亮比中国的圆，我看很有道理嘛。”

珠算子拉着我一同走过去，胖三挥着手，招呼服务员过去，珠算子刚坐定，感慨道：“这地儿就是洋人的大排档吧？”

“今儿我请客，都别跟我争，谁敢掏钱就是打我脸。”胖三一听是大排档，自己的那笔意外之财装在腰包里一直有些愧疚，心中难安，借机请我们喝酒也算是聊表心意。看我们已经默许，他心中顿时欣慰了不少，耀武扬威地对站在一旁的服务员说，“傻大个儿，别站着了，腰子、烤串、板筋、鸡翅都给我上满喽！”

珠算子听到胖三这么说，也放宽了心。服务员在旁边站了半晌，完全不知道他在说什么，珠算子提醒他，咱们这是来了美国，入乡随俗，跟他们说几句英语。胖三顿时脑子里一片空白，除了你好，再见两个单词，竟然再也想不出第三个，胖三用手比画了一个喝酒的动作。

服务员愣了半天，胖三一脸不耐烦地问："我说得不够清楚吗？你是睡着了还是欠抽了，真想一巴掌抡死你，你还傻站着干什么？"

服务员难以置信地看着他比画，似懂非懂，一再确认道："Dalmore？Fifty years old？"

胖三看他终于听懂了，让他赶紧把酒上来，服务员异常兴奋地撤了下去，恭恭敬敬地端上来一瓶酒，一瓶50年的"Dalmore"苏格兰威士忌摆放在银色的托盘上，身后尾随着几个服务员，站在他们身旁，旁边几桌的客人目瞪口呆地看着他们，几个洋妞看傻了眼儿，好几个客人甚至起身鼓掌。

胖三疑惑地问："点了瓶酒而已，美国人民这么热情吗？"

服务员把酒小心翼翼地倒上，胖三挥手让他们下去，他们呆若木鸡地站在我们身后，犹如几棵树一样，依然耸立在原地。

"我有一种不祥的预感，看这架势实在是热情过头了，这是怕我们跑了？"珠算子在我耳边低声说道。

胖三慷慨激昂地说："敞开了喝，我现在也是有钱人。"

我一脸忧愁地说："我怕很快就不是了。"

胖三似乎没有听懂我在说什么，珠算子赶紧举杯，一口把杯子里的酒干了，胖三落落大方地品头论足道："这小酒，这情调，这氛围是花钱都买不来的，我都这么有钱了，为什么我还感觉到自己贫瘠？原因就在于格局不够大，我们虽然坐在美国吃洋人的大排档，兄弟们别嫌弃寒酸，但是格调一定要有！"

"这还寒酸，一点都不寒酸。"珠算子不等服务员倒酒，自己给自己满上了，虚晃了一下，半杯酒又下了肚，腾出嘴来恭维道，“您太客气了！”

胖三大彻大悟地说：“活了半辈子，我算是搞明白了，你知道吗？至少我知道有钱人从来不数钱，因为无论怎么数都数不清楚的。”

珠算子贪婪地举杯说道：“兄弟的真知灼见言浅意深，如醍醐灌顶，令我茅塞顿开啊。我敬您一个，我干了，您随意！”

广场上一个衣衫褴褛、身形偏瘦的中年男人提着一把小提琴，从围观的人群中凑过来看热闹，站在我们桌子旁拉了一曲美国西部的民谣，胖三打赏了一百美元，慷慨地说：“不用找了。”

胖三被珠算子几句话恭维得得意忘形，从服务员手中夺过来酒瓶为珠算子斟酒，珠算子双眼盯着酒瓶，让胖三给他满上，胖三踌躇满志地说：“啥是格局？穷人最想搞清楚的是价格，富人只想搞清楚价值，这就是格局。”

我友情提示他说：“您的胸怀之宽广，格局之广泛，我们都理解，可是作为富人的你，还是很有必要搞清楚这瓶酒的价格的！”

胖三如梦初醒，问：“这瓶酒很贵吗？”

我把头埋在掌心里，看着胖三疑惑的表情说：“据我所知，这瓶经历了半个多世纪的酒应该是整个纽约最后一瓶了，全世界也就 12 瓶而已，这酒在这家店里摆了十多年，是镇店之宝，从来都无人问津，没人点过，最重要的原因就是没人敢点。”

“别逗我了，这酒不会比精装白牛二还贵吧？”胖三调侃道，看我和珠算子都没有任何的笑意，顿时陷入了尴尬。他意识到了事情的严重性，啼笑皆非，难以置信地低声问道：“这酒难不成得好几万？”

珠算子端起酒杯，喝了一口说："好几万是喝上这么一小口的价格，还得是美元！"

胖三瞠目结舌地看着眼前的这瓶酒，用颤抖的手端起酒杯，觉得这一小杯酒重若千斤，尴尬地看着身后的几个服务员一脸苦笑，拒绝了服务员的帮忙，连续倒了几杯一饮而尽，抱着酒瓶喝光了剩下的酒，舔了舔嘴唇，吸吮手指上散落下来的酒。我看这架势是要跑路，也忍不住把桌椅拉开，留足空间随时准备逃跑。

胖三喝光了酒瓶里最后一滴酒，我和珠算子都做好了跑路的准备，只见胖三气急败坏地把酒瓶往地上一摔，大喊了一声："服务员，这假酒！"

所有人还在评头论足，服务员看氛围不对，还没有来得及思考发生了什么，胖三就一把掀翻了眼前的桌子，转身冲着我们大喊了一声："跑啊！"

胖三拨开围观的人群，身后响起了警笛声。等我们再次转身的时候，我和珠算子已经跑出了一条街区，看着几辆警车呼啸而过，我们撞到了几个路人。突然，一个声音在我耳边响起，那是一个女人的声音，我几乎可以感觉到她的呼吸，她说："别相信身边的任何人！"

那句话是用中文说的，听在我耳中特别的清晰，我转身的时候身后空无一人，只有路边的几个黑人在说笑，我和珠算子喘息着拐进一个巷子里，藏在黑暗中。

过了良久，胖三才气喘吁吁地跑过街口，珠算子挥手喊了他两声，正要走出去招呼他过来，只见他身后有一帮彪形大汉追赶着，警车接踵而至。

警车开出了五六个街区，我们才狼狈地从巷子中走回街道，胖三在一条巷子里的下水道中蓬头垢面地爬了出来，带着一身疲惫回到酒店了里，刚洗漱完毕，门外响起了门铃声，一个服务员推着消夜走了进来。

服务员看着满地沾满污垢的衣服，给了个建议，可以去二楼的餐厅就餐。

我们几个人简单地收拾了一下，离开了弥漫着下水道恶臭气味的房间。酒店餐厅的吧台依稀还有几个客人，胖三惊魂未定，敲着吧台说："来一杯够劲儿的！"

吧台的服务员也没听清楚他点了什么，用不标准的广东话问了一句："几位需要点什么？"

珠算子解释说："够劲儿的！服务员，给他来一杯酒精！"

胖三推脱道："来一杯最便宜的，有酒精就行的。"

"够劲的？"服务员倒了杯96度的"Spirytus Vodka"，伏特加放在吧台上，胖三一饮而尽，看着酒杯的眼睛里顿时充满泪水。

珠算子老奸巨猾地问了一句："这些酒的账记在房间账户上？"

服务员做了一个"OK"的手势，珠算子拍了拍吧台说："给我来最贵的，一样一杯！"

吧台电视里正在播出我们三个人逃窜的新闻，我捂着脸，随便拿了杯水，珠算子手中的酒杯喝了一半，突然转身看见赵蝶七站在他旁边微笑地看着他，一杯酒没咽下去，差点把自己呛死。

赵蝶七重新审视着我们，语重心长地说："看来我还是小瞧了你们，低估了各位惊人的实力，刚来美国不到10分钟就惊动了半个纽约的警察，45分钟就上了新闻，还是头条。"

从电梯里出来了两个美国警察，巡视了一眼四周，向我们走来。我趴在吧台上装醉，珠算子侧着身子准备开溜，赵蝶七看我们在躲避警察，走过去跟警察用流利的英语说了几句，两个警察喜笑颜开地找了个位置坐了下来，要了两杯酒。

赵蝶七在我身边坐下，说："不用躲了，我已经帮你们结清了账单，美国警方这边的问题也已经解决了，这35万美元的账单，我会从你们的酬劳里扣。"

"你的意思我们还有其他酬劳？"珠算子一听没事了，立刻挺身而出。

赵蝶七从吧台上拿了杯酒，透过酒杯看到了胖三那张大脸，说："我懂得价值，你懂得价格，你们的价值足够大，我的价格就足够公道。"

胖三听到钱这个字眼儿也瞬间精神抖擞，问："你究竟让我们做什么？"

"到时候就知道了，我比你们清楚自己的价值。"赵蝶七说。

珠算子问："需要这么认真吗？"

赵蝶七说："那要看你们足不足够认真。"

看着赵蝶七简单的微笑，嘴角洋溢着难以形容的自信，这个冷若冰霜的女孩一颦一笑，都让我觉得有不符合她年龄的老成，情不自禁地让人敬而远之，我突然有一种被人戏耍了的感觉。回到酒店房间后，我问珠算子和胖三有没有觉得今天发生的一切都太巧合了，从喝了天价绝版的限量"Dalmore"背了一屁股的账单，试想任何一家酒吧引以为荣的镇店之宝都不会轻而易举地拿给客人，到警察几乎同时出现，逼得我们在纽约的街头四处逃窜，这一切似乎都有一只无形的大手操纵着。

让我辗转难眠的还是那一句神秘的“别相信身边的任何人”。这个声音似曾相识，一时半会儿记不起来在哪里听过，而此时此刻我身边的人屈指可数，在这陌生的国度，陌生的城市里，不可能有人认识我们，而我又确信那不是幻听。

我问珠算子刚才在街道上有没有发现什么异常，或者察觉到一些异样的人，听到一些异样的声音。珠算子陷入了沉思，安慰我说走在这美国的大街上到处都是异样的人，如果非得要找出几个异样的人，那也只能就是我们几个了，这一路上又是警车，又是胖三的尖叫，太乱了，啥也没听着，他突然一拍脑门，悔恨交加地说：“哎呀！我的墨镜跑丢了。”

“这一路上，我发现了不少异常，听到了一些极其诡异的声音，现在我还能听到那个声音。”胖三摇头晃脑地回忆道。

我想确认我们是不是听到了同一个声音，迫不及待地追问：“你听到了什么？”

珠算子劝我放弃这个念头吧，指着胖三说：“这哥们喝大了，不产生幻觉才怪！再喝点连自己姓什么都忘光了。”

胖三醉醺醺地拍了拍耳朵，满脸通红，晃晃悠悠地说：“你说什么？我听不见，刚才你们给我喝了什么？这脑袋怎么怪怪的，你们两个别晃，我眼睛都被你们晃花了。”

第二天傍晚，在CHRISTIE'S纽约亚洲艺术周的拍卖会上，赵蝶七安排了我们作为代表，举牌参与竞拍。赵蝶七的原话是：“这次主要是来取回属于我们自己的东西。”在她眼中完全把竞拍当作了一个流程，而结果早已经注定，只是赵家在竞拍中不便于直接参与竞拍，赵家老太爷会在贵宾房中暗自操纵，其余的事情我们不用担心，一切都尽在掌握之中，我们只是一枚做做样子的棋子，就如同一个演员。

胖三听说了证明自己“价值”的方式后，乐开了花。一者心里有了数，这事儿不用上刀山下火海，不费劲儿，基本上是个喘气的都可以做到；二者可以见见世面，这种国际级别的拍卖会，体验一把挥金如土，一掷千金的豪爽，反正钱不是自己的，也不心疼，这种纵横捭阖的生意，名利双收，求之不得。

珠算子经过一番深思熟虑，说：“我怕事情没有这么简单，如果随便找个人都可以的话，那为什么会找到我们？我觉得赵蝶七这个丫头片子没跟我们说实话，其中有很关键的细节没告诉咱们，这事儿如果好办，他们赵家早就直接插手办了，找我们完全是多此一举，这葫芦里卖的什么药，一时半会儿还真不清楚。”

“能还有什么细节？这种拍卖会，一手交钱，一手交货，钱的事儿不用担心，难不成还能要我们用命去换货？”胖三悠然自得地说。

珠算子猜忌道：“如果钱没问题，那是不是问题出在了货的身上？到现在为止，他们守口如瓶，我们连要竞拍什么都不知道。”

我说：“或许这次竞拍的东西，和我们有不可或缺的关系。”

“我觉得问题不大，这就是一天上掉馅饼的事儿，跟中彩票是一个性质的，这又不是贩卖人口，贩卖毒品，你还真以为什么乱七八糟违法的东西都能拿出来拍卖？”胖三肆无忌惮地说。

珠算子问我：“我还是觉得这事儿有欠稳妥，你怎么看？”

我顾虑地说：“我也觉得事情太简单了，这里边还有太多的问题，一切多多小心。”

那天傍晚我们提前了5分钟到了拍卖会场，展厅内琳琅满目的藏品，看得人眼花缭乱，赵家老太爷看着展馆中的藏品，絮絮叨叨地自言自语道："我喜欢纯粹的东西，比如说钱、古董、青铜器、字画、工艺品、表里如一，所有的付出都可以让你触手可及，这些物件经过了时间的洗礼，留存下来是时间对万物的馈赠，我最讨厌的就是浪费时间，我更不想浪费时间在无意义的事情上。愚蠢的人不知道时间有多么宝贵，对于一个人来说，时间太有限了。"

展厅里突然传出来一阵突兀的掌声，人群中走出来一个雍容华贵的女人，女人笑道："赵先生好雅兴！"

赵家老太爷听见这个声音，还没有来得及回头，微笑的那张脸僵持住了，说话的女人正是福冈亚美，真是足音跫然！我在她身后试着寻找苏茉莉，找遍了人群也没有发现苏茉莉的影踪，赵蝶七拦在了她面前，福冈亚美微笑着说："老朋友，好久不见！"

"已经够久了，对我来说，已经一辈子了。"赵家老太爷牵强附会地说，真正让赵家老太爷触动的是无形的打击，曾经口言相传自认为的谎言，在这么多年后一次次在他眼前印证，这打击让他黯然失色，脸色苍白，在他眼前的这个女人，竟然跟当年没有一丝变化，自己已是满头白发，身形佝偻，而福冈亚美的样貌犹如初见，这个如谜一样的女人，时光在她的脸上停驻，这世界上真的有把时间和死亡拒之门外的方法吗？

"一辈子，听上去好遥远。"福冈亚美微微一笑，略带着嘲讽地感叹道。

"也许只是某些人打个盹的时间。"赵家老太爷心有不甘地苦笑着说，他的失落写在了脸上，终于没办法把真情实感藏在面具下。

“这不是你的风格，什么时候能说出这么矫情的话了？”福冈亚美说完看着胖三与赵蝶七，苦口婆心地说：“送你们年轻人一句话，这句话在拍卖场上可拍不到。人在年轻的时候一定不要进错了庙门，拜错了佛，烧错了香，用你们的话说，这样才能活久见。”

“你个老贱人。”赵蝶七见赵家老太爷有所动容，骂道。

“贱人我承认，但是我不老。”福冈亚美轻描淡写地说，同时却目露凶光盯着赵蝶七。

赵家老太爷呵斥道：“小七，不得无礼。”

珠算子知道福冈亚美是个狠角色，想拉扯住赵蝶七，赵蝶七并没有领他的人情，珠算子又劝解道：“大家都是老相识了，福冈女士何必跟晚辈一般见识。”

福冈亚美看着珠算子，突然发现他也在这里，匪夷所思地看着他，我们和福冈亚美终于找到了共同点，接下来福冈亚美也问出了一个一直困扰着我们的问题，她疑惑地问道：“你究竟跟谁一伙儿的？”

珠算子碰了一鼻子灰，摩拳擦掌地推诿道：“我也想过这个问题，几乎从各个角度都分析过，最后从科学的角度分析，终于想明白了，我跟钱一伙儿的！”

福冈亚美讥讽地说：“你还真是‘贱’多识广。”

“你知道作为一个人最悲哀的是什么吗？在我眼中，你就是一个笑话，因为你不知道自己活着的意义。我真想不到你活着的意义除了喘气还有别的什么，没有死亡，生存还有什么意义？你不觉得这样活着是一种耻辱吗？”赵蝶七针锋相对地说。

“年轻人不要轻易玩火，我这个人最擅长的就是火上浇油。”福冈亚美警告她，用手指拨弄着赵蝶七的头发，她的发梢在她的指尖轻轻滑过。

赵蝶七不屑的眼神游弋着，柔声细语地谆谆告诫道：“你知道的，我这个人是个热心肠，如果你迷路了，不知道地狱在哪儿，我很乐意帮你指一条明道。”

赵蝶七挣脱了她了威慑，挥拳打了过去，愤怒地说道：“你怎么不去死呢？”

“改天吧！今儿有点忙。”福冈亚美轻易地抓住了她的手腕，轻轻一捏，赵蝶七完全被她玩弄于股掌之间，半个身子都无法动弹，让众人的心都提到了嗓子眼儿，赵蝶七额头上的汗水滴落，脸上痛苦地扭曲着，喘息之间，这细微的动作让赵蝶七吃尽了苦头。福冈亚美始终都保持着微笑，那张故作慈祥的脸让赵蝶七喘不过气来，双方立即剑拔弩张，随时可能动手，赵家老太爷向前走了两步，看福冈亚美松开了手，才放下心来。

福冈亚美文质彬彬地跟我们寒暄了两句，一行人走进会场。赵蝶七的手腕上留下了几道深入肌肤的指痕，痕迹处已经有瘀血，刺痛直入骨髓。

“这个女人下手够狠的！不过也算留足情面了。”赵老太爷看了看赵蝶七的伤势，除了受点皮外伤，并无大碍，真正让他顾虑的是这次赵蝶七在众目睽睽之下顶撞了福冈亚美，惹火了她，怕福冈亚美做出对赵蝶七不利的事情，他们都很清楚这个女人一向说到做到，甚至有过之无不及，从来都不会只说说而已。

“这还留了情面呢？那要是不留情面是个什么状况？”胖三看着赵

蝶七的伤势问。

赵蝶七强忍着疼痛，擦干净额头上的汗水。我同情地看着赵蝶七，说："这个女人从来视生命如草芥，能让她出手，一定要命。希望她没有动什么手脚，竞拍结束后需要继续观察。"

"丫头还是太年轻，年轻人气太盛，老祖宗教育我们，忍一时风平浪静，这是有道理的。你这是闷声作大死，知道惹了谁吗？"珠算子在一旁如坐针毡地说。

胖三从裤兜里掏了 100 美元塞给了珠算子，实在听不下去了，说："求你了，把嘴闭上！"

珠算子看着手中的钱，胖三这突如其来的举动让他感觉到很意外。一般情况下别人都是拿钱让他开口说话，现在有人拿钱让自己闭嘴，这是天相派自从创派以来最大的侮辱，说不准对整个算命这一行也是奇耻大辱，于情于理都说不过去。于是他想开口跟胖三辩驳，胖三看他要开口，便想拿回自己的钱，而珠算子则把钱收了起来，他转念一想，天相派虽然传承了几百年，传承到现在也就只剩下他自己了，在历史上也传丢了好几次，这事儿自己不说出去，应该也没有什么大问题，这脸虽然丢到家了，脸丢在了自己家里那不算丢，门规虽然有规定，自己犯点错是不可能被逐出师门的，如果追究责任，自己把自己逐出师门，那就等于天相派就地解散了。这么一想，被胖三用钱侮辱也就认了。

我们搀扶着赵蝶七进入了会场，进入会场的时候拍卖会已经开始，会场中座无虚席，来之前我做过一些这场拍卖会的调查，亚洲艺术周主要的拍品，由几个艺术馆专场组成，我们参与竞拍的专场主要是中国的文物，拍品源自日本的某家艺术馆，这家艺术馆的藏品多数是清末民初时期流散海外的珍品，福冈亚美出现在拍卖会现场，我一点都没有感觉到意外，甚至隐约地感觉到她一定会来，或许这场拍卖会本身就和她有密切的关系吧。

我们刚入座，拿起桌子旁的手举牌，会场上在拍卖几件青铜器，是南北朝时期的青铜龙纹器“虎子”。胖三端详着手中的手举牌，这举牌用实木雕刻而成，挥动了两下，问我这玩意儿能不能当苍蝇拍使，珠算子插话道：“这得分什么状况，苍蝇多的时候，煎饼都可以当苍蝇拍使用。”

胖三举起手牌想去拍珠算子，只听台上的拍卖师说道：“13 号的李先生出价 15 万，有没有比 15 万更高的？”

“啥啊我就出价 15 万？”胖三一脸茫然地看着台上摆放着一件青铜器拍品。

珠算子窃笑道：“那可是一件南北朝稀有的青铜器龙纹‘虎子’，这学问可大了去了，古人的溲便之器，有身份的人才有资格使用，贵族身份的象征，适合你。”

胖三一知半解地点了点头，不求甚解地问：“这‘虎子’是干什么用的？”

“它还有一个学名叫夜壶，唐朝之后，都叫它尿壶。”珠算子笑得前俯后仰，拍卖师在台上舞动着拍卖槌，重复着说，“15 万一次，15 万两次，15 万……”

胖三看着幸灾乐祸的珠算子，一把踢开了他的凳子，珠算子一个踉跄差点跌倒在地上，聚光灯立即打在了珠算子身上以及手中高举的手举牌。拍卖师继续说道："12 号朱先生出价 20 万，有没有比 20 万更高的？"

珠算子铁青着脸从地上爬起来，脸色比台上的那只青铜尿壶好不到哪儿去，珠算子咬牙切齿地低声说道："你耍赖！"

赵家老太爷眯着眼，一脸茫然地看着会场内的我们，疑惑地问："他们在干什么，对这只夜壶这么感兴趣吗？难道这只夜壶有什么说法。"

一个油腻的中年胖子坐在珠算子身后指指点点，一条闪耀的大金链子挂在脖子上，珠算子故作从容，挺起了腰杆，冲着油腻的中年男子竖了个中指，一脸不屑地说："看什么看，瞧你那寒酸样儿！"

中年男子立即举起了手举牌，压倒式地叫嚣着珠算子，拍卖师兴奋地说："21 号王先生出价 25 万，有没有比 25 万更高的？"

"30 万！"珠算子把竖起来的中指又抬了起来，差点就戳到中年男子脸上了，嗤之以鼻地说："穷鬼！"

中年男子也立即举起了手举牌，两个人争吵的面红耳赤，争相举牌，几轮竞拍已经完全听不到了拍卖师的报价，直到拍卖师喊道："21 号王先生出价 120 万，有没有比 120 万更高的？"

胖三坐在珠算子身旁吓出了一身冷汗，难以置信地看着珠算子，忍不住和他划清界限，看这情况，珠算子怕不出这会场就被赵家的人给打死了。

胖三的心扑通乱跳，为珠算子捏了一把冷汗，实在忍不住问："这两个哥们是被尿憋疯了吗？ 120 万买一只尿壶？"

"叫啊？你不是很嚣张吗？"油腻的中年男人旗开得胜，紧攥着拳头，正在兴头上，气焰嚣张地说。

“我不叫了，没看出来啊，哥们儿，讲究人！”珠算子挠了挠鼻子，看拍卖师的拍卖槌结结实实砸在了底盘上，一颗跌宕起伏的心才算平静下来，终于服软道：“我就是一个打酱油的，只是路过，顺便叫那么两嗓子。”

中年男子冲着珠算子竖起了中指，回敬了一个：“瞧你那穷酸样！”

“土鳖！”珠算子换了个词儿，安慰他说，“希望你后半辈子看见这尿壶别肾疼！”

珠算子和男子互骂了几句，如果不是竞拍场内四处都有保安，两个人早就动手了。接下来几轮的拍品中，珠算子扯着嗓门和中年男子王先生杠上了，只要王先生喜欢的，珠算子看都不看就举牌，压根不用看竞拍台，目光全部在王先生的手上，闭着眼睛瞎喊，胖三在一旁忙着劝慰珠算子，让他见好就收，适可而止，别把赵家老太爷的心脏病给喊出来，珠算子有所收敛消停了一会儿，我和胖三同时觉得身边拴了两头气喘吁吁的牛。

珠算子突然停止了争执，看着王先生的面相，啧啧叹息到：“五行有驿马之言，六甲有官鬼之说，官鬼午火受克不吉，夫妻不合，恐有残伤。”

珠算子递了张名片给他，两个人瞬间化干戈为玉帛，尽释前嫌，王先生接过来名片看了看，原来是个大师，殷切地追问：“大师，那该怎么破解呢？”

“趋利避害，破财方可消灾。”珠算子故作神秘，指点道，“在下珠算子，天相一派第十九代传人。”

王先生也突然愣住了，一脸疑惑地看着珠算子，问：“你是怎么知道我们夫妻感情不和的？”

珠算子打探着四周，四顾张望着，故弄玄虚地说：“你妻子是不是一米六左右的个头，脾气挺大，卷发披肩？”

“准！”王先生一脸敬佩地看着珠算子，喜笑颜开地问，“这大师都算得到？”

“不止！我还算到了她今天穿一身红裙子，拎着一只爱马仕的包和一块砖头。”珠算子两眼发直地说道。

“对，太对了，大师就是大师，来的时候她确实穿了一身红色的裙子，拎着一只爱马仕限量版的包，橘黄色的，我说红色和黄色不搭，为这事儿今天早上还吵了一架，不过砖头是几个意思？是有什么寓意吗？”王先生突然预感到这不是算出来的，还没有来得及说完，只见珠算子抱着头躲在了一旁，唯恐殃及池鱼，一个女人气势汹汹地抡着一块砖头走了过来，对准王先生的脑门就拍了过来，王先生顿时脑门上血如泉涌。

女人大喊了一句：“你脑子进尿了吧，拿120万买尿壶！”

胖三在一旁凑过来看热闹，补刀地说了句：“美金！”

女人操起砖头，又狠狠地砸了一下，踢了一脚，王先生和妻子几乎同时被保安拉了出去，夫妻两人边走边打，珠算子叹了口气，感慨哪一行都不好干，当老公的风险也是很大的。

“年轻人，太冲动了，冲动消费害死人啊，破财大家都已经看到了，这灾难你也没帮上什么忙！”胖三调侃道，“你不是说自己是天相派第十八代传人吗？”

珠算子无奈地说：“这有毛病吗？后继无人啊，我刚才已经以第十八代天师的身份，将第十九代天师传人传给了我自己。”

“嘘！”我示意他们安静，让他们去看竞拍台。

拍卖师兴致勃勃地介绍道：“我们接下来要竞拍的拍品是一幅来自古老中国的东方美女，由盛唐时期的著名画家周昉所画的人物肖像，众所周知，周昉是享誉海内外的名家，穷丹青之妙，擅画肖像，妙创水月之体，笔下的人物画风衣裳简劲，彩色柔丽，将一千多年前盛唐的色彩用笔端流于纸上，传世作品有《贵妃出浴图》《簪花仕女图》等，即将竞拍的作品为《天宫伎乐美人图——苏幕遮》，此画作绘于公元8世纪晚期，为画家浑然天成的臻品，起拍价50万元。”

卷轴中，一个女子在战火中翩翩起舞，身姿婀娜，身披红绸，鬓发高耸，簪花耀顶，发丝的钩染细致，额描花钿，面颊丰腴，怀抱一只胡琵琶，纤指拨弦，曲调未成已然满面愁绪，背景中乱草萋萋，她是乱世狼烟中的一缕红颜，脸上却带着一缕倦容。这画作工笔重彩，用笔和线条却细劲有神，美人舞动于乱世之中，与背景层次分明，画作的设色浓丽，千年后这幅《天宫伎乐美人图——苏幕遮》虽有褪色，依然遮不住千古风流，风流绮靡，古韵十足，细看画中美人的绣眉深眸，鼻梁高挺，竟然是一个胡人女子，身着唐装汉服，还是一眼便能看出与汉人女人的区别。

胖三盯着画卷上的女人发呆地问：“这苏幕遮是一个女人？”

我和胖三想到了一处去，一头雾水地说：“据我所知苏幕遮是唐玄宗时候的教坊曲名，后用作词调，又叫‘苏莫遮’和‘苏摩遮’，从来没有听闻过这竟然是一个女子，只知道这个曲调是由西域龟兹传过来的一种舞曲，曲中伶人会戴一种波斯语叫‘苏幕遮’的头巾，如同中原女子行三加笄礼，因此而得名。范仲淹、苏轼等都曾挥笔泼墨填词，改词双调，六十二字，上下片各四仄韵。”

“霓裳羽衣曲和这苏幕遮都源自西域龟兹，难道当年杨敬述战败，向唐玄宗进献的曲子是一个胡人美女，或者换一种法，是这个女子将舞曲带入的盛唐时期，才有了余音萦绕千年的《霓裳羽衣曲》？”胖三猜测道。

“我喜欢你的风格，大胆猜想，从不求证，不过你还真别说，这画中的女子确实不像中原人，你这么一说还真像是西域人。一个西域女子，不远万里来到长安，将音乐的种子播撒到盛唐的历史中，这是什么精神？这是赤裸裸的古代女雷锋啊。”珠算子瞧了个仔细后说道。

“我怎么觉得你关注的重点不是女雷锋，而是赤裸裸呢？”胖三一针见血地问。

“咱们姑且相信这苏幕遮是一个人，一个美人，还是一个精通乐理的美人，一路沿着丝绸之路遛弯，一不小心就跑到了长安，这话说出去你信吗？如果这个苏幕遮被杨敬述给倒腾到长安，然后进献给了唐玄宗，那这问题可大了，这个杨敬述有拐卖幼女的嫌疑啊。”珠算子和胖三把这些天马行空的想象从头到尾地分析了一下，两个人竟然认真了。

胖三敬佩地看着珠算子，称赞道：“您要是早一个世纪出生在英国，压根儿就没有福尔摩斯啥事了，那现在最负盛名最伟大的侦探应该叫福尔摩珠子，您不应该浪费时间给人算命啊，你们天相一派不去改变世界，不在美国报考个总统，绝对浪费了这一脑门子才华呀！”

珠算子听着这话有点别扭，怎么听都不像是在夸自己。

我看着那幅画，这一路上赵家老太爷都在跟我们讲述古龟兹国和天山深处的龙门天宫，隐藏了一个盛唐时期的惊天秘密，难道和这幅画中的胡人女子有关？难道这幅画藏着一个女人和一段历史的秘密，我看向了阁楼中的赵家老太爷，赵家老太爷也在专注地看着竞拍台上的这幅画，不动声色，也没有给我们任何的示意。

“哎哟！”胖三一拍脑门，兴奋地手舞足蹈，看到我心事重重，又马上一脸迷惘。胖三欲言又止，我问他怎么了，他迟疑不决地说，“这话我不知道该不该说，换了身行头，换了个发型，换了时代背景，你有没有觉得这画中的女子有点眼熟？”

胖三支支吾吾地在暗示我，他早看了出来，只是不敢说透。

我问：“像谁？”

珠算子也并没有感觉到奇怪，两个人刚才一唱一和信口胡诌的一番话好像是在说给我听的，珠算子半吞半吐地说：“我就说这画可能是一幅赝品，怎么会有这么巧合的事情，不知道哪个画家倒腾出来的一处恶作剧。”

“黯乡魂，追旅思，夜夜除非，好梦留人睡。明月楼高休独倚，酒入愁肠，化作相思泪。”我默念道，这是范仲淹所做的《苏幕遮》，一个胡人女子远赴中原，在战火中颠沛流离，让我想起了自己的妻女，我甚至都已经忘记了她们的样子，我的目光聚焦在这画中女子的五官上，想起胖三和珠算子刻意而为之的话，这话中女子竟然和苏茉莉颇有几分相像，我说：“你们想提示我这画中的女子是苏茉莉？”

“不，绝对不是。只是像，这世间的美如出一辙，只有丑陋才各有千秋……”胖三实在编不下去了，坦言说，“明白人一眼就知道，苏茉莉不是你女儿，找错了女儿没关系，咱们可以慢慢找，我们还年轻，你还有大把的时光。”

这些年，我自己都已经渐渐地相信了，我的妻女可能早已经不在人间。看到过太多的生离死别，只是一缕执念坚持着让自己往前走，面对洪流一般汹涌的时间，面对汹涌而漫长的长夜，与恐惧相拥，一次又一次地在噩梦中醒来。

珠算子看我神情失落，盯着画中女子手中的胡琵琶，找了个话题说："我们天相一派，在鼎盛时期，想当年在历史上也是宫廷相师，在皇家祭祀大典等活动中扮演着重要的角色，对伎乐和宫调那是了如指掌，其中在音靡隋唐的八十四调，燕乐二十八调，便是由'五旦七声'的宫调体系演化而来的，后世又称之为'苏氏宫调体系'，而这一切就出自一位古龟滋人苏祇婆，我看着画中的女子应该就是苏祇婆。此人神秘至极，精通天宫伎乐，手持一只胡琵琶，能用音律与天地、自然沟通，用音乐打开天地之门。不过史书上关于她的记载很少，也很模糊。"

胖三追问："有多模糊？"

珠算子眯着眼说："史书对他的记载很奇特，生卒年龄不详，连是男是女都记载得模糊不清。"

"那还真够模糊的！"我说。

胖三说："那这苏祇婆是怎么来到中原的呢？"

珠算子说："这话说出来有点难为情，这苏祇婆是个赠品。"

"赠品？"胖三疑惑地问，"买啥东西赠的？难道古代还流行抽奖送赠品的活动？"

"不是抽奖送的赠品，是白送的赠品。只知道她本姓白，曾经从宫廷表演伎乐流落民间，授受伎乐为生。"珠算子难为情地说，"当年西突厥公主阿史那氏远嫁北周，这苏祇婆便是阿史那公主陪嫁的赠品。北周当年宫廷制度严苛，这公主身边陪嫁的以侍女居多，这苏祗婆是女性的概率很大，不过她对音律的天赋冠绝古今，让无数的音乐大师汗颜，根据当时男尊女卑的习俗，更多人愿意相信她是一个男人。有意思的是，在北周、隋代、甚至唐代都有她的影踪和传说，这幅画难道想讲述的就是苏祗婆的真实身份？以我从这把胡琴来看，即便这个画中的女人不是苏祗婆，也和苏祗婆有一脉相承的关系。"

"没这么简单，这幅画确实存在着诸多疑点，想知道答案就要买来看看。"我挥了挥手举牌说。

拍卖师挥动着手中的拍卖槌说："9 号陈先生出价 350 万，有没有比 350 万更高的出价？"

几乎在同一时刻，福冈亚美也举起了手举牌，轻描淡写地说："500 万。"

拍卖师兴奋地说道："1 号福冈女士出价 500 万，如果没有比 500 万更高的，那该幅作品的归属……"

我立即举牌，胖三向劝阻我说："你的好奇心也太昂贵了吧。"

拍卖师喊道："9 号陈先生出价 550 万，有没有……"

福冈亚美看了我一眼，睥睨一笑，举牌说："1000 万！"

珠算子和胖三七手八脚地把我摁在椅子上，抢走了我手中的手举牌，珠算子胆战心惊地说："好奇害死猫，哥们儿，别冲动，这价不能再加了。"

赵家老太爷在阁楼上笑吟吟地说道："有点意思。"

拍卖师的拍卖槌砸在了底座上，余音绕梁，他们两个人才把我放开，我的手臂发麻，衣衫被撕扯得皱成一团。

会场内突然万籁俱静，噤若寒蝉，拍卖师再次登上竞拍台，故作神秘地介绍道："东方有一个文明古国，在其五千年悠久的历史中，他们民族一直相信自己是龙的传人，龙成了一个民族的图腾，它神秘并象征着皇权，是开天辟地的造物主。接下来的拍品，是出自宋代画家陈容的代表作之《龙图》，陈容作品以擅长画龙为主，从《墨龙图》到《九龙图》作品都有幸流传于世，此幅作品曾为乾隆皇帝所收藏，作为赏赐从清宫流落恭王府，后来一位恭亲王将此幅作品变卖，流落到日本古董商人手中，此幅作品隐迹消失了百年之久，几经辗转出现在我们今天的会场中，再次重现世间，起拍价 100 万元，每轮竞拍加价不少于……"

"龙图"两个字如雷贯耳，胖三和珠算子目瞪口呆地看着竞拍台，不敢相信自己的耳朵，这才是今天来的主要目的。赵家老太爷再也坐不住了，情不自禁地站了起来，他手扶着阁楼上的栏杆，向竞拍台上张望着，用颤抖的手跟我们确认了就是这幅拍品。

还没有等到拍卖师介绍完毕，福冈亚美已经举起了手牌，果断地说："1000 万！"

顿时会场内群情鼎沸，议论纷纷，胖三委屈地看着福冈亚美，愁眉不展地说："姐们儿，不带你这么出价的！搞得人一点心理准备都没有，这不合规矩啊。"

珠算子也感慨道："这姐们儿是不是不识数，只知道这一个数啊。"

拍卖师在台上兴奋地说："1 号福冈女士出价 1000 万，还有没有人出价？"

会场内鸦雀无声，屏息静气，胖三突然举起了手牌说："80 万。"

我和珠算子惊愕地看着胖三，假装不认识他，珠算子诧异地说：

“别闹哥们儿，这地儿不是菜市场，没有越喊越低的，你不能瞎喊啊。”

胖三的报价惹得会场内哄堂大笑，果然被保安雷厉风行地请了出去，胖三在被拖出门外之前用力把手中攥着的牌子扔向了竞拍台，大喊道：“60 万！”

会场遇到突发事件，临时停拍整顿了 15 分钟，给了赵家老太爷调动足够现金流的时间。恢复竞拍后，我马上举牌说：“1200 万。”

福冈亚美几乎没有给我喘息的机会，立即举牌：“1500 万。”

“1700 万！”我说。

“2000 万！”福冈亚美已经不再看拍卖台，针锋相对地看着我说。

“2200 万！”我举牌说。

“2500 万！”福冈亚美继续举牌。

拍卖师已经来不及确认价格，因为之前的闹剧已经严重脱离了拍卖规则，胖三更像是来捣乱的。加上这猛如洪水的竞拍突然展开，会场的拍卖方之前没见过这样的情况，不得不临时对我们这几个陌生人做出征信和资产的复查，赵蝶七之前已经做完了相关的工作，确认的过程很简单，在确认无误后，赵家老太爷暗示我加快进度，我重新举牌：“5000 万！”

福冈亚美看我们势在必得，放下手中的手举牌走到我身边，诡异地笑着说：“恭喜你！”

“这不科学，你怎么不往上喊了？”珠算子怅然若失地问。

福冈亚美微笑着，胜券在握地说：“这幅图我和它朝夕相处看过几百遍，你喜欢，我送给你！君子不夺人所爱。”

“这是阴谋！”珠算子气急败坏地说。福冈亚美虽然没有拍到这幅龙图，可是她的神情却很满意，我们买到这龙图一定在她掌控之中，这让我觉得有蹊跷。我转身看向阁楼的时候，赵家老太爷他们已经走了，最终以落槌价 5000 万成交，办了交接手续之后，手续费和竞拍款项已经被付清。

福冈亚美离开的时候冲着我们挥了挥手，说："相信我们很快就会再见的。"

我们走出展厅的时候天已经完全黑了下来，胖三蹲在展厅外抽烟，看我们拿着画走出来，胖三瞠目结舌地说："你们不会真的花了 1000 多万买了那幅龙图吧？"

珠算子比画着一只手纠正了他说："5000 万。"

"5……5000 万美刀，那可是三个多亿啊！"胖三呆若木鸡地说，用手指戳了戳珠算子手中的盒子，视若珍宝，那是装着龙图的锦盒。

"是真的吗？"胖三欣喜若狂地追问。

珠算子把锦盒递给他，说："你最好把'吗'去掉，如果这图的真假不能保证，那我们的生命安全肯定也不能保证了。"

我郁郁寡欢地说："这个还真不一定，陈容传世的龙图有 22 幅之多，其中只有 9 幅龙图藏有归藏残卷的秘密，赵家老太爷对这幅龙图势在必得，希望不要出什么岔子。"

"这不会是一个圈套吧？"胖三问。

珠算子无奈地说："这要是个圈套，足够吊死我们了。"

Ⅷ 幽冥船

我一直都在想福冈亚美所说的话，这幅图她虚情假意地参与竞拍，一切都在她的计划中。这幅图如她所愿地落在了我们手中，这个女人一向视钱财如粪土，这断然不只是钱的原因，钱也许只是让我们更加重视这幅图，那很有可能这是一幅真的龙图，我推测她在这幅龙图中可能遇到了棘手的问题，想借我们的手解开其中的谜团。

一辆黑色的福特越野车停靠在我们身边，司机小刘打开车窗，赵管家从车上彬彬有礼地下来迎接我们，温文尔雅地说："赵老太爷吩咐我们，接到龙图后送几位回酒店。"

赵管家说着伸手去拿装着龙图的锦盒，胖三看着我，我点了点头。毕竟是人家的东西，我们没有理由再拿着了，这个烫手的山芋早点交出去早点安生。胖三依依不舍地把锦盒递给了赵管家，叮嘱说："这个分量可不轻，一定要拿稳了。"

我们几个上了车子，赵管家小心翼翼地收起了锦盒，胖三揉着肚子，肚子咕咕叫个没完，唉声叹气地说："累了一天了，我这肚子都饿瘦了，就想去唐人街吃口热乎的。"

赵管家问："几位想吃点什么？"

"火锅，变态辣的火锅！那小肥牛、小肥羊往热腾腾的火锅里一涮，那叫一个爽！再抿上一口小酒，啧啧！”胖三兴奋地说道。

听罢，赵管家便吩咐司机去曼哈顿街区，我问赵管家怎么没有见到赵老太爷和赵蝶七姑娘，他说赵老太爷有事儿先离开了。

我们在路边停下了车子，走进了中国城的一家四川火锅店，店铺的装修古色古香，全部以实木镶嵌玻璃而成，赵管家安排了一个靠近窗户的包间坐下。

胖三选了牛油，点了几份神户肥牛、草原羊肉，还有重庆一绝珊瑚虾、温哥华蟹等。最后单独要了一份四川空运来的辣椒，看着火辣辣的一桌菜肴，除了胖三，赵管家和珠算子都没有勇气动筷子。

胖三夹了几块牛肉，看众人都没有吃的意思，疑惑地问：“你们都不饿啊，喜欢吃辣椒影响我追逐梦想吗？”

珠算子摇头说：“不影响，绝对不影响，吃辣椒主要是影响舌头，舌头辣坏了耽误吹牛！”

吃饭时，赵管家给我们每个人都发了一份红包，珠算子看到红包，龇牙咧嘴地笑着，嘴巴都快咧到后脑勺了，他先是眼疾手快地收下了红包，然后又推让道：“赵老太爷太客气了。”

胖三拨开了红包的一角，看里边装着一张银行卡。赵管家说：“这是赵老太爷的一点心意，每张卡里有 50 万美金薄礼，还望笑纳。”

“这赵老太爷的心真够大的，盛情难却，我这人脸皮儿薄，实在不好推辞，在这里先谢过赵老太爷了，我们就不好意思先领了。”胖三喜笑颜开，脸都笑大了，生怕赵管家再要回去，将红包揣了起来。

“等龙图顺利到了国内，还有重金相赠，到时候再一并给你们卡号密码，这期间的一些事情还要多多劳烦各位。”赵管家说道。

珠算子和胖三看着红包里的银行卡，卡是拿到手了，密码还留了一手，给了卡不给密码等于画了个大饼，就是让你咬不着，这赵家果然老奸巨猾，场面上的话说得都很漂亮，事情却做得滴水不漏。

一阵剧烈的爆炸声从窗外袭来，房间里的玻璃碎了一地，街道上火光冲天，街区对面的一辆车被炸了个粉碎，车架还在燃烧，消防泵在火光中水柱四溅，街道上尖叫着躲避的行人再次围观过来。胖三和珠算子兴致勃勃地探着头向外张望，窗外扑鼻的汽油味、烧焦的塑料味弥漫在街道上，一只破裂的车轮还在道路上滚动着。

胖三感慨道："看来美国人民一直都生活在水深火热当中，这说法并不是空穴来风，我之前连护照都没有，这一踏出国门还真是开了眼界，长了见识，这美国的人民都拎着火箭筒、炸药包上街遛弯吗？"

赵管家看了一眼窗外还在燃烧的汽车，顿时惊惶失措，珠算子疑惑地问："这是我们刚才坐的那一辆福特越野车吗？"

赵管家铁青着一张脸，面色苍白，嘴唇嚅动，显然已经被吓破了胆，珠算子诚惶诚恐地问了一句："龙图不会在车上吧？"

胖三觉得这完全是杞人忧天，不足为虑，不屑地笑道："别逗了哥们儿，谁会傻到把价值三个多亿的东西，随便放在后备厢里？"

可赵管家那张面如死灰的脸已经给出了答案，他失魂落魄地走到窗子前，看着混乱的街道，车架都已经被烧焦了，街区的尽头警车、救护车呼啸而来。

我和珠算子面面相觑，惊愕地问："你真的把龙图放在后备厢里了？"

赵管家冷汗涔涔，胆战心惊地转身看着我们，珠算子庆幸已经把龙图交给了赵管家，也就等于这锅有人背了。突然，一粒子弹打入了他的眉心！赵管家立即倒在了血泊中。

窗外顿时接连几粒子弹射进屋里，击碎了餐桌上的杯子以及屋顶的吊灯玻璃碎了一地，珠算子抱着头躲进桌子底下，大喊了一声："这什么情况，怎么会有枪？"

胖三躲在角落里，探着头看着窗外说："这美国除了安全感，啥都不缺！"

"我们吃个火锅，喝个小酒，吹吹牛，到底得罪谁了？在这纽约咱们人生地不熟的，眼不认识字，脚不认识路，是谁要杀我们？"珠算子百思不得其解地问道。

楼下传来急促的脚步声，几个人说着日语，脚步声顺着木质的楼梯传了上来。试图从门窗、楼梯兵分三路包抄我们。

我说："这是一帮日本人，这帮人是奔着龙图来的。"

"可是龙图在车里，车已经没了。"胖三说。

"我们现在就是目标。"

珠算子从桌子底下爬出来，站起身说："这事儿我得给他们说道说道，跟他们说清楚就没事儿了，这幅愚蠢的龙图被一个愚蠢的管家放在了愚蠢的后备厢里，然后这辆车被炸了个稀碎，龙图确实已经没了。"

我一把拉过来珠算子，果然，在他身后的墙壁上马上就被枪打穿了几个窟窿。我说："子弹是不会跟你讲道理的，龙图还有没有很重要吗？"

胖三点头说道："只要别人认为你有，这就足够致命了。"

"那现在怎么办？"珠算子问。

"跑啊！"我一脚踢碎了阁楼包间里的一扇窗户，跨出窗户后沿着窗外的广告牌走到相连的房顶上。

珠算子站在广告牌上双腿剧烈地颤抖，闭着眼睛哭喊着说："我害怕！"

"别怕，抱紧广告牌，我会帮你的！"胖三信誓旦旦地说，然后一脚踢裂了广告牌，珠算子和广告牌一同跌落在楼下的垃圾堆里。我和胖三也跟着跳了下去，顺着巷子一路绕到了另外一个街区。

珠算子埋怨道："管家被人打死了，车子被炸了，龙图也没了，我们去哪儿？"

胖三在怀里摸出了装着银行卡的红包，懊悔不已，猜测道："你们说有没有可能猜对密码？"

"现在我们去哪里？回酒店跟送死也没区别了吧！"珠算子问。

"我还没精力想我们要去哪儿，我只想知道我们现在在哪儿！"我们徘徊在街头，尽量走在灯光昏暗的角落里，躲避着人群。

一座哥特式的教堂耸立在街区对面，尖顶上立着一支镀金的十字架。珠算子站在马路对面的红绿灯下，在胸前画了个十字，祈祷说："天主保佑！"

胖三不解地问："你作为天相派的第十九代天师，啥时候改换门庭了？"

珠算子焦躁地说："都到这节骨眼儿上了，远亲不如近邻！先拜个罩得住的大哥躲一躲，寄人篱下，也好过全派被灭门。"

"也是，你有任何危机对你们天相一派都是灭顶之灾，搞不好就被灭了满门。你这见了庙门就拜，会不会一不小心就被其他派兼并了？"胖三理解地说。

"我活是天相派的孤家寡人，死是天相派的孤魂野鬼，想吞并我们天相一派，可不是一件容易的事情。”珠算子骄傲地说。

我一动不动地站在街头，静静地聆听着，

珠算子问：“你在干什么？”

“听这个嘈杂的世界！”我说。

“在这个嘈杂的世界里，你听到了什么？”珠算子也侧着耳朵去听，却什么也没有听到，只有车水马龙的喧嚣和教堂里的钟声。

“我听到了秩序。”我睁开眼睛，看见一辆崭新的野马跑车飞驰而过，在教堂旁停了下来，一个神父下车，拿着车钥匙进入了教堂，我和珠算子的目光都落在了神父的那辆车子上。

珠算子心领神会，看着胖三的脑门说：“兄台，你印堂发黑，一脑门子晦气，要不咱们进去找个神父祷告一下吧。”

“神父还管这闲事呢？”胖三好奇地问。

“不管也得管了，现在这事儿神父已经说了不算了。”我和珠算子向教堂走去。

绕过教堂前的灌木，从草坪上走向教堂的大门，珠算子拍了拍教堂的门，喊了两声：“神父？开门。”

一个骨瘦嶙峋的中年神父打开了门，我们走进教堂，胖三立刻扎进了祈祷室，看我们横冲直撞地闯进来，教父无奈地走了进去。

胖三面对黑暗的祈祷室，看着几缕灯光照进来，虔诚地说：“神父，我有罪！”

神父打了个哈欠，困意盎然的用不标准的普通话说：“我知道！”

“您认真点，我还没说是什么罪呢。”胖三疑惑地说。

神父说：“世人都有罪，我们的罪是从娘胎里带来的，我们叫它原罪。

有罪并不可怕，你认识到了自己有罪，就已经勇敢地迈出了第一步。”

胖三继续祷告说：“我最近总是感觉精神恍惚，一切都无法控制，手脚冰冷，每当我凝望着星空的时候，心里总是会泛起一丝恐慌，那是埋在内心深处的恐惧……神父，您睡着了吗？”

胖三一直听不到神父有什么动静，推开祈祷室的门探着头张望着，我刚好从神父那边出来，手中拿着神父的车钥匙。珠算子站在门口向街道上张望着，发现几个人拎着枪疾步向教堂走来。

胖三问我：“你在干什么？”

我晃了晃手中的车钥匙，说：“借点东西。”

胖三说：“我还在祷告！”

我看着晕倒在祈祷室中的神父，说：“好，那你继续。”

我和珠算子从后门溜了出去，胖三呆若木鸡地站在原地，教堂的大门外站着几个越南人，伴随着几声枪响，教堂的大门很快便被一脚踢开。

我和珠算子眼疾手快地坐上了车，刚打开车灯，胖三也扛了个麻袋抱着头坐在了后排，我一脚油门在枪林弹雨中冲了出去，珠算子瞥了一眼后排，吓了一跳，一只麻袋放在后座上，麻袋里有东西在蠕动。

珠算子惊呼了一声问道：“这是什么？”

“麻袋！”胖三说。

珠算子又问：“麻袋里有什么？”

“是神父，我还没祷告完，赶时间！”胖三轻描淡写地说着，完全不觉得这有什么问题。

珠算子难以置信地说：“我们此时此刻还在跑路，生死关头，你绑架了一个神父来听你祷告？”

“我们很谈得来！”胖三说，“就当是上门服务了，这不应该属于神父工作的一部分吗？”

“在美国绑架可是重罪！”珠算子低声说道。

“我没有绑架他，我是把他请过来的！”胖三说。

“你们家请人都这么有礼貌，用麻袋请的吗？”珠算子问。

胖三看着麻袋确实有些不太妥当，解开了麻袋，神父从麻袋中探出来脑袋，深呼吸了一口气，看着四周的陌生人。胖三伸出手去，文质彬彬地说：“你好，我是李斯文，您怎么称呼？”

神父也从麻袋里掏出了手臂，两个人握了握手说：“怀特！他们叫我怀特神父。”

珠算子也伸出手去自我介绍：“你好，怀特先生，珠算子，大家都是同行。”

怀特神父打量着珠算子，疑惑地问：“你也是神父？”

珠算子试着介绍说：“搁我们那儿差不多，叫法有些不同，俗称算命的，我是天相一派第十九代传人，也是半个神职工作人员，人称半仙儿，在你们这叫什么来着？好像叫先知。”

怀特点头表示精神上完全可以理解，实际字面上连标点符号都没听懂。怀特看了一眼后边，发现两辆车子紧跟着我们，便问：“这越南帮的人为什么追你们？”

“越南帮？不是山口组吗？”珠算子一脸疑惑地问，“追我们的人难道已经换了一拨了？”

两辆车紧跟着我们，几次狠狠地撞上了我们的车尾，车子几欲失控，剐蹭着路边的栏杆，和停靠在路旁的车子。我们完全没有机会减速，一脚油门冲过了红灯，而我们身后的车子被一辆油罐车从侧面撞上，在漫天的火光中我们的车子驶入一个巷子里。

我看着怀特神父的神情有些异样，提示他说："如果你有点怕，可以闭上眼睛或者再躲进麻袋里。"

怀特神父不屑地说："这算不了什么，我喜欢飙车，我也有一辆跟你这款一模一样的车子，性能很棒，2000 年的时候，我在阿富汗战场待了整整五年，习惯了这样的场面。"

"呃……其实……"胖三想告诉他这辆车子就是他的，我立即制止了胖三，转移话题问道："这越南帮什么来头？"

"长期混迹在唐人街上的小帮派，主要由越南人组成，以收黑钱、讨债为主。还有你们说的山口组是个狠帮派，手上沾满了鲜血，他们为什么会追杀你们？"怀特点了支烟问。

"因为一张该死的龙图。"胖三说。

"你是陈尘？"怀特惊讶地问，他眉头紧锁地看着我，伸出手想跟我握手。

胖三惊愕地看着他说："你怎么知道？"

"你们或许不知道你们拿到的是什么，我听道上的朋友说，纽约要出大乱子，有一幅古老的图问世，对，就叫龙图。有人要你们三个人的命，拿到龙图悬赏 5000 万美金。"怀特说。

珠算子一脸惆怅地说："那我们岂不是死定了。"

"5000 万美金，我们三个的命这么值钱吗？"胖三兴奋地感慨道。

"不不，你们对这件事情的理解上出现了一点小小的偏差。"怀特解释说，"是龙图悬赏 5000 万美金，你们三个人的命是白送的。"

我问："你道上的朋友还说了什么？有没有提到是什么样的人想要龙图？"

怀特摇了摇头，说一时半会儿记不起来了，没有听说这幕后的操纵者是谁。

珠算子纳闷儿地问："神父也混帮派吗？"

我欣慰地说："你们都多虑了，根本不需要害怕。山口组、越南帮都是小喽啰，现在这个世界上最庞大的组织、势力最大的机构站在我们这一边，还有什么好顾虑的吗？"

珠算子和胖三看我胸有成竹，把话说得慷慨激昂，也顿时安下心来。

怀特一脸茫然地看着我，犹豫不决地打探道："你是在说我吗？"

"不，我在说你老大，难道还有比上帝更有来头的吗？"我握住方向盘，补充道，"你老大会看着你见死不救？"

"这不是一回事儿，首先我不知道这个龙图究竟是个什么东西，其次我不知道你们和这些帮会之间有什么恩怨，最重要的是，我也不想知道！这太危险了，你们现在是活靶子，我们实在不顺路，就此别过吧。这一切跟我完全没什么关系。"怀特突然心里没底，这事儿越想越不对，伸手去拉车门，想在巷子中的空地上下车。

"之前是跟你没有任何关系，现在就不好说了。"胖三对这件事情的看法并不乐观，一脸忧虑地说，"现在八成纽约的警方和整个唐人街的黑社会都在找你。"

"什么时候的事情？"怀特问。

胖三看了看表，说："大概在一刻钟之前。"

巷子的出口处突然有两辆车拦住了去路，在我们的后方也被一辆车的远光灯照亮，我们进退两难。巷子口车子上下来几个人，手持着砍刀和枪。

“来者不善！”我惊讶地问，“究竟有多少人想弄死我们？”

珠算子勒紧了安全带，抓着车内的扶手，愁眉苦脸地说：“这又是哪一拨人？”

“我们真不顺路。”怀特锲而不舍地追问着胖三，“这事儿你得跟我说清楚。”

“这事儿怕是已经说不清楚了。”胖三劝慰着怀特，让他不要激动，有条有理地分析道，“三个活靶子开着你的私家车，横冲直撞一路红灯地跑了曼哈顿十几个街区，我现在更相信在这帮人心中，对这辆车的印象比对我们三个人更深刻一点。”

“我完全是在不知情的情况下被你们胁迫的。”怀特气急败坏地说。

胖三建议道：“这是一个误会，我觉得你完全可以现在下车，跟他们解释清楚，然后悠闲地跟他们谈谈人生，聊聊梦想。”

胖三刚说完，一阵凌乱的子弹便打了过来。我们将身子卷曲在车窗下，子弹射穿了前灯、后视镜，挡风玻璃也碎成一片，断裂的后视镜处还有电线在闪烁着火花。

怀特面对尴尬的处境，终于反应过来回道：“你刚说这辆野马跑车是谁的私家车？”

珠算子从副驾驶的储物盒中拿出了行驶证和身份证，打开翻看着行驶本，念出了一个拗口的名字：“好巧，詹姆斯·威廉·怀特。”

怀特痛心疾首地看着自己遍体鳞伤的爱车，悲痛欲绝地说：“三个小时前我刚分期付款提回来的新车，保险都还没有来得及生效。”

“节哀！”我安慰着他，接着一脚把油门踩到了底，车轮在青石板上空转，车子迅速地冲向了巷子尽头。我说：“新车需要磨合，考验它的时候到了！”

“轻点，轻点！”怀特视若珍宝地看着车子，一粒子弹打在他耳边的座椅上，还在冒烟。

我们径直撞向了拦在前方的人群和车子，巷口的车子闪避不及，整个被撞到了马路中央，翻滚着冲向了两个正在处理违章的警察。我们的车子加速闯过了红灯，迅速消失在街头。

两个警察看着一闪而过的车子，也被吓了一跳，不过马上又低下头继续处理超速的违章。车主和警察理论，指着我们飞驰而过的车要求公平公正，一视同仁。警察不耐烦地摔了手中的笔和本子，质问拿什么追？路旁的警车已经被撞坏了，一只车轮躺在地上，另一个警察在呼叫警力支援，告知拦截一辆黑色的野马。

我们在警车的追逐中逃避帮会的堵截，一路都在逆行，直升机照亮了我们前方的路况。这一路上最想弄死我们的不只是死咬着我们不放的警察和黑社会，还有车内的怀特神父。如果不是考虑到寡不敌众，估计怀特早就大开杀戒了，他已经在心中杀死了我们一万遍。

纽约当地的警方和帮会几次交火，打得焦头烂额，我们几次从枪林弹雨的夹缝中逃脱。看着几伙势力打得天昏地暗，胖三把头探出窗外，鼓励他们说：“反正谁也不认识谁，大家伙千万别客气，敞开了打。”

这导致几伙人在交战中立即抽调出人手来，继续追赶我们。

直到车子扎进了林肯隧道中，我们才获得了片刻的安宁。两辆大型集装箱卡车前后围着我们，闪烁了几下车灯，我们前方的一辆卡车上的集装箱突然在行驶中打开了箱门，站在门口的两个中国男子挥了挥手，拉着绳索放下两块铁板，让我们把车子开到集装箱中。

我一脚油门冲了上去，车子一下子进入到集装箱中，集装箱的铁门也应声关闭。胖三擦了擦额头上的汗水，说：“开得不错，你开了多少年车？”

我说：“我没有考过驾照。”

“没想到这一切你都已经安排好了，早说我也不至于吓破胆了。”珠算子笑着说。

我摇了摇头说：“这不是我安排的！”

胖三看着黑暗的集装箱，问：“这不是你安排的？那他们是谁？”

“不知道！”我如实地说。

集装箱里的灯突然亮了，两个中年的男子走过来，说：“赵先生在等着各位。”

车子在颠簸中开往郊区。得知是赵家的人，胖三和珠算子顿时心中忐忑难安，如果赵老太爷知道龙图没了，不知道赵老太爷会怎么算这笔账，他既然能在众目睽睽之下，像变魔术一样让我们从众人的视线中消失，这账算起来怕也没有这么简单，珠算子也在一旁试图推卸责任，想理由应对。

我们在郊区的一家私人医院停了下来，带路的两个人一直如临大敌似的板着脸，步伐矫健地走了进去，珠算子小心翼翼地紧跟其后，战战兢兢地打探着四周的一切，万一等会儿动起手来，也好跑路的时候熟悉下环境。

胖三看着这几座连体的大楼是一所医院，忙着问：“不应该在酒店里吗？赵老太爷为什么把我们约在医院里？究竟谁生病了？”

珠算子胆战心惊地说：“这计划够歹毒的，以老夫看，这是世间少有的双全法，这是怕一会儿下手太重了，省得叫救护车了，打不死可以直接送急救室，打死了可以直接送太平间。”

“那还救我们干什么，直接干掉我们岂不是更省事？”

“死了省事儿的是你，就怕打个半死再抢救，抢救回来再打，无穷无尽地折磨你。”珠算子细思极恐，说得自己都毛骨悚然。

“要不要这么歹毒？”

“三个多亿，这价不算歹毒了，可能还有我们想象不到的。”珠算子危言耸听地说。

“这是美国的医院，想在公共场合为所欲为，你以为这家医院是他们家开的？”胖三还没有说完，众人便在医院的大厅里看到了赵老太爷的半身铜像，赵老太爷作为最大的股东和创始人陈列在专家席位上。胖三走在这家医院里，心情突然沉重下来，事情可能比他们想象得更严重，不敢再多嘴。他们顿时觉得这硕大的医院里，每一寸扶手都烫手，脚踩的每一块地板都觉得别扭。

我们跟随着两个人走上了电梯，电梯直通顶楼，这赵家老太爷无论到哪儿都没忘记自己住顶楼的习性，仔细观察这里的细节，处处透露着赵家的本性风范。电梯门刚打开，我们看到赵老太爷在房间里来回踱步，坐立难安，我组织了十多种托词来证明龙图的丢失跟我们没有关系。

看我们走进来，赵家老太爷心急如焚，殷切地看着我们，我率先搪塞道：“龙图和赵管家……”

“这些已经不重要了！”赵家老太爷很显然对这件事情置若罔闻，

他心事重重地说，“我们遇到大麻烦了！”

胖三一听有大麻烦，这局势要当机立断的地重新审视了，有些话此时不说怕就没有机会了，于是他推脱着说：“于情于理，我们都很乐意帮您解决大麻烦，为赵太爷的大麻烦效犬马之劳，是我们三生有幸，鞠躬尽瘁，死而后已，定当义不容辞。不过在帮您解决大麻烦之前，赵太爷介不介意，方不方便帮我们解决一点点小麻烦呢？”

胖三拿出来一大串的账单，找了半天，滤清了头绪，胖三解释道，“主要麻烦是需要帮忙赔偿一辆黑色的野马跑车，您是知道的，纽约这交通状况，为了着急赶过来解您的燃眉之急，还导致了124个违章、8400元的交通罚款、损坏了一扇教堂的门和一只拖鞋以及这张火锅的发票……”

赵家老太爷一眼看到了躲闪在人群中的怀特，问道：“这位是？”

胖三介绍道：“怀特神父，他只是路过的。”

赵家老太爷摇着头，疑惑地说：“不太像。”

“小七儿出事了。”赵家老太爷突然在我耳边低声说道，我脸色一沉，隐约觉得这事儿跟福冈亚美有关，这个女人不可能容忍别人的挑衅，我追问道：“什么情况？”

赵家老太爷让人带着胖三和怀特去置换新衣服，顺带去车库里挑一辆车，我和珠算子跟着赵家老太爷进入了重症监护室。

重症监护室中，十几个国际顶级的专家在会诊，面对着赵蝶七的情况毫无头绪。赵蝶七被捆绑在病床上，眼窝深陷，面色苍白，在短短的一个夜晚之间便憔悴到让人不忍直视，脖颈处有深褐色的瘀痕，瞳孔黯淡无神。

赵家老太爷说："最初只是全身不停地出汗，身体虚弱，从拍卖会的现场回来，全身的骨骼疼得厉害，痛彻心扉，从福冈亚美的指痕处开始溃烂，三四个小时后便成了这样子，性情大变，脾气暴躁，有严重的暴力倾向。"

赵蝶七有暴力倾向我一点都不奇怪，可是让一个如花似玉的姑娘瞬间变成这幅憔悴的面孔，确实残忍至极。

"这个女人下手太狠毒了。"我看着病骨支离的赵蝶七说。

珠算子也感叹道："这娘们儿下手是够狠的，就是不知道她用了什么手段。"

"几个国家的专家召开了紧急的会议，已经十多个小时了依然毫无进展，查不出病因。不过通过血液分析发现，她的血液中有一种诡异的毒素。"赵老太爷说。

"诡异的毒素？"我迫切地问道。

"这种毒素之所以诡异，是因为它早就不可能存在这个世界上了。它是一种出生在寒武纪显生宙时期的史前物种，那毒素便是那靠吞噬腐烂生物为生的古青藤所分泌出来的一种汁液，这种汁液具有强烈的放射性，对人体细胞的侵袭足以致命。人类在罗布泊地区勘探时，发现过这种古青藤的化石，可是化石中已经提取不到任何有关生命迹象的东西，并且已经证实它不存在任何休眠的可能，更不可能突然复活。本应该在寒武纪时期就灭绝的远古物种，不知道为什么又出现在这个时代。"赵老太爷无奈地说。

"现代医学没有任何办法吗？"我问道。

赵老太爷看着赵蝶七，束手无策地摇了摇头。珠算子也跟着摇头，走过去翻看着赵蝶七的手腕，历历在目的几个指痕已经腐烂到肌肤深处，血肉模糊。珠算子深思熟虑地说："这手法更像是一种巫术，我见过一种类似的巫术。在泰国，一个中年男子一觉醒来，脖子上无端端地多了一道血指痕，无缘无故的青肿，脖颈处瘙痒难忍，当天指尖和脖子上都被抓得血淋淋的，当年医学也检查不出端倪，当地的一位老巫师却说，这叫'鬼捏青'，老巫师立即为他开坛做法，后来就……"

"后来就怎么样了？"赵老太爷问。

珠算子叹息道："后来老巫师就和这个人一起死了！"

我分析说："我看未必，既然福冈亚美在众目睽睽之下重伤了蝶七，我看只是想教训她一下，未必想取她性命，只不过出手重了些，她不可能不知道会造成什么样的后果，所以说这一切都是福冈亚美刻意而为之。这寒武纪的东西不会无缘无故出现在这个时代，既然福冈亚美这个女人能搞到这种东西，那说明这种东西还有存活，看来龙图她是势在必得，这一切都是她计划好的，既然能够找到毒源，就一定可以配制出解药，或者解药就在福冈亚美手中。"

赵老太爷点了点头，说："这也是我这么着急找你们来的原因。"

珠算子说："美国这么大，我们去哪里找这个女人？"

"最简单直接的方法就是等她来！"赵老太爷老谋深算地说。

"那你怎么断定她一定会来？"珠算子问。

"哪里有她需要的东西，她就会到哪里来。"我说。

"可是龙图已经……"珠算子疑惑地说。

我早就意料到了，坦然说："我没猜错的话，龙图一直都在赵老太爷手中，从来都没有离开过，此时此刻就在这家医院里。"

赵老太爷强颜欢笑地说：“我果然没看错你，龙图确实在这里。”

病房外，司机小刘拿着那一只装着龙图的锦盒走了进来，珠算子看着死而复生的小刘，稀里糊涂地问：“这究竟是怎么回事？”

小刘走进来将龙图递给赵老太爷，说：“来到美国，从一下飞机的时候赵太爷就发现了赵管家行踪异常，鬼鬼祟祟，早发现这老小子有问题，怀疑已经被人收买，果然在你们下车的时候就有人来抢劫龙图，还好赵老爷有先见之明，龙图早已经送了回来。”

赵家老太爷站在我面前，突然让我感觉到脊背发凉，对自己家的人都可以下此狠手。我不解地问：“所以赵管家是你们杀的？”

赵老太爷没有否认，冷漠的脸上目露凶光：“我们对待叛徒一直都是绝不姑息，叛徒会得到应有的惩罚，对于叛徒，我唯一感觉到遗憾的就是他不能多死几次。”

“我读遍了所有的史籍，却始终读不懂人心。”我感慨道，看着他那张冷若冰霜的脸，我好奇地问，“赵先生，有个问题一直困扰了我很多年，您在这多姿多彩的一生中，站在财富的金字塔上，看破了人情冷暖，世事无常后，您究竟相信什么？”

“我相信冥冥之中自有神明，相信生命的秩序，了解秩序的生命才可能成为强者。”赵老太爷说。

“您怎么看待成功和失败，强者和弱者？”我问道。

赵老太爷说：“如果没有失败，成功反而没有那么大的诱惑力了。人生的任何决定，都像是在赌博，没有输，赢还有什么意义？没有弱者，强者存在的意义是什么？”

“那赵蝶七呢？”我苦笑着不敢苟同，无奈地摇了摇头。

赵太爷有所触动，那睥睨一切的神情中夹杂着万千愁容，这件事情打击了他，失落的情绪写在他脸上。在有些人眼中，钱可以买下全世界，看着这个心如钢铁的男人，他的眼眶泛出一丝红肿，每个人都有他真正在乎的事情。他把龙图递给我，说："拿去吧，希望还来得及，只要能够保住小七儿的命。"

窗外果然传来一阵急促的摩托车引擎声，一个身穿紧身皮衣的女人停下车子，堂而皇之地走了进来，那个身影不禁让我动容，看着她扎着的马尾，身手干练、敏捷地摘下头盔的一刹那，我百感交集，来的人正是苏茉莉。

走廊上，几个人已经将苏茉莉团团围住，我心潮澎湃地冲了过去，让他们放行，苏茉莉对我视若无睹，从我身边径直走了过去。

重症监护病房外，小刘还是把她拦住了，几个人挡在了门口，苏茉莉冷漠地说："如果想赵蝶七小姐还能活过今天，你们最好让开。"

赵家老太爷咳嗽了两声，小刘他们让出了一条路，所有人都严阵以待，握紧了手中的枪。苏茉莉轻蔑一笑，看着躺在病床上身体蜷缩成一团的赵蝶七，给她注射了一针蓝色的液体，赵蝶七终于停止了挣扎，不一会儿便酣然睡去。

看着熟睡的赵蝶七，我和赵家老太爷同时留意到了苏茉莉手中的那把鄂钢。这把刀在她手中寸步不离，珠算子也疑惑地看向了赵家老太爷，不是说这把刀只有陈尘和福冈亚美才能使用吗？这情报有问题，眼前这个年纪轻轻的小姑娘若无其事地将鄂钢把玩在手中，这个女孩究竟是什么来头？苏茉莉还没有收拾完东西，小刘他们再一次举起了枪，病房内又一次陷入了尴尬的局面，苏茉莉安然若素，款款走到我身边，拿过龙图，说："这针剂可以在一个月内压制住赵小姐身体里的毒素，你们如果乱来，我怕神仙都救不了她。"

赵老太爷说："你们究竟还想怎么样？龙图已经给你了。"

"我们只是想不遗余力地挽救赵小姐的性命，如果你们不配合，给赵小姐选块墓地可能更省事儿一些。"苏茉莉说。

珠算子愤愤不平地说："猫哭耗子假慈悲，要不是福冈亚美那个臭老娘们儿下这么毒的手，赵蝶七怎么会变成这样。"

珠算子还没有说完，只看到一道黑色的身影一闪而过，珠算子左右两边的脸马上感到了火辣辣的疼，两记干脆而响亮的耳光直接把珠算子打蒙了。

苏茉莉警告他说："祸从口出，说话的时候嘴巴一定要放干净一些。"

苏茉莉从容不迫地穿过人群，走出房间，高跟鞋踏在地板上的声音保持着有规律的节奏。走到我身边的时候，她停顿了脚步，气定神闲地指着我说："这个人我要带走。"

苏茉莉在众目昭彰之下，坦然自若地出入了赵家的地盘，我紧跟其后走了出去，苏茉莉扔了一只头盔给我，示意我坐上摩托车。

我坐在摩托车上，近距离接触苏茉莉，耳边依稀能够感觉到她的呼吸。这个女孩身上有太多的谜团，太多的问题我想知道答案，我想问她去了哪里，想让她知道我一直都很担心她，可是我一句话都没有问出口，因为这一刻对我来说，已经很满足了。

摩托车开过几个街区，时间并不算太久，最终在洛克菲勒广场停了下来。人生有时候真的很奇妙，兜兜转转，走过了千辛万险的道路之后，总会发现不知不觉地又回到了原点。苏茉莉带我见到福冈亚美的时候，福冈亚美正站在一个私人展厅中发呆，她望着墙上挂着的美人图《苏幕遮》看得入神，以至于我们走进来，她连看都没看我们一眼。

苏茉莉走过去，刚要开口，福冈亚美将食指放入唇间，低声“嘘”了一声。

我近距离地去看这张图，图画中的女人俊俏绝美，五官精致，甚至让人感觉到仅仅是瞻仰也是对她的一种亵渎。

福冈亚美如痴如醉地说：“瞧，她多美啊！我们曾经朝夕相处，度过了无数个岁月。”

苏茉莉站在她身边，我仔细对比画中的人物，她们眉宇之间竟然有几分相似，我忍不住后退了两步，情不自禁地问：“这究竟是怎么回事？”

“这个女人真傻，生了一幅让天下所有女人都妒忌的脸孔，却只愿意相信男人，痴痴地相信爱情。过了这么多年，依然改不了痴情的臭毛病，在乱世之中心甘情愿地等一个负心汉，等了60年，几次都差点死在了这个男人手中。她为这个男人流干了血，伤透了心，却依然留不住这个男人，直到眼泪干涸。结果依然激情未尽，余情未了，过了几百年上千年，还是在寻找一个早已经不存在了的人。我们情同手足，更胜过亲生姐妹，相依为命地走过了几百个春秋，一同见证了无数的变迁，当她再次遇到那个男人的时候，只因为她所见到的男人与那个男人很像，就不惜跟我翻脸，我想不到，这个蠢女人竟然还会相信爱情。”福冈亚美的眼中顿时露出了杀机，她嫉恨画上的这个女人。

我再次问道：“这画中的女子是谁？”

“谁？这个字眼太轻描淡写了吧，不是任何人都可以用一个‘谁’来概括的，你应该问她在历史上某个时期曾经是过谁！”福冈亚美纠正我说。

我看着画中的女子，动之以情，感慨说道：“人活在这个世界上还有更深一层的意义，你怎么会懂得，为了爱而活过的人，虽死犹生。没有什么是真正永恒的，只有执着成痴的佳话，流传古今，难道画中的苏幕遮和历史上的苏祗婆是同一个人？”

福冈亚美说：“那只是她曾经用过的名字，你说一个女人蠢成什么样才会给自己取这样矫揉造作的名字。现在的人都不去看历史了，那些生卒、性别、踪迹都不可定论的历史悬案，出现在历史上的诡异身影，不过是昙花一现，从来都没有人去深究过，久而久之便成了传说。”

“苏幕遮、苏茉莉，这画中的女人跟苏茉莉有什么关系？”我追问道。

福冈亚美故作神秘，诡异地笑着说：“眼睛是不会骗人的，自己的直觉有时候比论证更重要，更容易接近真相，重要的是你觉得有没有关系。换一句话说，你觉得这幅画跟你有什么关系？”

“这幅画跟我有什么关系？”我喃喃自语道。

苏茉莉站在一旁竟然无动于衷，透过苏茉莉，从这里望向窗外，整个街区都在她的视野范围内，包括我们下榻的酒店，我们来到这里的一举一动，都被她尽收眼底。

福冈亚美嫣然含笑地在我耳边低语道：“你敢说和你没关系？我帮你回忆一下，在你咿呀学语的时候，是谁教会了你背诵归藏残卷？在你绕膝而乐的时候，是谁为你逆天改命，穷尽一生的修为和无尽的青春年华换了你一条短暂的小命？我告诉你，逆天改不了命，生命只接受一种方式的继承——以命换命。这个女人年华逝去的时候，你那个跑江湖的不孝的亲爹又在哪里？”

我难以置信地摇了摇头，祖母模糊的脸庞在我脑海里闪烁着，只是短暂的片段，我都快忘记了她的音容样貌，我挥去模糊的画面，说：“你撒谎！你以为我会相信你的鬼话吗？这是一场阴谋。”

“这确实是一场阴谋，不过这场阴谋的主角并不是福冈女士！”珠算子从楼上慢条斯理地走了下来，我和苏茉莉几乎马不停蹄地赶到了这里，珠算子却早已经在这里等候，如果不是看着他脸上还残留着苏茉莉的指痕，我实在难以相信这是同一个人。珠算子的手中拿着龙图的锦盒，捋着那几根唏嘘的山羊胡，笑眯眯地看着我说。

赵管家被收买已经成为事实，在赵老太爷眼皮子底下动手脚无异于自寻死路，他付出了生命的教训。但是，一直让我困惑的是，这一路上所有的遭遇都被人占尽先机，赵家老太爷的计划已经缜密到天衣无缝，为何我们刚到私家医院里，刚刚捋清楚一点点头绪来，苏茉莉便接踵而至？没有留给我们任何喘息的机会，看到珠算子此时出现在这里，这一切都可以顺理成章了，从邂逅珠算子开始，这一切都是被计划好的，首先珠算子利用我和胖三用篮帖混入赵家古董羹的饭局，这个老骗子从一开始就鬼话连篇，苦情戏做得十足，即便连赵珏这个老狐狸都没有察觉到任何的破绽，从川滇地下古城逃脱，一路到这里，就是为了借用我们取得赵家老太爷的信任，赵管家只是一个替死鬼，我们的行踪和计划福冈亚美早就了如指掌，将我们玩弄于股掌之中。

我失落地看着珠算子，说：“从一开始就不应该相信你，你从始至终都是她的人，在给福冈亚美卖命。”

“既然是卖命，当然要卖个好价钱，我们天相一派，占天相，卜命理，全凭一张嘴，吃的就是这口饭，从来都不是谁的人，老夫早就说过了，我跟钱是一伙儿的。”珠算子厚颜无耻地诡辩道。

“脸呢？”我叱责地问，心想天相一派藏得够深，脸变得比翻书还快，但凡一件事翻篇儿还得吐口唾沫，这空口白牙的说变就变了，六五折买来的无相神功，全靠招摇撞骗跑江湖，让珠算子练就了一身没脸没皮，没羞没臊的绝迹。

珠算子笑着说："老夫活了一大把年纪，道理早就活明白了，已过了知天命的年纪，我知道这张老脸靠不住，靠脸吃饭，喝西北风都不赶趟儿了，准得饿死。"

"有时候越有实力的大人物，往往看上去越像大骗子。"我嘲讽地看着福冈亚美，继续问道，"这阴谋够阴，够黑，够大，您要是推诿不是这阴谋的主角，这锅怕没人背得动吧。"

面对我的质问，福冈亚美表现得有些过于平淡了，她事不关己的样子让事情更加扑朔迷离。她的沉默才是对我最大的打击，那种冷漠让我如坠深渊。福冈亚美已经去打开苏茉莉带回来的锦盒了，锦盒中的画轴就是龙图。

画轴渐渐地打开，六条矫健威猛的巨龙跃然于宣纸上，在缭绕的云雾中游走，山岩与湍急的水流中，一条巨龙翻滚着，云蒸雨飞、天垂海立，几条巨龙相互交织戏耍，栩栩如生。福冈亚美用手轻抚着轴卷上的巨龙，赞叹道："泼墨成云，噀水成雾，脱中濡墨，信手涂抹。有这份游龙般的洒脱，才得以绘出如此传神的经典之作，以笔勾皴成之，运出山海，气吞江河，用笔墨勾勒出一个民族的图腾。数千年来，我们因为敬畏，敬拜天空；因为恐惧，祭祀深渊。谁又曾真正目睹过神迹的本质？"

我看着行云流水般的龙图，问："这究竟是什么？"

福冈亚美说："在历史的河流中，我们只是一滴水，而它便是河流的本身。这份龙图便是神之禁忌的最后一块拼图。"

"为了得到它，你不惜双手沾满鲜血，悬赏5000万美金把我们赶尽杀绝？"我看着她贪婪的眼神，笑靥如花的样子却冷血到令人发指。

"悬赏5000万美金，我没疯吧？你告诉我，你们哪点值5000万美金了？”福冈亚美似乎不想去否认，疑惑的眼神中却流露着惊讶。我顿时觉得昨天发生的事情有蹊跷，这其中一定有人说了谎，在刻意隐瞒着什么。福冈亚美叹息道：“这个世界上，没有人比我更关心你的死活。你们只要还能喘气，还活在这个世界上，找到你们易如反掌。再说了，你也算我半个救命恩人，曾经徒手撕裂了尸魃王，将我从怪物的口中救了下来，我不是什么好人，但是也不至于恩将仇报，我为什么要花冤枉钱干掉你们？”

“难道赵家老太爷讲的是真的，你说我撕裂了尸魃王？”我反驳道。

“你一点都不记得了？”福冈亚美匪夷所思地看着我，这完全出乎了她的意料。

“难道我的失忆跟你没关系？不是你给我做了什么类似脑叶切除的手术，导致了我某一段时期的记忆全失？”我更加迷茫了。

“在你眼中我一直都这么无聊吗？”福冈亚美打量着我，哭笑不得，一脸愁容地说，“你不会以为我对你动了什么手脚吧？我还要靠你脑子里的记忆寻找我要的东西呢。那天你返回到坑洞中，我的队伍已经全军覆没，你徒手撕碎尸魃王的场景现在还经常出现在我梦中，恐惧至极的噩梦。那一瞬间，我几乎不敢相信自己所看到的一切，你完全变成了另一个人，那双眼睛就如同炼狱般的深渊，要烧尽世间的所有仇恨，你比尸魃王更恐怖，也更残忍。”

“你也会感觉到害怕？”我好奇地问。

“不，因为你根本不知道自己的本质是什么，在你的身体里住着一个怪物。”福冈亚美在我身边徘徊着，踩着我的身影，躲在我身后，在我耳边轻声地说：“从此我就活在你的阴影之中，我对你的身体如此痴迷！”

没等她说完我一把将她推到墙上，说：“你究竟是个什么怪物？”

福冈亚美笑着说：“不是我，是我们。”

看着眼前的这个女人让我不寒而栗，我拉开了我们之间的距离，打了个冷战。

福冈亚美说的是实话，我选择了相信她，她也觉得这件事情很有意思，同样好奇究竟是谁想把我们赶尽杀绝。那么究竟是谁悬赏要我们的命呢？难道是赵家老太爷？可是此时此刻赵蝶七还命悬一线地躺在重病监护室的病床上。

我问：“有一件事情我们可是看得清清楚楚，你为什么会对赵蝶七下毒手？”

“不是我下的毒手，而是你……”福冈亚美咯咯地笑道，“当初把古青藤从深渊中带出来的人是你，在那艘幽冥船上发生的事情早就注定了今天的结果。你曾经用这种毒物来对付我，看在你曾经救过我的份儿上，算是两清了，各不相欠。我只不过做了个顺水人情，把这毒物还给了你，只不过该赵蝶七那丫头倒霉。却也不无辜，既然说到了这苦命的丫头，我还是善意地多说两句，有能力将当年那些事情从历史上抹去的人屈指可数，我想你比我更清楚，谁才有这样的能力。”

我不敢往下再想，想起病床上危在旦夕的赵蝶七，迫不及待地问：“那你一定有解药，对不对？”

“这种古青藤的毒是史前古生物所产出的汁液，相生相克的物种都已经灭绝，无药可解！我曾经拜你所赐也深受其害，在病痛中受尽折磨，我翻遍了医学典籍，找遍了巫蛊方术，重金找人配置了药剂，这些药剂只可以压制它的发作。”福冈亚美不寒而栗地说。

我端详着福冈亚美，并没有任何中毒的迹象。她气色红润，说话也中气十足，完全看不到发生在赵蝶七身上的症状，我问：“那你是怎么治愈的？”

福冈亚美嗤之以鼻的苦笑，似乎有难言之隐，无奈地说：“现在只有一个人可以救她。”

“谁？”我问。

福冈亚美说：“那个有龙文身的女孩——孟姜！”

我说：“在帝女尸的古墓中，她已经死了。”

“我们对死亡一无所知，却努力地谋求生存。”福冈亚美故作神秘地说，“据我所知，这个女孩死了不止一两次了！”

“你究竟在耍什么花样？连一个死人都不放过！我是不会上当的，你只是想利用我找出五藏山经中的巫古藏。”我气急败坏地抓住她的手腕，这完全是对死者的不尊重，侮辱一个在我身边死去的朋友。

珠算子嬉笑着打圆场劝慰着，把我拉扯到一旁，轻拍了两下我的肩膀。我一时半会儿没有反应过来，看着珠算子那张丑恶的挤满了褶子的脸上，嘴巴一动不动，一个严肃而低沉的声音在我耳边响起，这明明就是珠算子的声音，那个声音尝试着悄无声息地告诫我说：“不要相信任何人。”

我疑惑地看着珠算子，那一丝短暂的疑虑还没有来得及转换成情绪，我把矛头又指向了福冈亚美。

“我是想找出巫古藏，可是我并没有耍花样。是你自作聪明，真正在耍花样的人是你，你自己拒绝相信这一切，试着抹去一个活生生的人，还是一个婀娜多姿的可人儿。真不知道应该为你感到惋惜，还是为你感到悲哀。”福冈亚美冷嘲热讽地说。

我说：“你就是我地狱中的梦魇。”

福冈亚美让我在一旁坐下，安慰我说：“别着急，噩梦才刚刚开始。

你有没有想过，梦，是人生的另一种可能。”

“你要的答案就在这里！”苏茉莉拿了一份档案，将档案、龙图、资料、简报都堆放在了桌子上。

我在档案中抽出来一张照片，照片上是一个模糊的背影站在皑皑雪山之上，她背后是连绵不绝的山脉。我一眼便认出了那个背影，她脖颈处的赤龙文身龙鳞栩栩如生。

照片的拍摄时间就在一个月前。我拿着照片问：“这照片哪儿来的？”

“这照片可大有来头，那日老夫掐指一算，西南有大事发生，于是老夫踏破了一双铁鞋远赴深山，最后才得到了这张照片。说起这照片缘起一位德高望重的老僧那里，老僧哑禅三十余载，从未有人听闻只言片语。老僧坐枯禅经年，神隐深山古刹，闭门谢客，前些时日有一个妙龄女子来访，声称来赴百年之约，老僧突然开口说话，与之一夜秉烛夜谈之后，仓促地收拾了行囊，素衣简行，远赴深山之中。重回古刹之后自断舌根，便留下了这张照片和一封带血的信件。”珠算子故弄玄虚地感慨道。

我急不可待地问：“这是哪里？”

福冈亚美凝视着远方，说：“万山之祖，山海之巅，归藏之宗，江河之源。”